我們住在皮膚裡

人 類 身 體 的 人 文 細 節

蕭春雷／著

我們住在皮膚裡

人類身體的人文細節

作　　　者	蕭春雷
總　編　輯	劉麗眞
主　　　編	陳逸瑛
特 約 編 輯	王　謙
責 任 編 輯	何維民

發　行　人　蘇拾平
出　　　版　三言社
　　　　　　台北市信義路二段213號11樓
　　　　　　電話：886-2-2356-0933　傳眞：886-2-2341-9100
發　　　行　城邦文化事業股份有限公司
　　　　　　台北市民生東路二段141號2樓
　　　　　　電話：886-2-2500-0888　傳眞：886-2-2500-1938
　　　　　　郵撥帳號：1896600-4 城邦文化事業股份有限公司
　　　　　　城邦網址：http://www.cite.com.tw
　　　　　　E-mail：service@cite.com.tw
香港發行所　城邦（香港）出版集團有限公司
　　　　　　香港北角英皇道310號雲華大廈4/F，504室
　　　　　　電話：852-25086231　傳眞：852-25789337
馬新發行所　城邦（馬新）出版集團 Cité (M) Sdn. Bhd. (458372 U)
　　　　　　11, Jalan 30D/146, Desa Tasik, Sungai Besi, 57000 Kuala Lumpur, Malaysia
　　　　　　電話：603-90563833　傳眞：603-90562833

初 版 一 刷　2004年7月25日

定價：280元

我們住在皮膚裡

人 類 身 體 的 人 文 細 節

目次

頭顱

大 好 頭 顱 ， 誰 當 砍 之 ？

一顆頭顱，

擱在哪裡，

那裡就是世界的中心，

歷史的起點與終點。

按照中世紀神學家阿奎那（St. Thomas Aquinas，1225～1274）的觀點，人體的布局體現了造物者的良苦用心。他說植物和人都是直立姿勢，但是植物正好倒立，它的根相當於動物的嘴，被深埋在地下，它的低級部分卻向著世界的上部；人類和這世界同構，其高級部分——頭，向著世界的高級部分，低級部分向著世界的低級部分；獸類介於二者之間，牠們的頭部和排泄部是平行的。這樣我們便見出了人類的優越。比我們的頭顱更高的，是神的聲音，是天國的氣息；比我們的腳掌更低的，是魔鬼的寓所，地獄的呻吟。當人類從爬行狀態中站起來，雙肩把頭部高高舉起，生物學的進化結束了，神學，或者文化學的進化開始了。

各種文明的早期，人們都把宇宙想像為一個巨大的球體，海洋、高山、森林和人類，均被囊括其中。人頭也是一個球體，包容了我們的感覺、思想和情感。二者的相似是顯然的，眼是發光的天體，腦是飄蕩的雲。柏拉圖聲稱，人的腦袋就是一個小宇宙；中國人也這樣看，《春秋元命苞》（清・黃奭輯，讖緯類書籍）說：「頭者，神所居，上圓象天。」我不知道是頭顱的構造啟迪了這樣一種宇宙觀，還是宇宙觀擴大了古人對於人頭的認識？圓是完美的圖像，只有神聖之物才具有的一種品質，例如太陽、蒼穹、頭顱。

人體是一個相對獨立的封閉系統，只開放少數孔道和世界進行交流。中國人說人身九竅，兩竅在下，用於排泄，是為陰竅；七竅彙於頭，眼、耳、口、鼻，用於吸納，謂之陽竅。《莊子》曰：「人皆有七竅，視聽食息。」阿拉伯的民間故事說，阿拉造亞當時，在他頭上開了七道門（兩眼、兩鼻孔、兩耳、一嘴）。這是個精采的比喻。除了觸覺散佈全身，視覺、聽覺、嗅覺、味覺的器官都聚集頭部。每種感覺器官都是面向世界敞開的一扇門戶，收集各種資訊，彙入充滿褶皺的大腦處理，於是我們獲得一種完整的世界圖景。宇宙很大，我們微如

螻蟻，然而比螻蟻更小的顱骨內卻隱藏著一件宇宙的摹本。那才是我們生活於其中的宇宙。

我們的知覺構成了世界的邊界。我們看得有多遠，宇宙便膨脹得多大；聽得多細微，萬籟就發出多麼輕悄的耳語。靈巧的手，強健的大腿，只勾勒我們身體的領地；而這顆小小的頭顱的光芒，卻照亮了無限荒涼的遙遠太空，遠遠多於我們一具肉體所需。那比知覺更遠的神秘，我們就用想像與思考去觸及。知覺延伸得多遠，大腦總要多跨出一步。然而還有連思想也不可企及的領域，靜靜地躺在黑暗中。也許這是因為我們並不需要太遼闊的舞臺。知覺既是我們的觸手又是我們的枷鎖，不論我們漫遊多遠，始終圍繞著自身，如同星辰環繞它們的軸心。

我們散步，旅行，每個人都是一支遊牧民族，和他們所有的財產一同遷徙。白天與黑夜，花開花落，生、死，災難的記憶，還有那令人心碎的愛情，一路追隨我們。一顆頭顱，擱在哪裡，那裡就是世界的中央，歷史的起點與終點。

在許多民族的觀念中，頭部都是人體最神聖的部位，成為一種絕對的禁忌。柬埔寨人的頭至高無上，遇到高空懸物，便拒從底下經過，最卑微的窮人也不答應住在別人的樓層下。馬來人也有這樣的迷信。早期的旅遊者報告說：「爪哇人頭上不戴任何東西，他們說頭上必須沒有任何東西……任何人如將手放在他們頭上，他們就會殺死他，他們不蓋樓房，為的是彼此不在他人頭上走動。」反過來說，表示輕蔑，最好的辦法就是褻瀆人的頭部。義大利的高盧人伏擊羅馬軍隊得勝，割下執政官波斯圖穆斯的腦袋，充當節日祭神用的澆祭杯。匈奴人破月支，以月支王的頭顱為飲器；趙襄子最恨智伯[1]，漆其頭，當做酒器。

頭的貴重在於獨一無二，和生命完全等值。敵人的頭顱是全世界

通用的戰利品。原始部落的勇士把敵人的腦袋割下，細心地保存，勇敢就成爲可以計量和比較的事了。商鞅去秦國變法，復活了這種古老的習俗，以首級論戰功，規定斬敵一首，拜爵一級——「首級」一詞源出於此。儘管當時便有人議論，認爲是野蠻行徑：「彼秦者，棄禮義而上首功之國也。」效果卻很顯著，秦國戰士一個個變成了優秀的殺人機器，心狠手辣，所向披靡。最近，布希總統電視講話，重申對賓‧拉登的通緝令，引用一句俗話說：「生要見人，死要見屍。」當然，不一定是全屍，他要的只是賓‧拉登的首級。

神話爲了強調某些特質，往往塑造出多頭神。雙面神雅努斯有兩個頭，兩副面孔：前面一副面向未來，是青年人的面孔；後面一副面向過去，老年人的面孔。印度的因陀羅 (2) 是位三頭神，因爲他掌管了三界。頭顱並不是越多越好。例如，人民也是一種多頭生命體，因爲數量太多，像韭菜那樣瘋長，歷來被統治者輕賤。董卓要建立蓋世功勳，出征黃巾軍，卻只在城外屠殺了些無辜平民，婦女財物載車，男人則砍下頭顱，繫車轅軸，凱旋而歸。他收割百姓的頭顱，像是到自家地頭收割成熟的穀穗。楊玄感造反失敗後，隋煬帝命令窮究其黨，濫殺三萬餘人，他說：「玄感一呼而從者十萬，可見天下人不能多，多則相聚爲盜。」後來去洛陽，見街上人來人往，他對侍臣說：「猶

▶蘇格蘭女王瑪麗受刑，頭砍了三斧才與身體分離。

大有人在。」我們懷疑他的志向是不是要割盡天下人的腦袋 (3)？

　　視他人頭顱為草芥的，通常都十分珍惜自己的頭顱。隋煬帝便常常引鏡自照，撫摩不已，感傷地說：「大好頭顱，誰當斫之？」

　　「割頭，痛事也；飲酒，快事也。割頭而先飲酒，痛快痛快。」金聖歎臨刑前飲酒大呼。割頭是痛事，卻一點兒不痛快。在我們的想像裡，刀光閃處，人頭落地，其實這麼漂亮的斬首極為罕見。處死蘇格蘭女王瑪麗時，她被砍了三斧 (4)。日本最後一個處砍頭刑的高橋，一刀過後，又摁著補了一刀。職業刀斧手尚且如此拖泥帶水，遑論他人？抗清志士黃道周 (5) 臨刑立而不跪，受了一刀，昂首依然，劊子手嚇壞了，趕緊說：「請先生坐下。」黃道周點點頭，說：「可以。」坐在凳子上接著挨第二刀。還有更可怕的。咸豐年間，官兵抓了些海

---

(1) 春秋末年，晉國由智、韓、趙、魏四大夫把持國政，其中又以智家勢力最大。智伯曾出兵攻打趙襄子，令趙襄子懷恨在心。最後，韓、趙、魏三家聯合滅了智伯，展開「三家分晉」的局面。

(2) 因陀羅（Indra），由雷霆神格化而來，全身茶褐色，以金剛杵作為武器，駕著由兩匹茶褐色馬牽引的馬車。風神馬爾殊（Maruts）和潷尤（Vayu）都是他的隨從。

(3) 楊玄感是隋開國功臣楊素之子，好讀書，善騎射，為官嚴正，甚得人心。大業九年（西元613年），隋煬帝第二次征高麗時，命楊玄感在黎陽督運糧草。楊玄感目睹煬帝的暴政激起全國人民的不滿，而煬帝又率隋軍主力遠在遼東前線，後方兵力空虛。於是，便抓住良機，與虎賁郎將王仲伯、汲郡贊治趙懷義等人策劃起兵。八月初一，楊玄感在皇天原與隋軍決戰，大敗，僅率十餘騎逃往上洛。楊玄感自知大勢已去，乃命楊積善將其殺死，起兵遂告失敗。

(4) 蘇格蘭女王瑪麗，亦是法王弗蘭斯二世的王后。當時英國的君主瑪麗的姑母伊麗莎白一世，信奉新教。而信奉天主教的法國和西班牙卻故意宣布承認瑪麗為英國女王，使蘇格蘭與英格蘭結怨。伊麗莎白一世面對法國和西班牙的威脅，又擔心英國國內的反對派利用宗教矛盾擁護瑪麗，因而將瑪麗軟禁長達二十年之久，最後將瑪麗送上刑場處死。

(5) 黃道周，南明弘光帝時官禮部尚書。弘光失政後，他和鄭芝龍於福建擁立隆武帝；之後，他自請前往江西對抗清兵，欲圖恢復國勢。在行經婺源時遇到清兵被俘，最後死於南京。乾隆時追謚忠端。

盜，在福州北郊行刑，連砍數刀不能斷頭，據說乾脆找來木匠的大鋸，兩人對拉，鋸斷死刑犯的脖子。可謂慘絕人寰。

法國傳統的斬首方法分了等級，貴族用雙刃劍，平民用斧。1789年，一位叫吉約坦的醫生提出，處刑的方法應該一視同仁，他同巴黎職業劊子手夏爾·亨利·桑松一道，研究出能夠迅速無痛苦地將頭和身體分開的機械。這就是有名的斷頭臺。1792年3月，他們進宮，把設計圖交給路易十六的御醫安東莞。幾個人正在研究圖紙時，國王路易出現了。

這是歷史上最有戲劇性的時刻，許多人描寫過。雨果（Victor Marie Hugo，1802～1885，法國詩人、小說家、劇作家）的《九三年》（Quatre-Vingt-Treize）寫道：

> 國王仔細地審視著圖紙，當他的目光遇到刀片時……他說：「缺陷在這裡。刀刃不應該是新月形，而應該是三角形，像打草鐮刀那樣斜著。」然後，路易十六世（他喜歡擺弄鎖）為了說明自己的意思，手拿蘸水筆畫出了他認為應該如此的器具圖形。此後九個月，不幸的路易十六世的頭就是被他設計的刀片砍掉的。

斷頭臺是法國革命恐怖政治的象徵，在最繁忙的時候，它一天處

▶ 斷頭臺是很有效率的刑具。劊子手拉動繩索後，三角刀片便會落下，受刑人的頭即刻被砍下。

理三十到六十人。據說，二十一名吉倫特派[6]成員用了三十分鐘，三十一名司稅官用了三十五分鐘，五十四名紅衫黨成員用了二十八分鐘，十二名反革命分子用了二十分鐘，就被麻利地送到陰間。比較一下，絞刑處死需要七至十分鐘，電刑需要四分鐘。足見斷頭臺的確是有史以來最高效的一種殺人機械。

雨果說：「斷頭臺是革命沒有破壞的唯一的建造物。」他的論斷不準確，恰恰是法國大革命發明了斷頭臺。最奇怪的莫過於它竟然成了一種時尚，風靡巴黎。女人們的耳朵上掛著金的、銀的斷頭臺模型；孩子們玩斷頭臺玩具；吉倫特派沙龍的餐桌上放一個桃花心木製的小斷頭臺，甜香酒的小瓶製成丹東等政敵的模樣，切掉小人兒的頭時，軀體裡便流出血紅的酒，構思精巧極了。英國人也欣賞這玩意兒，他們流行用小斷頭臺斬下雞頭。那個血腥時代的趣味如此畸形，我們對人性深深恐懼。

靈魂，精神，意識，智慧，我們在解剖一具人體時沒有找到的抽

---

(6) 吉倫特派（Girondins），1789 年法國大革命中維護工商業資產階級利益的派別，因其成員多數來自吉倫特郡而得名。

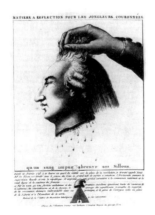

◀不幸的法皇路易十六，被他自己設計的刀片砍下了頭顱。

象物質，統統歸於顱骨下那些幽暗的空洞。到現在爲止，大腦還是我們了解最少的部位。各種資訊在神經之間奔走，突然間產生了清明的意識、念頭，形成意志，支配我們的身體在世間走動、生活、愛與恨。在古人的觀念裡，靈魂是比肌肉更神秘的一種力，無疑能夠獨自行動，不然我們死後如何投奔天堂或地獄？

許多人相信剛剛分離的頭顱仍然有感覺，有感情。刺殺馬拉[7]的法國年輕姑娘夏洛特・科黛被處死後，處刑人的助手在斷頭臺上揮舞她的頭顱，拚命抽打她的耳光。多數圍觀者一口咬定，他們看見頭顱挨了耳光後兩頰出現緋紅。同時代的著名才女克雷吉伯爵夫人的《回憶錄》也提到此事：「……處刑人的一個助手拿起她的頭向群眾展示，並給它加以抽耳光之類的嚴重侮辱。據說這時人頭就像活過來一樣向那人投去極其憤怒的目光。」

《吳越春秋》說的刺客幫眉間尺[8]復仇的故事，頭顱具有獨立的生命，驚心動魄地肉搏。眉間尺的頭顱和國王的頭顱在沸騰的鍋裡追逐，相互齧咬，栩栩如生。刺客唯恐眉間尺吃虧，自斷其頭，下鍋參加廝殺。七天七夜後，三顆頭顱方才一時俱爛。仇恨能夠驚醒一顆頭顱的內在生命。

同樣，當強烈的意志通過神經系統注入身體，貫徹到所有的關

▶ 路易十六的王后，瑪麗・安東奈特，不久也追隨丈夫死於斷頭臺。

節，每一條肌腱，所有的動作便自己組織起來，彷彿有了靈魂，即使失去頭顱，不妨「行屍走肉」。筆記裡記載了許多無頭騎士的故事。漢豫章太守賈雍出界討賊，丟了腦袋，還能上馬還營，胸腹作語：「作戰不利，被賊所傷。諸君看我，有頭爲佳，還是無頭爲佳？」將吏們回答：「有頭佳。」賈雍爭辯了一句：「不然，無頭亦佳。」話音剛落，倒地而亡。另一個類似的傳說：南朝的花敬定，單騎與寇鏖戰，失頭，猶跨馬荷戈，來到鎮上。他正要下馬洗臉，被一個浣紗女斷喝：「無頭，還洗什麼臉？」他突然覺得渾身空空落落，骨肉鬆弛，如一截朽木轟然撲倒。

寫了這麼多失頭的故事，我起身，在鏡子前張望了一下。我的腦袋還好端端安放在雙肩之上，一個黯淡的中年男子，一張毫無特色的臉。

總的來說，造物挺公平，再卑微的人都領到一顆頭顱。無論外表如何猥瑣，獐頭鼠目，蓬首垢面，裡面都是一個驚濤駭浪的小小宇宙。那裡，湧流出源源不斷的生氣，灌漑我們全身。我們變得機敏而

（7）馬拉（Jean-Paul Marat，1743～1793），法國大革命時期激進的雅各賓黨領袖，發動罷黜並處死國王路易十六，將溫和的吉倫特派驅逐出國民公會。吉倫特派的擁護者夏洛特・科黛（Charlotte Corday），認爲共和國的不幸根源自馬拉，在1793年7月13日，以提供吉倫特黨的情報爲由進見馬拉，伺機予以刺殺。

（8）根據《搜神記》所載：干將、莫邪花了三年時間爲楚王鑄造了雌雄二劍，但干將只交出雌劍，楚王一怒將干將殺了。多年之後，楚王夢見干將、莫邪的兒子眉間尺來報仇。楚王遂以重金懸賞眉間尺的人頭。眉間尺帶著雄劍在逃亡的途中遇到一位豪俠，便對他說出原委。豪俠說：「將子頭與劍來，爲子報之。」眉間尺立刻砍下自己的頭顱，雙手捧上雄劍和頭顱，將報仇之事託付給豪俠。楚王看到眉間尺的頭，和夢寐以求的雄劍時，非常開心。豪俠說：「此乃勇士頭也。當於湯鑊煮之。」但是，這顆頭煮了三天三夜都不爛，還跳出鍋外，雙目瞪著楚王看。豪俠又說：「此兒頭不爛，願王自往臨視之，是必爛也。」楚王同意，豪俠便砍下楚王的頭，投進鍋中，之後再砍下自己的頭，也跳進鍋中。最後，三顆頭在鍋中煮成血肉糢糊，難分彼此，只好合葬一墓，稱爲「三王墓」。

又溫柔，輕而易舉地完成勞作、計算、調情等各種複雜的活動。當我們交談時，就打開一扇門，讓潮濕的雲霧從一個星球旅行到另一個星球，如同歌聲穿越一個又一個房間。

　　讓我補足前面的觀點：每顆頭顱都是世界的中心，所有的頭顱構成世界；每顆頭顱都是歷史的起點和終點，所有的頭顱則是歷史本身。世界與歷史有多麼豐富，我們的頭腦便有多麼神奇。

臉

求 你 顯 示 你 的 面 孔

沒有任何事物

像人類的面孔那樣親切，

那樣深沉地感動我們。

可是，我們卻來到了

一個無面孔時代。

從原始面具到網際網路，

假面舞會變成了無面盛筵。

　　臉是人體最醒目的部位。我們記住某個人，首先是記憶了他的面部特徵。面孔似乎生來就是用於交際的，具有一種公共性，再冷的天氣也得裸露在外，到處和人寒暄、招呼。熟悉了一張臉，我們便說認識了這個人。身體的其餘部分，任你滴水不漏，春光乍泄，或者公開發表，都沒關係，算得個人隱私。如果你把面孔也遮掩起來，就讓人不舒服。一個蒙面人像一封匿名信，發出指令，告密或敲詐，並不等候回信，這不是我們通常說的社交。任何一張面孔都是唯一的。世上有成千上萬個同名同姓的人物，作家和逃犯則捏造出許多筆名和化名，所以我們的檔案資料、駕駛執照、身分證、通緝令，都貼上一張頭像。面孔才是我們每個人真正的名字。

　　意味深長的是，面孔離我們最近，也離我們最遠；既屬於我們，又不屬於我們。沒有任何人直接目擊過自己的臉，除非通過鏡子或其他幻象。古代埃及人和中國人從青銅鏡裡看見自己模模糊糊的臉，他們把鏡子當成巫術的道具，以為那裡面也包含了人的命運。原始部落的居民從歐洲人的鏡子裡清晰地看見自己的面孔，充滿恐懼，彷彿看見了不該看見的東西。臉不是長給自己看的，而是給別人看的。有人認為，它是長給神看的。馬克斯‧皮卡爾說：「人在壯著膽子注視一張臉的時候，不能不感到驚惶不安，因為它首先是給神看的。注視一張臉，就像在監視神……」按《聖經》的觀點，上帝照著自己的形象造人。這麼說，人類不過是上帝的一面鏡子。

　　面孔是進化的結果。觀察自然界，我們接觸的大多數動物都有面孔。某些低級的生物，例如海膽、水母、蚌類沒有臉，我們不明白哪一處是牠們的要害。有些動物的臉殘缺不全，例如海葵的整個臉其實就是一張嘴，章魚只有一雙瞪視的眼睛，蝸牛的嘴和眼睛長在觸角上，揮舞不已。然而，昆蟲、魚類、鳥類和哺乳動物都長著相對完整的面孔。卡通片的畫家只要稍加誇張，就能讓這些小動物的臉上現出

人類的表情，強顏歡笑，怒髮衝冠，或者聲淚俱下。

美國作家丹尼爾·麥克尼爾（Daniel McNeill，美國當代科普作家）寫了本有趣的書《面孔》（*The Face*），他說：面孔由一位藝術大師雕刻而成，這位藝術大師就是覓食。如果一種動物經常朝一個方向遊動，為便於進食，嘴會自然生在前端，同時，三種檢測器官——味覺、嗅覺和視覺——潛伏在附近防止有毒物質從口而入。這麼多感覺器官集中在一起，頭部成了動物最重要的部位，出現了臉。人類有一張臉不稀罕，稀罕的是這張臉光滑無毛，和貓、狗、獅子大不一樣。為什麼會這樣？答案還是進化。初級靈長類動物依靠氣味來與同類交流，猴子則不同，牠們的面部肌肉複雜多變，能夠靈巧地表情達意。人類對面部表情的依賴更深，只有一張乾淨無毛的面孔最適合旗語，它們清晰地呈現出瞬息萬變的各種神態，由另一個人準確解讀。人際溝通的深度和廣度前所未有，就這樣人類演化成一種社會動物。無毛的面孔是人類走向文明的第一步。

然而，基因只給了我們臉的輪廓，內容則由我們自己去填充。一張面孔可能端端正正，然而空洞，枯燥乏味；醜陋的臉也可能生氣勃勃，充滿魅力。古羅馬哲學家西塞羅說：「面容是思想的肖像。」中國人也認為面孔是精神的居所，《黃庭經》（為道教茅山宗的主要經典。內容以七言歌訣形式描述道教的修煉與養生學說）云：「面為靈宅。」《眞誥》（梁·陶弘景編，紀錄藥物、導引、按摩、攝養等修持之事）曰：「面者神之庭。」如此說來，人的確應該為自己的面孔負起責任。愚蠢能夠銷毀最漂亮的臉蛋，而思想使一張平凡的面孔光輝。我們遭遇的一切，喜悅與哀痛，歲月滄桑，愛的激情，懺悔，沉思，夢想，時時雕鑿我們容顏。傅玄說：「相者，三亭九候，定於一尺之面。」如果我們有宿命，如果這奧秘已經標記在我們身上，那一定寫在臉上。

談論人體的美，首先是容貌的美。按藹里斯（Havelock Ellis，1859

～1939，英國科學家，與佛洛伊德同爲性科學領域前驅）的意見，美根本就是女性才有的一個特質，供男人低徊思慕。女子愛男子，愛的是他有力。男人的美對女子毫無意義，只能打動兩種人：美學家和有同性戀傾向的男人。這理論無意中暗合中國的情形。中國古代的美男子，潘安[1]、衛玠[2]，全是些清秀的奶油小生，何晏[3]則是「粉白不去手，行步顧影」，女人氣十足。

男人效仿女性美，在歷史上是常事。漢魏六朝時期，大男人全塗脂抹粉，不獨何晏。《顏氏家訓》描寫梁朝的風氣，貴遊子弟，「無不熏衣剃面，傅粉施朱。」在西方，色諾芬（Xenophon，約430～354B.C.，古希臘歷史學家、作家）告訴我們，米底亞（Media，西元前七到六世紀統治伊朗高原西北部的奴隸制國家）的國王阿斯提亞格斯，「用毛筆來畫眼睛，用胭脂來搽臉，還戴著假髮。」羅馬帝國的指揮官上戰場前，費的心思和女人赴舞會一樣多，他們要先梳好頭髮，灑上香水，擦上指甲油。

既然美是女性特質，女性對自己的容貌要求更高，挑剔更嚴。以人工彌補造化不足的工作早就開始了。最遲在戰國時代，中國婦女已經嫻熟地運用化妝品美容，《楚辭·大招》說：「粉白黛黑，施芳澤只。」粉是用來塗面的，黛則用以畫眉。埃及婦女更是美容的先驅，西元前兩千年左右，她們用方鉛礦和石青畫眼睛，用紅色的赭石來塗脖子，用染成黃褐色的乳脂來塗臉、脖子和手臂，再撥掉眉毛畫假眉。羅馬婦女從奢華的埃及人那裡學會了化妝，當時的諷刺詩人馬休爾嘲諷他的女朋友：「蓋娜，妳在家時，整天都在梳妝檯前梳頭。雖然在睡覺的時候，妳把牙齒和絲綢的衣裳放在一起，把欺騙都裝在一百個盒子裡。雖然妳的臉並不跟妳一起睡覺，那眉毛在早晨又回來了，眉毛下的眼睛還向我暗送秋波……這一切使我忍不住笑。」不管怎麼說，我們得承認，美容增加了婦女的性魅力。直到今天，美容還

是非常發達的行業，傳統的化妝品之外，又添了隆鼻、割眼皮、拉平皺紋等外科整形手段。那些好萊塢明星容光煥發的臉，真正屬於她們自己的部分，只會比羅馬婦女更少。

女性為美麗付出了慘重的代價。古代很多化妝品其實是無形的殺手。羅馬人用有毒的白鉛塗臉，這種物質後來毀壞了英國伊莉莎白女王的臉，到了晚年，她禁止在宮殿裡保留鏡子。埃及豔后克麗歐佩特拉（Kleopatra）塗眼影的材料，主要成分是硫化鉛和銻，幸好她趕在毒性發作前自殺了。還有些時髦婦女用砷將頭髮染成金黃色，又用鉛梳梳頭，讓頭髮慢慢變黑；她們還用含有硫化銀的染料染唇。這幾種物質都是有害的，她們的皮膚受到腐蝕，有些人因此送命。哈姆雷特（Hamlet，莎士比亞戲劇中的人物）說：「上帝已經給了你一張臉，而你卻使自己有了另一張臉。」上帝的確給了我們臉，然而每個人都發覺它有需要改進的地方，我們為它錦上添花，有時則點金成鐵。

我們要感謝女性，由於她們的不懈努力，人類的面孔才被雕琢成精美絕倫的藝術品。絕代有佳人，一顧傾人城，再顧傾人國。她們終於創造出讓整個世界失去分量的美麗容顏，日月經天，江河緯地，可是不如一張燦爛的面容讓人揪心。

把面孔描繪下來，流芳百世，對人類是一個強烈的誘惑。在許多地方，統治者的頭像印製在紙幣和硬幣上，獎牌上，郵票上，巨幅廣

（1）潘安，本名潘岳，西晉人。容貌俊美，儀態優雅。出門時，洛陽的婦女爭著把果子丟到他的車上，以表示愛慕之意。「潘安」二字是美男子的代名詞，成語「潘安之貌」、「潘安再世」、「擲果潘安」，都是形容男子貌美。

（2）衛玠，晉朝人。八王之亂後，移居建業。走在街上時，人們見其貌美，常常在他身旁圍觀，衛玠不堪其擾，憂鬱而亡。成語「看殺衛玠」用以形容美男子。

（3）何晏，三國時期人。好老莊之言，士大夫效之，引領一時風氣，後為司馬懿所殺。著有《論語集解》、《道德論》等書。何晏臉色白淨，魏明帝曹叡以為他抹粉。成語「傅粉何郎」用以稱美男子。

告牌上；重要人物的畫像和半身塑像占據了公共場所的醒目位置。與此同時，僞飾也開始了。埃及古王國的法老雕像一個個肅穆莊嚴，天神一般，彷彿複製出來的，毫無個性。美國現代畫家安迪‧沃霍爾（Andy Warhol，1928～1987）常常爲模特兒畫上幾幅畫像，希望至少有一幅討得他們的歡心。對於肖像畫家，美化的本領至少和寫眞的功夫一樣重要。我們不得不佩服西班牙畫家法蘭西斯科‧戈雅（Francisco de Goya，1746～1828），他至少爲三百名貴族和八十名皇室成員畫過像，在他的筆下，皇室家族個個臉色灰暗，目光呆滯，和耀眼的華貴服飾形成強烈的對比，畫面眞實得近乎嘲諷 —— 他把傻瓜畫成了傻瓜。

古人的相貌更成問題。耶穌與佛陀的畫像成千上萬，沒有一幅可信。荷蘭畫家林布蘭（Rembrandt，1606～1669）畫了幅《荷馬半身像前沉思的亞里斯多德》，荷馬是瞎子，也就罷了，亞里斯多德如果活轉來，一定不認那是自己。哥倫布的形象，根據記述，他的臉型狹長，鷹鉤鼻，而髮色的說法不一，說紅頭髮、黃頭髮、白頭髮的都有。1893年的芝加哥博覽會上，觀眾有幸，他們看見了七十一幅大不相同的哥倫布畫像，每一幅都自稱是絕對的眞貨。

在我們的時代，攝影成爲我們記錄人類面貌的最有力工具。普遍

▶ 哥倫布的像，我見過十幾種，有的鑄在紀念幣上，有的印在書籍中，還有的塑成石像。大略說來，唯有邊上的文字說明有相同之處。

認為,照片比畫像更精確,更客觀,更忠實。不過,如果迷信這一點的話,就要被那些精心美化和修改的照片愚弄了。有一段時間,劉少奇的照片從許多歷史性的合影中若無其事地消失,不到二十年,我們又發現他站在那裡了。通過修改像素隨心所欲改變一張照片的軟體,到處都有,很容易使用。何況一張照片是否能夠描述一張面孔的所有內涵,還頗有爭議。我為畢業證和身分證拍過幾張照片,一律呆頭呆腦。我拒絕相信自己就是那副模樣。攝影術捕捉瞬間的光線,而一張面孔穿越了幾十年的光陰。我們的容貌是歲月之總和。

哲學家普羅提諾(Plotinos,204～270,古羅馬帝國時期唯心主義哲學家)的學生找人為他畫一幅肖像,普羅提諾說:「我的臉根本不是我的,只是我的空外殼,而一張肖像畫則是空外殼的空外殼,是兩次虛幻的疊加,有什麼意義呢?」不管怎樣,最後學生還是說服老師畫了一張像。這張像後來失落了,普羅提諾的相貌沒有流傳下來。很遺憾,歷史似乎支持了普羅提諾的意見。在時間中,所有的面孔,不是被扭曲,就是被撕毀。

伊斯蘭教禁止一切面部畫像,尤其嚴禁描繪最高神的形象。這道禁令得到了嚴格的執行,再富麗堂皇的清真寺,裡面也只有一些精美抽象的圖案,沒有人像。文化人類學家李維史陀(Claude Levi-Strauss,

◀ 哥倫布像。

1908～，法國文化人類學家，結構主義人類學的代表人物之一）批評說，伊斯蘭教摒棄人像的做法，導致其藝術脫離現實，空洞陳腐。基督教世界的早期，也存在這樣一個禁區，西元787年的尼西亞赦令 (4) 才正式解禁。

上帝的形象是永恆之謎，遑論描繪，就連我們是否能夠看見，都大成問題。神學家德爾圖良（Quintus Septimius Florens Tertullianus，約160～230年，羅馬基督教拉丁教會最早的教父，第一個神學家）認爲，所有的聖像都不眞實，是憎恨上帝的表現。該撒利亞大主教優西比烏斯（Eusebius）告訴羅馬皇帝君士坦丁大帝（Constantine the Great）的妹妹說：「受難基督的臉像太陽一樣光芒四射，令人炫目，連他的信徒都不敢看，誰能畫出這樣一張臉？」不過，普通信眾希望目睹聖容的願望越來越強烈，教會終於妥協。上帝的形象起初是一些象徵的圖案，或者畫成一隻眼睛，或者畫出從雲端中伸出的一隻手，手上握有王冠。文藝復興時期，米開朗基羅和拉斐爾等藝術家讓上帝全身登場，在表現「太初時期」的繪畫上，上帝是一位鬚髮皆白，長髯飄動的老者，彷彿古代的族長。那個人文主義時代，畫家們以凡人爲模特兒，充滿激情地描繪閃耀人性光輝的聖母和聖子，產生了一批像《最後的晚餐》、《抱聖嬰的聖母》這樣的世界巨作。聖容復歸於人像的做法既開先河，就有人推向極端。在納粹德國，耶穌的頭髮變成了金黃色；在非洲，上帝成了黑人。

佛教也遇到了同樣的問題。佛教的教義說萬法皆空，佛像虛幻，不必太在意。佛祖喬達摩・悉達多反對信徒迷戀神像，可如今亞洲各地到處都是他自己的佛像。立佛，坐佛，臥佛；泥塑，石鑿，玉雕，銅鑄；大大小小，不可計數。通常，佛像都是一臉莊嚴，或者陷入沉思，或者超凡脫俗地微笑。《般若經》說，如來有三十二相。用塑像完全描繪出來是困難的。爲了表達神的無所不能，有些佛像畫上了十

個頭，或者十一張面孔，一千隻手臂。所有的佛像都是想像之作。觀音菩薩最初傳入中國的時候，還是一個偉丈夫，唐以後，他的神像幾乎全變成了美婦人。

在宗教信徒看來，神是高於人的存在，超越了人類的理解力。然而，人類存在的目的就是不斷地接近神，竭盡全力去領悟他。這裡有個矛盾：如果我們給神靈一張凡人的面孔，我們很可能把神降低爲人類；如果他沒有和我們相同的面孔，我們便不可能接近他。在宗教藝術對於神像的複雜態度中，我們最清楚地意識到：面孔事實上是一道門，通過它，我們進入另一個世界。

我們不免想到面具。

面具是一種非常廣泛的文化現象，遍及世界。其發韌之初，無疑出於宗教的理由。奧爾梅克人、阿茲特克人、瑪雅人、印第安人，他們雕刻一幅面具時，其實是在創造一個神祇。戴上面具的人，就有了神靈所擁有的超自然魔力。古埃及的法老和古希臘的王儲們用黃金製

（4）八世紀時，拜占庭帝國皇帝里奧三世下令禁止繪製神的聖像，人民對此命令反感，在全國各地引起暴動。直到艾琳女皇執政後，在西元787年的第二次尼西亞大會上，才通過聖像可以被尊養，但不可以被崇拜的赦令。

◀十一面觀音。

作肖形面具，象徵了顯赫的王權。在文明高度發達的地區，面具逐漸世俗化，變成戲劇或娛樂的道具。

面具是可拆卸的臉。如果一幅面孔就是一個自我，面具的最大好處是方便人們在不同的自我之間，人與神之間轉換。戴上某個神靈的面具，該神靈的精神便進入戴面具者的身體，能夠戰勝敵人，驅除邪惡。在斯里蘭卡，有十九種病需要面具來治療，像藥物一樣，每個專門的面具對應一種疾病，這樣，包治百病的醫生便得準備十九個面具，隨時往返於各種角色。面孔既然是精神的肖像，現在，肖像變了，人的精神當然跟著改變。注意，精神成了面具的肖像。

面具把我們流動的臉遮擋起來，換上一副陌生而凝固的面孔，意味著否認自己在場。難怪殺人越貨的強盜和行俠仗義的劍客，都不約而同地喜歡上了面具。他們遮蔽自己的臉，向世人緊閉可以認識自己的大門。面具的魔力，我們還可以從化裝晚會上觀察到。參加者掩飾了身分，躲在面具下，再謹慎的人也變得勇敢，露骨地打情罵俏。面具讓我們原來的自我死去了，看呀，又一個自我悄悄萌芽了。

面具好歹是張臉，即使什麼也不能說明，至少暗示了戴面具者的趣味，無法隱瞞身材、聲音，還有性別。今天，我們已經來到了無面孔的時代。網際網路的興起，突然使所有的參與者失去了肉體。面孔、學歷、身分、性別、聲音、種族、背景，全都蕩然無存。網際網路的世界是一場最徹底的假面舞會，不，應該說是無面舞會，它已經開始，今後將無休無止地延續下去，規模越來越大，直到所有人無一倖免捲入其中。人們在網路上戀愛，結婚，購物，工作，死亡……有一天，它將成為唯一真實的世界。

拋棄自己的面孔，成為完全匿名的存在，意味著我們將嘗試無數個自我。我們將失去所有的感官，只剩下語言。我們將擺脫歷史，一次又一次新生。這樣一種單調、無限分裂和破碎的奇特生命，會更有

價值嗎？我不相信。

我習慣於面對面交談，注視對方的眼睛，觀察他的表情。與面具不同，一張活生生的臉像河流一樣波濤起伏，氣象萬千，綿延不絕。而臉與臉之間的感應，依依纏綿，會心一笑，凝視，手指撫摩面頰的感覺，更是語言永遠不可企及的。一張真實的面孔，不完美，但是它和人類一同成長，每一處褶皺都與我們的靈魂相關，它講述的故事是人性。如果它是美麗的，我們魂牽夢縈，眷戀不已；如果它是悲哀的，我們也心中淒婉，潸然淚下。世上沒有任何事物像人類的面孔那樣親切，那樣深沉地感動我們。

從用一張面具掩飾面孔，到滿世界面具紛飛，人臉退場，我們只是往同一個方向多跨出了一步。可是這一步讓我們忐忑不安。人類拋棄了面孔的同時，還將拋棄多少東西呀。摩西向上帝喊道：「求你向我顯示你的面目。」我們說過，面孔是門的隱喻，摩西這句話表達了認識神的願望。可是如果哪一天，我們也要向情人呼籲：「求你向我顯示你的面孔。」那真是太糟糕了。

頭髮

白 髮 三 千 丈 ， 緣 愁 似 個 長

保全頭髮往往要獻出頭顱，

只有人類如此高貴或荒謬。

文明高於我們的生命。

我喜歡女人一頭長髮，飄逸，瀟灑，閃著柔軟細膩的亮澤。上天雕琢了我們的五官，一旦成型，難以修改，但是留了大把的青絲供我們自由創作。或者長髮垂腰，奔瀉而下；或者編束為辮，搖曳多姿；或者挽成髮髻，風鬟霧鬢。頭髮對於面孔，猶如綠葉之於鮮花，人群之於領袖。女人失去頭髮，像是一個神秘的湖泊水落石出，失去了全部的詩意與想像，那是非常可怕的事情。不到絕望的邊緣，女人斷斷不肯捨去滿頭烏雲，出家為尼。

漂亮的長髮往往改變女人的命運。西漢的衛子夫，原來不過是平陽公主家的一個女奴，幫漢武帝侍衣得幸，她的一頭青絲讓武帝神不守舍，《史記》載：「上見其鬢髮，悅之，因立為后。」她成了皇后，弟弟衛青也跟著飛黃騰達，率領大軍西擊匈奴，名垂青史。南北朝時期立國四川的成漢皇帝李勢有個妹妹，頭髮驚人的美麗，晉大司馬桓溫滅成漢時，搶她來為妾。桓溫的妻子南康長公主是晉明帝的女兒，來頭不小，妒火中燒，帶了幾十號人手拔刀襲擊。李氏正在梳頭，長髮灑落，散了一地，風姿悽楚動人。她慢慢紮起頭髮，斂手從容道：「國破家亡，無心至此。若能見殺，猶生之年。」長公主把刀扔了，上前抱住她說：「我見猶憐，何況老奴。」居然化敵為友。

不過，中國歷史上最漂亮的一頭美髮非張麗華莫屬。南朝陳叔寶

▶漢代婦女的墮馬髻。

是有名的昏君，他的宮廷有八位美女，最出色的就是張麗華，秀髮披散，可垂拂於地。《南史》描繪道：「陳後主張貴妃麗華，髮長七尺，鬢黑如漆，其光可鑒，容色端麗。每瞻視眄睞（環顧），光彩溢目，照映左右。」她常坐在陳後主的膝上協助辦公。589年，隋軍攻下南京，陳叔寶被擄去長安，封公爵，張麗華被砍頭。荒唐得很，亡國的責任就由一個女子全部擔當了。

　　女子在頭髮上玩出的名堂最多，《妝臺記》、《髻鬟品》，以及正史多有記載。秦始皇好神仙方術，宮中多梳神仙髻、望仙髻。漢代流行的髮髻，保存下來十餘種名目，如垂雲髻、瑤臺髻、飛仙髻、錐髻、九環髻等。東漢大將軍梁冀妻孫壽發明了著名的墮馬髻，突然間風行天下，這種髮髻梳髮下垂，在背部側向一邊，像是人剛從馬上摔下來的情景。曹魏的宮廷出了兩位創造性人才：一個是魏文帝的甄后，傳說她的寢宮有條靈蛇，每當她梳妝時，就盤成一團，甄后從盤蛇的各種形式中獲得靈感，創造出蟠曲扭轉變幻無窮的靈蛇髻；另一個宮女莫瓊樹首創薄鬢，將面頰兩邊的小股頭髮梳理成薄薄的一片，又叫蟬鬢、雲鬢、霧鬢。「妝成理蟬鬢」、「雲鬢花釵舉」，詩人們對雲鬢很有興趣。唐代是髮髻的鼎盛時期，雲髻、反綰髻、拋家髻、螺髻、峨髻等等，不勝枚舉。峨髻是高聳的髮髻，據說高度可達30公分

◀唐代婦女的峨髻。

以上。宋代婦女主要梳朝天髻、同心髻和流蘇髻。元明時期，婦女梳挑心髻、牡丹頭和一窩絲杭州䰅。䰅是兜住髮髻的網罩，以杭州產為佳。一窩絲杭州䰅是《金瓶梅詞話》中婦女常挽的髮髻。清代婦女的髮髻，則有蘇州撅、元寶頭、大盤頭等花樣。婦女髮髻的變化，是趣味盎然的專史。

盤高髻要求一頭又密又長的好頭髮，許多婦女只好使用假髮。《左傳》說，衛莊公看見別人妻子的頭髮漂亮，命人剪來，給自己的妻子做假髮。如果假髮也弄不來，就只有用木頭、金屬絲等材料做個假髮髻，漆黑，套在頭上唬弄過關，這又叫假頭。有些窮人連假頭也沒有，就說自己無頭，向人借頭。宋代樂史所寫的《楊太眞外傳》說，楊貴妃常常戴假髻，穿黃裙。假髻一直流行到清代。滿族婦女的髮式兩把頭，起初用眞髮，後來插入了架子，於是稱架子頭，清末慢慢增高，變成高如牌樓的「大拉翅」。

在所有的髮式裡，高髻具有絕大的吸引力。十八世紀，西方女子發現了高髻的美，並發展到登峰造極的境界。英國婦女的假髮有的高達120公分，奇特的頭飾上撒有麵粉，裝飾有鳥的標本、果籃、花園和船的模型，有時一戴幾個月。假髮上抹了豬油，以免散開，但會招來蝨子和昆蟲。法國婦女的高髻不比英國人的稍矮。她們頭上的紗、

▶宋代婦女的流蘇髻。

花和鳥羽堆成高高的寶塔，以至於一個矮小女子的下巴下降到頭頂和腳尖的中央。羅伯特·路威（Robert Harry Lowie，1883～1957，美國作家）寫道：「（瑪麗）王后在1776年時把她頭上的鳥羽尺寸加高，弄得進不了車門，只好在登車時卸去一層，下車時再加上。宮裡的女官坐車時只好跪在臺板上，把頭伸出窗外。跳舞的時候總怕碰到掛燈。重重撲粉厚厚襯墊的金字塔生滿蝨子，非常不舒服。」

據說凱撒（Gaius Julius Caesar，100～44B.C.，古羅馬名將及政治家）年輕時是一個十足的花花公子，他把身體各部位的汗毛拔得一根不剩，還喋喋不休抱怨自己的鬢髮日漸稀疏。西塞羅（Marcus Tullius Cicero，106～43B.C.，古羅馬散文作家、演說家、政論家）評論說：「當我看到他的頭髮梳理得如此精細，還不時用一個手指整理髮型時，我簡直無法想像這樣一個人會企圖顛覆羅馬帝國。」男人油頭粉面，總讓我們心裡不舒服，即使他是凱撒。我覺得，頭髮似乎專門為女人的美麗而生出來的，男人只是附帶，所以他們有禿頂的問題。然而男人的頭顱像石頭，經得起折騰，就算寸草不生，也沒少什麼。

中國人的觀念，身體髮膚，受之父母，不可輕易毀傷，理髮成了禁忌。古代男子也留著長長的頭髮，挽成髮髻，只是樣式千篇一律，一成不變。男人沒幾個有好頭髮。《北齊書》說王琳「體貌閒雅，髮

◀1789年法國的諷刺畫，譏諷高聳的髮型。

垂委地」。宋代景煥所寫的《牧豎閒談》說李山甫髮長五尺，沐後梳理，要兩個婢女捧金盆托住，有客來訪，往往誤以為他家婦人在梳洗。這都是罕見的例外。多數男人是一把稀稀疏疏的黃頭髮，毫無美感可言。沒人為此憂慮，反映在詩文中，他們憂慮的是白髮。

「公道世間唯白髮，貴人頭上不相饒。」按杜牧的意見，世上最公道的事物，莫過於踩過所有頭顱的白髮，那是光陰的象徵。宋代詩人趙企說：「青銅不覽一二日，白髮又添兩三莖。」白髮初出，最是心驚，許多人毫不憐惜將它拔除，毀屍滅跡，讓時間無處落腳，這叫鑷白。老年是白髮的春天，起初三星兩點，終要萬莖霜雪，鑷白有什麼用？韋莊〈鑷白〉詩：「白髮太無情，朝朝鑷又生。始因絲一縷，漸至雪千莖。不避佳人笑，唯慚稚子驚。新年過半百，猶歎未休兵。」真的要消滅白髮，就要聽晚唐詩人羅隱的意見：「青銅不自見，只擬老他人。」我不看鏡子，那麼只見到別人老態龍鍾了。

志向遠大的男人要建功立業，白髮催老，給他們無窮之憂。《帝王世紀》說：「老聃初生而髮白，故號老子。」老子大概在娘胎裡就完成了他的思想。晉人嵇含二十七歲生白髮，他開始急了，作〈白首賦〉，感歎自己「以垂立之年，白首無聞，壯志衄（挫敗）於蕪途」。明人楊循吉也抗議：「料應白髮有來時，三十登頭似未宜。」換了寇

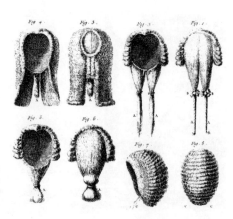

▶狄德羅（Denis Diderot，1713～1784）所主編的《百科全書》所繪男子假髮，呈現法國1762年的時尚。

準就不會這麼說。他少年得志，宋太宗還想有所大用，無奈他才三十多歲，不夠老成。寇準找人開了地黃、蘆菔之類的方子，日日服用，不久就變得鬢髮皓白。寇準的聲譽一向很好，然而爲高位而求速老，讓人頗爲不值。白髮再晚出場也是招人嫌厭的，不過也有人想得開。《齊書》說，齊高祖常常令人給他找白髮，有天，五歲的孫子在一旁玩耍，他問孫子：「我是誰？」孫子說：「太翁。」齊高祖大笑：「豈有爲人曾祖，猶拔白髮者？」就扔了銅鏡和鑷子。最達觀的還是唐代詩人杜荀鶴，他說：「幾人亂世能得此？今我滿頭何足悲。」他的意思是，時世動亂，多少年輕人死於非命，今天我能活到滿頭銀髮，還有什麼可悲傷的呢？

「白髮三千丈，緣愁似個長。」人們爲白髮憂慮，忘記了憂患乃是白髮的產婆。民間傳說伍子胥度昭關，愁了一宿，鬚髮皆白，正好易容過關。此類傳奇很多。魏明帝建凌雲臺，誤先釘榜而未題，只好把著名書法家韋誕裝在籠子裡，吊上去題字，韋誕有懼高症，結果一夕髮白，他留下家規，告誡後代不要學什麼書法。監獄是最讓人操心的地方，身陷囹圄，誰都不免愁腸百結，停辛佇苦。北齊的司馬子如受賄入獄，齊武帝先後把徐寅、謝超宗下獄，這三人都是一宿髮白。皓髮如雪的徐寅依然伶牙俐齒，對吃驚的齊武帝討好道：「臣思您於內，髮變於外。」這句話成爲傳誦一時的名言。

羅・赫里克（Robert Herrick，1591～1674，英國詩人）的詩句說：「上千次的煩惱與悲傷，使我白髮蒼蒼。」白髮不僅是時間的無情尺度，還是人生憂患的感人物證。看見那些滿頭銀髮的老者，我總是滿懷敬意，常常想，如果每一莖白髮沒有隱藏一個智慧，至少隱藏了一則故事。這是多麼豐富的生命。希伯來人說：「白髮爲老年人的尊榮。」我佩服說出這種話的民族。

頭髮附於人類的頭頂，與我們的精神保持密切的聯繫。許多原始

部落認為頭髮是靈魂或神祇的居所，這就是蓄髮的原因，一旦不得不剪短頭髮時，必須履行一定的儀式，以免失去神靈。《聖經》中的英雄參孫，他的全部力量來自於頭髮，它們重新生長，傳說中的神奇力量就開始復活。埃旺克人的神話說，必須用所有男人的頭髮——每人獻上一根——編織成獵網，才能把失去的太陽捕捉回來。在農業民族那裡，他們很容易看到，濃密的頭髮如同大地上茂盛的草木，二者的生長機制完全一樣，他們相信頭髮同土地的生產力神祕相關。頭髮就這樣成為一種來源久遠意義重大的信仰。

社會文化也給頭髮注入了豐富的內涵。頭髮是自由的象徵，古代的俘虜和今天的囚犯常常剃光頭髮，意味著他們喪失了自由。英國人類學家弗雷澤（James George Frazer，1854～1941）的《金枝》（*The Golden Bough : A Study in Magic and Religion*）講述了一個故事：法蘭克人的國王從來不剪短頭髮，有人帶了一把剪刀和一柄劍威脅王太后克洛蒂爾德，要她選擇讓兩個孫子剪去頭髮而活或者留著頭髮而死。高傲的太后回答說，她寧可看著自己的孫子被殺害，也不願看到他們失去頭髮而偷生。結果兩個孫子被殺死了。

按照一定的方式編結頭髮，通常表明隸屬於某個特殊的文化群體，遵從某種文化規範。秘密幫會的儀式，巫師作法，服喪，寢室的婦女，他們都披頭散髮，表示此刻擺脫了社會規範。主動去除頭髮，例如僧、尼、苦行的修士，象徵著退出世俗社會。至於改變編結頭髮的方式，則表示改變對某種文化的忠誠。這就是非常嚴重的事情了。

滿洲人入關後，發出剃髮令，義大利人衛匡國 [1] 正好此時來華，大為驚奇，他的報告說：「士兵和老百姓都拿起了武器，為保衛他們的頭髮拚死鬥爭，比為皇帝和國家戰鬥得更加英勇。」

漢族人於明清鼎革之際，為保衛自己頭髮而進行的戰爭，堪稱世界奇觀。起初，清統治者只在軍人中推行剃髮令，1645 年 6 月 19 日

豫王多鐸發布的法令還禁止強迫民眾剃髮，說是「剃武不剃文，剃兵不剃民」。七月，多爾袞在降清的漢族官僚的建議下改變態度，在全國推行剃髮令，要求所有民眾剃去前額的頭髮，並按照滿族的辮式編紮起來，作為歸順的標誌，「限旬日內，各省地方盡行剃髮，其有仍存明制，不隨本朝制度者殺無赦。」這就是所謂的「留頭不留髮，留髮不留頭」。清兵組織了許多剃髮匠，遊行街市，見到蓄髮者就抓來剃髮，如有抵抗當即格殺，懸其首於擔竿之上。後來，有清一代的理髮匠，挑擔上都保留著一根旗竿，就起源於此。剃髮令引起了強烈的反抗，許多已經被清軍征服的地區，重新反叛。民眾保衛文化衣冠的情緒，遠甚於早先的保家衛國。我們不知道有多少人因此喪生，可是我們知道，昆山至少有四萬人死難，嘉定經過三屠之後，變成一座空城。據說，降清的明進士金之俊，建議了一個「十從十不從」的原則：男從女不從，生從死不從，陽從陰不從，官從吏不從，老從少不從，儒從而釋道不從，娼從而優伶不從，仕宦從而婚姻不從，國號從而官號不從，役稅從而言語文字不從。這樣，滿族人與漢人達成一個妥協，給部分遺民留下一個餘地，百姓的反抗才緩和下來。

清亡後，胡蘊玉作了部《髮史》，為反抗剃髮令的仁人志士立傳，讀起來可歌可泣。無錫人華允城全髮隱居，被人出賣，送到南京，他說：「二祖列宗神靈在上，我髮不可去，身不可降。」從容就死。昆山人顧咸建拒絕仕清：「三百年宗社已傾，我頭可斷，髮不可剃也。」遂斬之。濟寧州人任民育拒絕剃髮，他說：「大丈夫寧可全髮而死，不可剃髮而生。」被殺。明大臣左懋第不肯降清，對多爾袞

---

(1) 衛匡國，義大利耶穌會教士，原名 Martin Martini，1607～1661。他於明崇禎十六年（西元1643年）首度來到中國。傳教之際，潛心研究中國文化，繪撰《中國新地圖冊》、《世界新地圖》、《中國新地圖》等書，被譽為「中國地理學之父」。另著有《韃靼戰史》，記載目睹漢人如何抵抗滿清的慘烈實況。

說：「斫頭勝於剃頭，唯願速死。」復社成員麻三衡就義前慷慨賦詩：「欲存千尺髮，笑棄百年頭。」更多的人寧願落髮爲僧，竄逃山中。

《髮史》的序說：世人常常以爲，區區之髮，無關乎興亡，那是因爲他們不知髮之歷史。「入關之初，剃髮令下，吾民族之不忍受辱而死者，不知凡幾，幸而不死，或埋居土室，或遁跡深山，甚且削髮披緇（出家），其百折不回之氣，腕可折，頭可斷，肉可臠，身可碎，白刃可蹈，鼎鑊可赴，而此星星之髮，必不可剃。其意豈在一髮哉！蓋不忍上國之衣冠，淪於夷狄耳。」

我的理解是，髮式在這裡代表了漢族幾千年的文明。孔子說：「微管仲，吾其披髮左衽矣。」大意爲，沒有管仲，我們都要成爲野蠻人了。「披髮左衽」，是野蠻人的裝束。剃髮，顯然意味著背棄自己的文化，屈從蠻族。爲保全頭髮而戰，實質上是爲保全本族的文化而戰。顧炎武在他的《日知錄》中區分了亡國和亡天下兩種情況：亡國是改姓易號，換皇帝，所以保國的事，由其君其臣肉食者謀之；亡天下是文化崩潰，仁義不存，率獸食人，所以保天下者，匹夫之賤也有責任參與。顧炎武說的亡天下，其實相當於斯文掃地，文化滅絕，野蠻戰勝文明。這樣我們才能理解，清軍入關，爲什麼中國人沒有爲

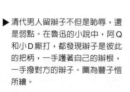

▶ 清代男人留辮子不但是恥辱，還是弱點。在魯迅的小說中，阿Q和小D廝打，都發現辮子是彼此的把柄，一手護著自己的辮根，一手撥對方的辮子。圖為豐子愷所繪。

一個王朝力戰，卻爲自己的頭髮殊死搏鬥。

保全頭髮往往要獻出頭顱，只有人類如此高貴或荒謬。文明高於我們的生命。

眉毛

畫 眉 深 淺 入 時 無

眉毛完全是可有可無的零件。

雕塑家刻畫人物，

往往忽略了眉毛。

人的面孔，會聚著種種必不可少的重要器官，眼睛、耳朵、鼻子、嘴巴，通過它們，我們感知世界豐富的色彩、音響、芳香和滋味。這個繁華的門面，唯一顯眼的奢侈品是眉毛。除了擋擋額頭上流下的汗水雨水，我們想不出眉毛還有什麼實際的用處。我覺得，最好的解釋是，造物者是個鑒賞家，純粹出於美學的目的，給人類安上了兩條眉毛。

眉的最大受益者是女性。她們發明了許多辦法，讓眉毛生動起來，人類的面容因之熠熠生輝。

天生的好眉毛大概不多。古書上說，堯眉八彩，春秋時期的魯僖公、漢代的司馬長卿也是眉八彩。他們都是奇人，眉毛天生異形，八種顏色的眉毛，花花綠綠，想來不會好看。我們沒聽說哪個女子曾經把自己的眉毛弄成這樣的調色板。堯固然是聖賢，可是在美容方面，未必及得上婦人的見識。

眼睛，鼻子，嘴巴，哪一項長歪了都麻煩，只能做有限的修飾。唯有眉毛無所謂，盡可以推倒重來。事實上古代婦女很少有滿意自己眉毛的，通常的做法是把它剃光，然後畫上假眉。畫眉的唯一參考是時尚。唐朝詩人朱慶餘描寫新嫁娘妝後的擔心：「妝罷低聲問夫婿，畫眉深淺入時無？」「入時」即美。所謂時尚，就是流行的美學標

▶唐代婦女的桂葉眉。

準。像今天一樣，唐代婦女的煩惱也是追趕不上時尚。

眉妝的時尚變化太快。先秦畫的是蛾眉，細長而彎；西漢曾流行闊而短的「廣眉」，濃重如臥蠶，使女人們看起來個個顯得精明幹練。東漢梁冀的妻子大美人孫壽標新立異，作愁眉，啼妝，天下景從，女人們全變得多愁善感。愁眉又叫八字眉，眉頭高，眉梢低而長，看上去一臉苦相。有人把漢末的大動亂歸罪於這種不祥的妝式，孫壽成了罪魁禍首。曹操喜歡纖細的長眉，令宮女畫連頭眉，「一畫連心甚長，人謂之仙蛾妝。」流風遺韻所及，齊梁間的宮女還是這副模樣。唐代的眉妝爭奇鬥豔，品類齊備。虢國夫人自炫美豔，常常素面朝天，然而淡掃蛾眉還是要的。風流天子李隆基頗有眉癖，唐人張泌《妝樓記》記載說：「明皇幸蜀，令畫工作十眉圖。」「十眉」為鴛鴦眉（八字眉）、小山眉（遠山眉）、五嶽眉、三峰眉、垂珠眉、月棱眉（卻月眉）、分梢眉、涵煙眉、拂雲眉（橫煙眉）、倒暈眉。蘇東坡說：「成都畫手開十眉，橫煙卻月爭新奇。」蘇東坡的時代，已經不只十眉了，據說宋代教坊（妓院）勾欄（宋、元時代的劇場或賣藝場所）中的女子，百日內眉式無一重複。元代的后妃多畫一字眉。明清崇尚秀美，眉妝復歸纖細彎曲。

眉的顏色也有變化。秦以前流行綠眉，所以宋玉〈登徒子好色賦〉

◀元代婦女的一字眉。

形容女子「眉如翠羽」，秦始皇的後宮「皆紅妝翠眉」。漢代女子喜歡黑眉。六朝綠眉之風再起，「雙眉本翠色」的風氣一直延續到唐初，詩人們還在歌頌「眉黛奪將萱草色」，「深遏朱弦低翠眉。」然後，楊貴妃作白妝黑眉，時尚為之一變，唐人徐凝說：「一旦新妝拋舊樣，六宮爭畫黑煙眉。」黑眉的時代又到來了。

畫眉的顏料，古人用的多為一種青黑色的礦石，叫石黛，有專門的黛硯研細。有時也用其他材料，如銅黛、青雀頭黛和螺子黛。黛粉調水，就可畫眉了。五代墨工張遇手製的墨意外地成為貴族婦女的恩物，被稱為「畫眉墨」。一代製墨大師造出的佳墨沒著落在紙上，大半點染上了女人的眉頭，幸抑或不幸？金代詩人元好問感歎道：「畫眉張遇可憐生。」

女人用在眉頭上的心思，可謂深矣。

女人化妝，最具美感的是兩項：梳髮與畫眉。

暴君隋煬帝其實是很有藝術修養的人。唐人顏師古〈大業拾遺記〉說：隋煬帝的妃子吳絳仙，因善畫長蛾眉得寵，於是宮中嬪妃皆畫長蛾眉。當時流行的還是綠眉，宮中每天消耗五斛「螺子黛」。螺子黛是波斯來的貢品，極其珍貴，每顆價值十金，後來，財大氣粗的隋煬帝也供應不起了，遂雜以銅螺。隋宮只有吳絳仙一人得賜螺子黛不絕。隋煬帝喜歡看吳絳仙畫眉，每每「倚簾顧之，移時不去」。他還對別人說：「古人言秀色若可餐，如絳仙真可療饑矣。」吳絳仙的蛾眉讓隋煬帝魂不守舍，立為貴妃，成了隋煬帝丟掉天下的原因之一。

另一個更著名的故事是關於張敞的。《漢書》說，京兆尹張敞為妻子畫眉，被人告到皇帝那裡，張敞道：「閨房之內，夫妻間的事，還有比畫眉更過分的呢。」我們覺得這辯解十分有力。結果卻是「上愛其能而不責備也」，皇帝因為張敞的才幹而沒有批評他。也就是說，按當時的風尚，告狀的人頗有道理，換個其他人，也許就要撤

職，或記過處分。

後世的人們沒有漢人那般假正經。事實上，張敞為婦畫眉，引起的更多是豔羨。江山與美人，自古便是血性男兒的兩大獵物。得江山難，不如退而求美人。清代文人張潮便宣言：

> 大丈夫苟不能干雲直上，吐氣揚眉，便須坐綠窗前，與諸美人共相眉語，當曉妝時，為染螺子黛，亦殊不惡。

以眉出名的美人是漢朝美女卓文君，據說她「眉如遠山」。意思是遠山那樣淡，遠山那樣彎。可惜我們無緣見到。眉毛也像文章，不喜平淡，要略存山意，所以有小山眉、五嶽眉、三峰眉之稱。徐士俊的〈十眉謠〉詠小山眉：「春山雖小，能起雲頭；雙眉如許，能載閒愁。山若欲語，眉亦應語。」

眉的確能說話。眉頭湊在一起，愁眉苦臉，是憂慮，是深思；往兩邊分開，便是眉開眼笑和眉飛色舞。橫眉表示生氣，如果不只橫眉，還眉毛亂抖，意味著憤怒之極。低眉當然是順從。眉頭一揚，是驚訝，也是懷疑。擠眉弄眼，那是在打招呼，也可能表示不屑……。

我們臉上的表情太豐富太微妙了，有時難以辨認，眉毛把它們放

▶ 眉如遠山的卓文君新寡，被窮才子司馬相如挑動春心，隨他私奔，當壚賣酒。這是古代最浪漫的愛情故事之一。

大，變得明確。一個賣弄風情的女子不必做聲，只要滿眼含笑看著你，然後眉毛微微一揚，就布置下一個讓你視死如歸的陷阱。從這個意義說，眉妝的最高境界並非合乎時宜，也不在於襯托眼睛，彌補臉型的遺憾。其最高境界乃在於表情達意。「貪與蕭郎眉語，不知舞錯伊州。」「伊州」是曲詞名。宋代人劉克莊說，風流的舞姬只顧了同情人眉語傳情，舞錯了曲拍都不知道。清人鄒熊詩道：「曲中眉語目傳情，燭光照面伴羞縮。朱門子弟易魂銷，袖底金錢席上拋。」眉語挑情，最是難拒，人性如此。若問行人哪邊去？眉眼盈盈處。

　　然而，眉毛既然是奢侈品，它的重要性就來自於文化。由於人類文化的多樣性，我們完全找得到相反的例證。有不少人類群體並不需要眉毛。在亞馬遜熱帶雨林中，很多部落便認為眉毛難看，拔得乾乾淨淨，連眼睫毛也在掃除之列。十四世紀的英格蘭時髦女郎拔除眉毛，留下毫不修飾的兩條眉脊。義大利也有這樣的時代，達‧芬奇（Leonardo Da Vinci，1452～1519，義大利藝術家、科學家、文藝理論家）的名作《蒙娜麗莎》，許多人以為那沒有眉毛的少婦天下最美。我不覺得。

　　我還是喜歡一個眉眼盈盈的女子。

眼睛

目見有百步之外，而不能見其睫

除了最重要的事物，

眼睛差不多看見了一切。

美國人海倫・凱勒（Helen Keller，1880～1968）從小生活在黑暗之中，她問一個剛從森林裡散步回來的朋友看見了什麼，朋友說：「沒有看見什麼特別的東西。」她不相信：在森林裡走了一個多小時，卻沒有發現什麼值得注意的東西，這怎麼可能呢？

真的，盲人不能理解我們的生活，一如我們不能理解盲人。如果海倫・凱勒有一雙正常的眼睛，她就會明白，眼睛並不是什麼都能看見的。此刻，我探出頭看了一下窗外。街道，斑馬線，行道樹，店鋪，行人，車來車往，一切都在它們該在的地方。我們不妨試著回憶一下，昨天，前天，上個月，去年，你見過幾次月亮？街邊的紫荊花是什麼時候開的？對桌的同事穿了什麼顏色的鞋子？老子說，五色令人目盲。一個盲人，哪裡能夠明白，世上還有一種熟視無睹的盲目呢？樹在泥土裡，人行路上，鳥飛空中，萬古如斯，平常得很，眼睛睜不睜開都無所謂。

古人說過兩種目論，提醒我們注意眼睛的危險。一種是韓非子說的：「目見有百步之外，而不能見其睫。」我們以為自己遙遙避開了一個陷阱，卻沒想到，身邊還暗暗伏著燃眉之憂。另一種見於《淮南子》（西漢・淮南王劉安撰）：「目能察秋毫之末，而不能見泰山之高，小有所志，則大有所忘」。我們的眼睛不是全能的。

我們不妨對目論做點引申：你看見了別人，必定忽略了自己；看見了物質，必定遺漏了精神。基於這原理，北歐島國的女巫都瞎了左眼，祭司和先知往往盲目──連街頭算卦的都愛冒充瞎子。他們犧牲塵世的視力，換取靈界的洞察力。《千字文》流傳千古，它的作者用盡了一雙肉眼的目力。傳說南朝的周興嗣一夕寫成《千字文》，兩目俱喪，鬚髮皆白。

除了最重要的事物，眼睛差不多看見了世界的一切。我說的最重要的事物，包括你自己的面孔，他人的靈魂，天地運行的大道。視力

帶著陰影，如同陽光，照亮什麼，同時也遮蔽了什麼。世界是這麼遼闊，睜大眼睛提防路上的每塊絆腳石，就會忽略了命運之網。兩個眼睛，對我們來說，實在是太不夠用了，所以發明文字的倉頡睜開四眼觀察這個世界，古人稱之為「並明」，這樣，他的視力深入鬼域；虞舜和顏回沒有四眼，但是他們重瞳，有四個眼珠，想來視野裡也是別樣風景；道家的神仙們，瞳仁往往是方的，不過到底有什麼妙用，我還不明白；南宋趙南仲的雙眼雖不特異，卻有高低之分，一眼用來觀天，一眼用來察地——他們的眼睛生來是為了觀看不平凡事物的。

　　印度人沒有對稱的愛好，他們給大神濕婆（Shiva）的額上開了一隻眼睛，這第三隻眼就是所謂的慧眼、法眼，用來看見真理的[1]。在許多民族看來，宇宙也有眼睛，那就是太陽。這隻最宏偉的世界之眼，它睜開，萬物生機勃勃，五光十色；它闔上，黑幕降臨，我們全成了盲人。我們生存於太陽視力的呼吸之間。

　　像動物一樣，我們只有兩隻眼睛，可是我們不能像動物般，只依

（1）濕婆是印度教中最受崇拜的神之一，既象徵毀滅，也代表起死回生，但通常被視為是具有破壞性格的神。濕婆的形象是四面、三眼——一隻長在額頭，代表其思考的本領，四臂、額頭中央有一彎新月，雙手擺成「盛開吧，蓮花」的手勢。

◀傳說發明文字的倉頡有四隻眼睛。

靠麵包和水活著。人類的食糧還包括了真理。於是，我們在心靈睜開一隻眼睛。《聖經》中記載，人類始祖偷吃了禁果，「他們兩人的眼睛就明亮了，才知道自己是赤身露體，便拿無花果樹的葉子，為自己編裙子。」（《創世記·第三章》）英文版裡，說的是兩人的眼睛打開、睜開了（opened）。亞當夏娃原來便有眼睛，現在，他們明白了善和惡，具備了良知，又睜開了一隻心靈之眼。

心靈之眼，靈魂之眼，或精神之眼，並非西方特產，伊斯蘭教、佛教的著作中也有這概念。人類有了心靈之眼，便有了神性，或佛性，就有領悟真理的可能，才能要求他們上進。

眼睛代表智慧，一般情況下，是多多益善。在希臘神話中，獨眼巨人都是些頭腦簡單的野蠻人，幹些體力活兒，給雷神鍛造電火，給英雄打製武器，比人類還不如。百眼巨人阿耳戈斯（Argus）就很受重視，赫拉（Hera）命他看守變成小母牛的情敵伊娥（Io）。他輪流閉上兩隻眼睛睡覺，無懈可擊。可是神使赫耳墨斯（Hermes）的音樂太神奇了，他漸漸闔上了所有的眼睛。他的頭被割下。赫拉覺得那些眼睛浪費太可惜，裝飾在孔雀的尾巴上 (2)。孔雀有了這麼多眼睛，身價大不一樣，全世界走紅。例如，在東方，阿彌陀佛的寶座就由孔雀來支撐。

▶神使赫耳墨斯殺死了百眼巨人阿耳戈斯。

人類裡也有獨眼的。徐筱庵眇（瞎）一目，把千手千眼觀音羨慕得不得了，徐某常常說：「你有千目，眾皆了了；我有雙目，一明一眇。多者特多，少者特少。」頗能自我解嘲。也有人想不開，獨眼是南朝梁湘東王蕭繹致命的傷痛，初起兵討伐侯景時，侯景的謀士王偉作檄文挖苦他：「項羽重瞳，尚有烏江之敗；湘東一目，寧爲赤縣所歸？」他後來成了梁元帝，把王偉的舌頭釘在柱子上。據說，梁元帝還被他的后妃欺負，徐妃知道他要來，只化半面妝潦草應付，他大怒而去。徐妃的結局是逼令自殺。

在人類的各種感覺器官中，眼睛無疑最爲重要。世界的各種資訊，絕大部分通過眼睛進入我們的腦海。再輕微的眼疾也是大病。眼睛似乎獲得了獨立的生命。古代的刑罰挖眼，或現代的眼科手術，總是使我不寒而慄，我覺得那是在傷害一個生命。在餐桌上，我從來不敢吃下一隻魚眼。那些死去的眼睛，仍然牽扯我的神經。

《太平廣記》一則故事說：唐肅宗時，尚書郎房集獨坐庭中，面前忽然出現一個手持布囊的小兒，房集問布囊中裝了什麼東西，小兒笑道：「眼睛。」「遂傾囊，中可數升眼睛，在地四散，或緣牆上屋。」你讀了如何？反正我毛骨悚然。這一幕如果出現在我面前，也許會昏過去。眼睛不是尋常之物，是我們身上最敏感最脆弱的部位，它激起我們強烈的情感反應。

南朝張僧繇善畫龍，他在金陵安樂寺畫了四條白龍，不點眼睛。他解釋說：「點睛則飛去。」沒人相信他的話。於是他爲兩條龍點睛，須臾雷電破壁，二龍飛騰上天。中國人覺得，一件事物有了眼

---

(2) 宙斯愛上天后赫拉的首席女祭司伊娥。赫拉心懷嫉恨。宙斯爲了保護伊娥，將她變成一條牛。赫拉向宙斯要回此牛，並將牛交給百眼巨人阿耳戈斯看守。因阿耳戈斯即使在睡覺時也有一半的眼睛睜著，宙斯無法營救。只得命赫耳墨斯去殺死阿耳戈斯。赫耳墨斯用笛聲催眠，使阿耳戈斯的眼睛全都閉上，而救出了伊娥。

睛，就有了靈魂。這種觀念盛行全世界。印度人給聖像開眼，使其擁有生命；埃及的石棺上常裝飾著雙眼，讓死者看見外部的世界；越南人給新造的木船開光，就是在船頭鑿出或畫上兩隻大眼睛。

　　眼睛既是人的要害，破壞也就從眼睛開始，或者至眼睛而結束。南美的印第安人吃掉敵人的眼珠，使他們的靈魂變成瞎子；穆罕默德搗毀異端神像時，眼睛首當其衝；宗教改革時期，荷蘭的反對偶像崇拜者挖掉畫像的雙眼。許多世紀以來，歐洲人相信被謀殺者的視網膜上會留下兇手的形象。1927年，曾有一名歹徒弗雷德里克‧蓋伊‧勃朗寧殺死一名員警後，俯下身去，向死者的雙眼各開了一槍。但最後警方還是抓到了他。

　　我們真的能看見這個世界什麼？我有時頗為疑惑。我們不妨思考一下三國時期蔣濟說的這個寓言：從前有兩人評論他們主子的相貌，一人說：「他長得很美。」另一人說：「他長得醜陋。」他們爭了半天，誰也說服不了誰。兩人都說：「你如果用我的眼睛看，就能明白他到底美還是醜了。」

　　他們主人的美或醜這問題真的存在嗎？或者存在的只是各人的眼光？黃疸病人看到的一切都充滿黃色，樂觀主義者發覺所有的事物都值得讚美。他們並沒有看見世界，他們只看見了自己的影子。

　　正如不存在時間，只存在各種時鐘。我想，也許不存在世界，只存在各種眼睛。

目光

致 命 的 目 光

我們生活的一半內容

原非必要，

完全是為了對付他人的眼睛。

我這人見不得場面。初上講臺時，臺下齊刷刷彙聚來四五十雙目光，不禁心虛腿軟。於是領略了古人說的「十目所視十手所指」的境界，暗自慶幸不是待在批鬥會上。一般的講課、開會、做報告，口耳相傳，還談不上凝視。聽眾大半精神渙散，雙眼茫然，演講者自作多情而已。和士開（北齊之佞臣）說琅琊王（北齊皇室高儼）「目光奕奕，數步射人，向者暫對，不覺汗出」——這種眼光簡直就是聚光燈，把每個人置於審判對象的位置。

目光是無形的，然而有分量。我們不妨將它看成陽光那樣的物質。有許多次，我是被陽光喚醒的，眼瞼上感覺到一股輕盈而溫暖的壓力。凝視也是如此。你突然間覺得芒刺在背，不舒服，轉過身去，發覺一個人正在盯著你。

不要忽略了人類這種最古老的武器。目光能夠讓人喪生。

論到眼神運用的微妙之美，當然是戀人們。開始是拋媚眼，眼角一瞥，臨去秋波那一轉；接著是「眼語」挑情，頑強而生怯的窺視，目光稍觸即潰；最後是四目相對，含情脈脈，那已經是成熟的愛情，相當於擁抱了。愛慕的目光通常很柔軟，但是堅韌，一旦惹上，往往不死不休。看電影《安娜‧卡列尼娜》（*Anna Karenina*），無論是衣香鬢影的舞廳，還是人來人往的扶梯上，暗夜停車的月臺上，男主角渥倫斯基的眼睛一動不動地追逐著女主角安娜，如魂附體。我深深體會了安娜的脆弱和無助。沒有一個女人能夠掙脫這麼深情的一張網！結局早已註定，她心甘情願走向死。

古代希臘詩人認為，愛神丘比特就躲在人們的眼中，他的愛神之箭就從眼睛中射出。此後的愛情歌手，往往用眼睛射出箭、飛鏢之類打比方，形容愛的凝視。人們死於愛情，實在是情理之中。

崇拜者的目光，威力稍減，但是集腋成裘，不容忽視。例如衛玠，古代著名的美男子，他走到哪裡，都引起一場轟動。有次他從豫

章到都下，圍觀者圍成人牆。他的體質本來就差，居然成病而死，留下一則「看殺衛玠」的豔典。沒聽說如今哪個影視明星被人山人海的追星族「看殺」，足見問題出在衛玠自己。那個時代，娛樂業還沒興起，明星們普遍缺乏表演經驗。

走進寺院，首先見到的就是金剛怒目，那是為了令群鬼辟易。凡是嚇鬼的東西都圓睜雙目，比如鍾馗、儺神（驅除瘟疫的神）。鬼是不是會被怒目嚇倒？說不清楚，我們知道人常常會害怕一雙憤怒的眼睛。動物學家說，兩隻猴子吵架，除了怒視，還齜牙咧嘴，做勢威脅彼此。人類的牙齒早已退化，當不得武器，倒是舌頭進化了，能殺人。所以贏得一場人類間爭吵的要素，一是聲音要大，二是義憤填膺，怒目而視。司馬遷寫項羽與漢軍間的戰鬥：「項王瞋目而叱之，人馬俱驚，辟易數里。」「瞋目」就是怒目，「叱」就是大聲痛罵。這還是正規軍作戰呢！和流氓街頭火拚差不多。兩軍相遇，「瞋目而叱」者贏。

怒目是最強烈的一種凝視，出於生理本能，連動物都能感覺到。秦王把朱亥[1]和老虎一起關進籠子，朱亥對自己的拳頭沒有信心，只好怒目而視。不知他怎麼使的力氣，據說他眼眶破裂，血濺猛虎。結果是老虎怕了他。

我們現在看「文革」時期的鬥爭會、宣判會，覺得挺滑稽。臺上的被鬥對象感覺可不相同，他們承受的正是這種嚴厲的怒目，還有譴責的指頭。古人說：「千夫所指，無病而死。」千目千手之下，再健壯的生命也會逐漸衰竭，汩汩失血。許多人熬得過嚴刑拷打，卻頂不

---

(1) 朱亥，戰國時魏人，以屠犬為業。秦圍攻趙國國都邯鄲，魏國派晉鄙率軍救趙，晉鄙的軍隊畏懼秦兵，便在鄴城逗留觀望。魏公子無忌獲侯嬴獻計盜得兵符，可下令晉鄙進軍。侯嬴又薦朱亥與之同行。至魏營，晉鄙疑其中有詐，朱亥即抽出袖中藏的鐵椎擊殺晉鄙，奪得兵權。最後魏軍打敗秦師，解了邯鄲之圍。

住這種群眾鬥爭的場面。老舍[2]從批鬥會出來後就投湖自殺。他的生命已經耗盡,僅剩下死亡的勇氣了。

《列仙傳》(中國最早的神仙列傳,相傳作者爲西漢・劉向)說巴東人涉正,整天閉目養神,弟子們侍候了幾十年,沒見他張開過眼睛。應徒弟們的強烈要求,涉正終於開眼。那情景,據說是「音如霹靂,光如電照」。眾弟子趕緊趴下,良久乃起。涉正的目光簡直就是閃電,還伴了雷鳴。希臘神話中萬神之主宙斯握在手上的權杖,他藏在眼睛裡。不過,將視力改造成這樣一件重武器,是否合算,我頗爲懷疑。

塞爾維亞的民間故事中,巨人瓦伊整天躺在一張鐵床上,沉重的眼皮使他無法睜開眼睛。但是危險來臨時,他就招來二十個大力士,抬起他的眼皮,這雙威力無比的目光就能橫掃全世界,致人死地。而平時,他是一個陷入黑夜的盲人,一個呆鈍的怪物。

惡毒眼的觀念,不知道屬於傳說還是事實,流行於世界許多地區。天生惡毒眼的人彷彿一個巫師,能夠傷害他看到的任何人或物。如果他看鏡子,就可能傷害了自己。1923年,被稱爲惡毒眼的西班牙國王阿方索十三世(Alfonso XIII,1886～1941)訪問義大利,坐船到達熱那亞時,突然狂風大作,四個水手死於非命;附近一艘潛艇的空

涉正

雅積丹闕　默甘雪溪　忽開發已　泗覽霹靂

▶ 涉正開眼,據說是「音如霹靂,光如電照」。

氣壓縮機爆炸，一人喪命。進入那不勒斯港，發射禮炮的青銅大炮爆炸，炸死了操作人員。一名海軍軍官和國王握手後便倒地不起，死在醫院。他走過格萊奧湖的圍壩，第二天，大壩崩塌，五十個人喪生。從此阿方索出了名。1931年，他再訪義大利時，墨索里尼拒絕接見他，在一場爲他舉辦的聚會上，只有他一個人出席。

我的想法是，目力太好的人，日子往往過得不好。

上天給我們平凡的視力。鄰居、同事、親友、路人，我們遇見的所有人，都和我們一樣，在各自的命運中掙扎。一雙又一雙眼睛，簡單，空洞，反映著生活的種種喜怒哀樂。我們早已熟識，不會爲此動容，喪魂落魄。我們以爲，我們對別人的注視有了免疫力。

其實不然。如果沒有別人的目光，我們可能不會那麼講究服飾，不在乎名牌，請客時不會挑選最好的飯館，結婚的嫁妝必定省去許多，房地產公司要破產幾家。我們生活的一半內容原非必要，完全是爲了對付他人的目光。沒有人能夠獨自生活。所有人都在互相張望，視線交織成網，於是共同的社會標準得以確立。成功的人生總是相同的，社會精確地複製了一個又一個官僚、商人、企業家、無數的小市民。瓦伊已經永不疲倦地睜開了眼睛。

我們被平凡的視力所關注，只能過著平凡的生活——平庸的目光最致命。

---

(2) 原名舒慶春，1925年完成第一篇長篇小說《老張的哲學》，大受好評。終生致力於戲劇創作，後因不堪紅衛兵毆辱而在1966年自殺身亡。

鼻

牽 著 鼻 子 走

克麗歐佩特拉的鼻子

要是長得矮一點兒，

整個世界的面貌就會大不一樣。

古埃及的法老都是近親通婚，兄妹夫妻。這一絕對違反現代優生理論的現象結出一枚驚人美麗的果子，那就是以美貌和智慧著稱的法老克麗歐佩特拉（Kleopatra）。克麗歐佩特拉的個人魅力阻止了羅馬帝國在地中海南岸的征服行動，埃及王國的領土得以保持完整，兩位最偉大的羅馬人──凱撒和安東尼（Marcus Antonius，82～30B.C.）──拜倒在她裙下。這位埃及豔后的事蹟，經過英國文豪莎士比亞（William Shakespeare，1564～1616）和德國詩人海涅（Heinrich Heine，1797～1856）等歷代詩人的傳誦，再加上好萊塢明星伊莉莎白・泰勒（Elizabeth Taylor）的演繹，變成一則神話。

神話的核心是她的鼻子。法國哲學家巴斯卡（Blaise Pascal，1623～1662）一語道破，他的聲音響徹歷史：「克麗歐佩特拉的鼻子要是長得矮一點兒，整個世界的面貌就會大不一樣。」

今年三月，英國人做翻案文章。《星期日泰晤士報》說埃及豔后並不是什麼千古美人，而只是一個「身高只有150公分、體態肥胖、齙牙咧嘴的小侏儒」，並稱這是研究她的雕像的比例時得出的結論。此文一出，引起埃及人同聲討伐。開羅大學文物學院前院長布魯非蘇爾說：「克麗歐佩特拉臉部的細膩光華和神韻是無可辯駁的，她挺拔的鼻子和端莊的五官在古今世界女王中再也找不到第二個……」埃及

▶歷史留下了許多克麗歐佩特拉的形象，像是她有無數化身，我們無法驗明正身。這是鼻如懸膽的克麗歐佩特拉。傳說她氣質高雅，熟諳歷史、文學與哲學；能使用希臘文、埃及文、敘利亞文。還寫過一篇關於化妝品的論文。當然，她最精通的還是征服優秀男人的智慧。

吉薩文物局長札西哈瓦斯博士說：「英國人說克麗歐佩特拉醜陋和肥胖是毫無根據的，他們應該到埃及盧克索神廟（Luxor Temple）去看一看，這座神廟裡有保存完好的克麗歐佩特拉的浮雕。」

埃及人心目中的克麗歐佩特拉，很符合中國人說的「鼻如懸膽」，修長，精美，挺拔；英國媒體給她的鼻子則是一個粗大的鷹鉤鼻。其實，真實是不重要的。在那麼多名人發言之後，克麗歐佩特拉的美貌已經脫離她的時代，成為文化。唯一一件文化事實是，克麗歐佩特拉擁有人類最完美的鼻子。

中國人不大重視鼻子，舉個現代的例子。二十世紀四〇年代末，美國人把蔣介石的夫人宋美齡選為「全世界十大美人」之一，同時，她被推崇為擁有最美鼻子的女人。《紐約時報》刊載美國藝術家協會秘書長柯納的講話：「此次選舉由會員投票，內有美國著名藝術家多人。鼻美之標準化為：鼻以愈不凹愈美。蔣夫人之鼻與面部其他各點完全調和，故能入選。」這次選美相當鄭重，評選結果是美國外交部用電訊通知中國的。這年宋美齡五十一歲。

宋美齡的鼻子為中國贏得一枚金牌。不像埃及人，中國人很謙虛，不把她當成民族英雄。

美女就像春草，凋謝了，明年又會齊嶄嶄冒出一代，也許愈加新

◀鷹鉤鼻的克麗歐佩特拉。其實，克麗歐佩特拉原籍希臘。她的血統與埃及人毫無關係。

鮮嬌嫩。可是人類一千年只出一個凱撒，克麗歐佩特拉是幸運的，她的鼻子比所有女人更高傲，那是因為凱撒的身軀比任何男人更偉岸。

詩聖杜甫的詩說：「高帝子孫盡隆準，龍種自與常人殊。」「隆準」就是高鼻。古人描寫起帝王將相來，動輒隆準，以示不凡。漢高祖劉邦，是「隆準而龍顏」，東漢光武帝劉秀、五代閩王王審知、漢天師張道陵，一個個全是高鼻樑。你去算命，面相家肯說你隆準方口，多半同時也送你一個遠大前程。

男人如此，女人卻未必。說起來，我們對中國古代美女的鼻子毫無所知。西施、卓文君、楊貴妃，前人對她們容貌的描寫總是語焉不詳。仕女畫中的女子，鼻子若有若無，似乎還是小巧為美。李清照形容少女見到生人：「和羞走，倚門回首，卻把青梅嗅。」這樣一個嗅著梅花的嬌羞少女，不會也長著隆準吧？想來古典美女都應該鼻樑細窄、纖巧、俊秀，鼻端微翹。

鼻子盤踞在一張面孔的正中，挺身而出，耀武揚威。按理說，它該是女子美容術的核心，實際情形恰恰相反，它是中國女子身上文化意味最稀薄的部位。女人們在梳妝檯前消耗大量的時間，挽髻，畫眉，塗唇，點額，穿耳，就是對鼻子不加修飾。在隆鼻術發明以前，長壞了什麼都有後天的補救手段，精心妝飾一番，再慘澹的眉目也能見人。只有壞鼻子不可救藥。如果女人天生一副塌鼻樑，觸目驚心的酒糟鼻，最聰明的辦法還是老實待在家裡。

西洋有句惡毒的諺語：「欲毀其容，須割其鼻。」

中國的女人親身實踐這句話，當她們決定自戕的時候，第一個目標是鼻子。三國女子夏侯氏，丈夫早逝，父親逼她改嫁，她便截耳割鼻，毀容守節。她的行為引出後世許許多多同樣慘烈的故事。讀《烈女傳》，我常常讀得心驚肉跳。

人為什麼要長一個前突的鼻子？除了特別容易碰鼻之外，似乎全

無用途。魚、烏龜或蜥蜴，牠們的鼻孔只是簡單的兩個小洞。大猩猩和黑猩猩的鼻子也十分平淡。據說，在現存的靈長類動物中，只有人類和長鼻猴長有突出的鼻子。科學家至今沒有很好地解釋這問題。

那麼，我們不妨說說詩人的觀點，女性的智慧。

英國詩人柯立芝（Samuel Taylor Coleridge，1772～1834）說，我們的鼻子長成這種形狀，是為了方便嗅聞。另一位英國詩人羅・勃朗寧（Robert Browning，1812～1889）看來支持這種意見，他說：「用鼻子蹂躪玫瑰是不應該受到責罰的。」人類的鼻孔向下，緊鄰嘴唇，嚴厲監視著每一種入口的東西。鼻子也有自己的慾望，其美食是一切芬芳之物，不管毒品、誘餌，還是佳餚。於是香水成了女性對付男人的共謀。有漂亮鼻子的克麗歐佩特拉總是在溫柔時刻給船帆灑上香水，讓凱撒和安東尼的鼻子屈從甜美的誘惑。上世紀初，另一位奇女子香奈兒（Channel）向女顧客推銷她的香水：「您該把香水抹在您想讓人親吻的地方。」至少瑪麗蓮・夢露（Marilyn Monroe，1926～1962）是忠實地將這建議付諸行動的，當記者問她晚上都穿什麼衣服睡覺時，她扭扭捏捏說：「只灑上幾滴香奈爾五號罷了。」著名的美國模特兒傑莉・霍爾（Jerry Hall）出語驚人，坦白自己最早與搖滾歌星米克・傑格（Mick Jagger）約會時，總是使用「鴉片」（OPIUM，1977年聖羅蘭

◀義大利藝術家莫迪里阿尼（Amedeo Modigliani，1884～1920）窮得買不起石材，只留下二十五件雕塑。他的女人頭像，全都細眉小嘴，還有一個長長的鼻樑，表現出女性優雅的古典氣質。

公司推出的知名香水）香水。據說這是一種含有性激素的東方麝香香水。

人類的鼻子前突，也許是為了便於貫串鼻繩。

中國人形容完全聽人擺布，就說「被人牽著鼻子走」。在英語裡，「牽著鼻子」表達完全相同的意思。和一頭牛沒有兩樣，誰的鼻子被人控制，誰就淪為奴隸。談什麼蹂躪玫瑰？眾所周知，一朵玫瑰如果想要牽引一個男人的鼻子，她總是能夠如願以償。

嗅覺

世 間 的 氣 息

世間最感人的氣息

並非來自香料，

也不出自高級調香師之手。

那是極普通極平淡的氣息，

親切、安寧、溫暖、甜蜜，

來自你的愛人，

你的母親，

你的兒女。

嗅覺是很特殊的一種人類感覺，它不可控制。閉上眼睛，我們能夠關閉視覺；堵住耳朵，我們能夠關閉聽覺；嘴裡沒有東西，味覺不存在；不與外界接觸，觸覺則消失。可是嗅覺不同，它與我們的呼吸同在。每一次呼吸，這個世界的一些氣味分子花香、皮革味、香草味、泥土的氣息，就飄蕩進入我們的鼻孔。我們不能關閉自己的嗅覺系統，否則生命就不存在。

我們一出生就開始嗅聞。嬰兒依靠氣味尋找母親的乳頭，母親也能通過嗅聞衣物認出孩子；情人們熱烈地感受彼此的體味。我們能夠分辨出一千種以上的氣味，專業調香師和盲人能夠分辨更多。海倫・凱勒說她僅憑嗅覺就可能了解一個人從事的行業，「當一個人快步由一處走到另一處時，我們可以由其氣味得知他剛去過的處所──廚房、花園、還是病房。」我們從人群中走過，像動物穿越森林，一路留下自己獨特的暗記。比我們更靈敏的獵犬認識它們。

氣味和我們肌膚相親，我們卻叫不出它們的名字。一個丟失孩子的母親，只能急切地向他人敘述孩子的相貌特徵。她沒有辦法告訴另一個人有關孩子的獨特氣味。薔薇花、狗尾巴草、杉木、奔跑的鹿、一雙皮鞋，都留下了自己的氣息，我們只能說，他們的氣味就是薔薇花味、狗尾巴草味、杉木味，鹿和皮鞋的氣味。除了借用它們的本名呼喚它們，我們完全失去了形容和描繪的能力。嗅覺離語言最遠。

多年前，有次我夜宿在山中一座小寺廟。很小很簡陋的客房。草席下面墊著稻草稈兒。稻草稈兒大約剛剛曬過，滿房間是乾草和陽光混合的氣息，生氣勃勃。我已經許多年沒有睡在稻稈兒的床墊上了。這種氣息立刻把我帶入童年。那時候，生活在農村，我家的床墊用的也是稻稈兒。天氣晴朗時，母親就把稻稈兒抱出去在太陽下曝曬。下午時，就趕緊收起來鋪好。晚上，太陽的熱力還有一部分藏在稻草裡，人躺上去，很舒適，一翻身，沙沙作響。房間裡散發出秋野一樣

乾爽的草香。

我們常常遇到這種情景，一種熟悉的氣味立刻將我們喚醒，不必經過大腦。我們不知道身體的什麼地方隱藏了它們。我想，如同傷疤記憶了痛楚，我們的血肉直接記憶了那些感人至深的氣味。

芳香是嗅覺的美食。在各種文明中，香料都是和祭祀連在一起的東西。香氣虛無縹緲，難以捕捉，卻又實際存在，同精神的本質或靈魂的形態非常相像。人們在與神靈、祖先和亡魂打交道時總是焚燒香料。世界各地的寺院、教堂和神廟，輕煙裊裊，飄飛雲霄，象徵了我們的祈禱上達天庭。通過這種奇妙的物質，人與神，有限與無限，非永生和永生結合在一起。

在佛教寺院，人們往往焚燒檀香。在福建西北，檀香木指的是山刺柏，又稱杉柏，一種野生的灌木或小喬木，兩三公尺高。這種樹木枯死後，枝幹愈發堅硬，樹心永不腐爛，並且散發出濃郁的香氣。善男信女們取之回家，把樹心劈開，曬乾，再鋸成一寸許的小木片，放在香爐裡慢慢焚燒供佛，周圍就彌漫起奢華的芳香。

香木幾乎都是這樣一些難以腐爛的物質。所羅門王（Solomon，最後一代的以色列—猶太王國的國王，約在西元前973～933年在位）用香柏在耶路撒冷建造了大廟，按教會神父奧利金（Origen，約185～254年）的解釋：「香柏不會腐朽，用香柏做我們的房樑可保我們的靈魂不腐敗。」很湊巧，紀元前的中國君主也用香柏建樓臺。《漢武故事》（東漢·班固著）說：「上作柏樑臺，悉以香柏，香聞數十里。」此時，佛教還未傳來，漢武帝沒想到要拯救靈魂，他把香料用於身心的享受。

芳香畢竟是一切氣息中最具官能享受的一種。古代中國人概括出椒蘭（香草）養鼻的理論，為盡情饕餮世間的香氣提供了依據。宋朝人愛香成癖，梅詢愛每天一大早起來，必定焚香兩爐，把官服罩在上

面，一會兒，捏緊袖口拿開，然後坐定，撒開官服，濃香郁然滿室。蔡京焚香極其講究，總是先令人把門窗關得嚴嚴實實，焚上數十香爐，等到香煙滿室，才捲起正北一扇窗簾，於是香霧蓬勃而出，繚繞庭院。他自得地說：「香須如此燒，方有氣勢。」書法家米元章（米芾）臨死時，相傳他端坐合掌，口裡念念有詞：「眾香國裡來，眾香國裡去。」死後墮入一個沒有香氣的國度也是件可憂慮的事。

世上的事就是如此奇怪。玫瑰的芬芳是難以抗拒的，埃及豔后克麗歐佩特拉歡迎安東尼登堂入室時，地面鋪著一尺半左右的玫瑰花瓣。他們倆也許席地而枕，在又軟又濕、震顫不已的花瓣間做愛，他們的四肢浸泡著玫瑰濃濃的花香。可是後世的兩位法國大作家，伏爾泰（Voltaire，1694～1778）和普魯斯特（Marcel Proust，1871～1922），卻是不堪玫瑰香味的苦命人。只要一聞到這種花香，他們便會窒息，昏迷。

像萬千色彩可以還原為三原色一樣，人們也希望簡化所有的氣味。由J・E・艾莫爾等人提出的立體化學學說，把世界上的氣味確定為七種基本氣味：樟腦味、麝香味、花味、薄荷味、水果味、刺鼻味（如醋）和腐爛味。這是目前被普遍接受的一種理論。科學家還認為，一件明顯的事實是，與其他動物相比，人類的嗅覺器官正在退化。例如，德國牧羊犬的嗅覺比人類靈敏一百萬倍。我們早已不再依靠鼻子去狩獵、捕食，嗅覺系統的主要作用是監視入口食物的氣味。有毒物質除了苦味外，常常伴隨了不愉快的臭氣、腐敗氣，嗅覺於是提出警告。然而，由於我們生活方式的改變，嗅覺不再性命攸關。

有些人患有嗅覺缺失症，不能嗅聞全部或部分氣味。如同色盲，失嗅者也能正常生活。一位叫伯恩・伯格的美國婦女，好幾年時間突然失嗅。其間，偶爾她會奇蹟般獲得片刻的嗅覺。她描寫她意外地感受到丈夫氣味的體驗：

……我倒在他身上，滿是歡樂的淚水，不斷地嗅聞他，無法停止。他的氣味是教人感到舒適而熟悉的實體……我突然了解自己失去了多少。我們把一切都視爲當然，不知道任何事物都有氣味：人、空氣、我的房子、我的皮膚……於是我吸入所有的氣味，無論香、臭，彷彿醉了一般。

要完全明瞭一件事物的意義，必須以一次失去爲前提。而我們，置身於世界，生活於女貞（一種常綠喬木）、紫荊、苦楝和樹林的氣味中間。茉莉和薔薇的花香洋溢夜空；岩石、土地和海洋在我們身邊呼吸；婦女衣袖流香，旅人風塵僕僕，渾身汗味。我們周圍的每一件事物都發出獨特的存在氣息。我們習以爲常，熟嗅無聞。那些失嗅者明白，能夠時時感知這些氣息是多麼幸運。

兒子還小時，抱著他，我常常使勁地嗅聞他的頭部。有時他睡在床上，我也會掀起蚊帳，湊到跟前，感受一會兒他的呼吸。他身上散發著淡淡的乳香，惹人憐惜，令我陶醉。其實，那也許不是香，只是一種特別親密的氣息。每個孩子都有乳香，唯有他們的父母能夠領略。

成年人也是如此，情侶們沉醉在彼此的氣息裡。法國詩人波特萊

◀波特萊爾描述情人頭髮中的香氣有三種主要的成分：椰子油、柏油和麝香。圖為布魯東為波特萊爾的作品《頭髮》所繪的插圖。

爾（Charles Baudelaire，1821～1867）用狂喜的筆觸描繪愛人頭髮的氣味：「我將把頭埋在羽絨裝飾的髮髻上／暗香浮動令我心醉神往／揉合著椰油、麝香和柏油的芳香。」說真的，把椰油、麝香和柏油的氣味混合在一起，未必好聞，今天的調香師並沒有配製出這樣一款令人銷魂的香水。情人們嗅聞的不是芳香，是激動他們的體味。

世間最感人的氣味並非來自香料，也不出自高級調香師之手。那是極普通極平淡的氣息，親切、安寧、溫暖、甜蜜，來自你的愛人，你的母親，你的兒女。它們植入我們身體的每一個部位，時時甦醒。正因為這樣，我們才把這個星球視為家園。

耳朵

耳　　朵　　與　　聽

貝多芬耳聾，

他只好傾聽內心的聲音。

他的臨終遺言令人心碎：

「在天上我就可以聽見了。」

聲音的物理基礎是空氣的震動。你用力踢一扇門，演奏家撥動一根琴弦，原本靜止的空氣粒子被推擠運動，產生稠密與稀疏的變化，衝擊我們的耳膜，變成聲音。我們不妨說，世界本來就是寂靜的，並不存在一種叫聲響的東西。可是，我們支起了一雙耳朵，捕捉空氣的運動，翻譯成聲音。科學家已經弄明白，這雙耳朵的有效接收範圍是20赫茲至20000赫茲的空氣振動頻率。更低的稱為次聲波，更高的叫超聲波，我們的耳朵都不予理會。至少有二十三種哺乳動物在聽力的上限上超過人類。

世界的大多數聲響對我們毫無意義。如果你有蝙蝠和海豚那樣的聽力，把許多超聲波轉換成聲音，一定寢食不安。《晉書》說殷仲堪的父親把床下蟻動當成牛鬥，那麼，耳語就要算雷霆了。適當的聾對我們是一件幸事。

被省略的聲響，還有我們體內的運動。鼓點般均勻有力的心跳；眼皮的開闔如快門一樣清脆；關節彎曲時，骨骼相觸，咯吱作響；血液彷彿河流，奔騰咆哮；胃部的池沼，緩慢地腐蝕和翻攪……通常我們聽不見這一切。這設計很好。我們不必依靠耳朵了解自己。

在人類的各種感覺器官裡，視覺具有絕對的優越性。十耳所聞，不如雙眼所見。如果需要選擇，我們寧願喪失聽覺而非視覺。奇怪的

▶ 海倫・凱勒說：「失聰的問題較失明更嚴重、更複雜。」

是，又聾又瞎的人往往另有想法。海倫·凱勒敘述她的體會：「我聾的程度就和我瞎的程度一樣，失聰的問題較失明更嚴重、更複雜。失聰是更糟的不幸，因爲它代表喪失了最重要的刺激——喪失了創造語言，使思緒奔騰，使我們與人類智慧結伴的聲音。……我發現聾比盲是更大的障礙。」認爲聲音比圖像更精采的，還有中國古代著名的音樂家師曠（春秋時期晉國的樂師），傳說他爲了使自己的聽力更加敏銳，故意熏瞎了雙目。而一個失聰的音樂家的災難，是我們無論如何不能體會的。貝多芬的臨終遺言令人心碎：「在天上我就可以聽見了。」

古希臘的哲人說，上天給我們一張嘴巴，兩隻耳朵，意思是要我們少說多聽。根據物理特性去理解耳朵的功能，似乎是東西方文化的共同點。古代中國人認爲耳朵越大越好。老子耳長七寸，劉備雙耳垂肩，自見其耳，都是貴相。唐德宗接見汴州節度使李忠臣，嫉妒這小子有雙大耳，說：「卿耳甚大，貴人也。」李忠臣連忙作踐自己：「我聽說驢耳甚大，龍耳極小；臣之耳雖大，卻是驢耳。」龍顏大悅。德宗忘記了龍耳爲「聾」，龍的耳朵只是擺設，還不如驢耳。

眼睛用於發現，耳朵接受傳聞。一個人能夠發現的東西畢竟不多，我們的絕大部分知識都來自道聽塗說，所以考利馬科斯

◀耳垂過肩，在中國人看來，是福相。

（Callimachus，305～240B.C.，古希臘詩人、學者、目錄學家）說：「眼睛孤陋寡聞，耳朵見多識廣。」雖然是眼見為實，耳聽為虛，不過，如果凡事都求親身印證，我們知道的，不會比一隻猴子更多。佛經都從「如是我聞」開頭，政治家登臺演說，他們都相信，真理可以授受、傳遞，從耳朵灌注進另外一些心靈，生根發芽。

某些蒙昧的民族比較粗俗，把語言進入人心和精液進入人體類比，耳朵居然有了性的意義。早期基督教徒解釋童貞女瑪利亞的受孕時，受到啟發，提出一種有趣的意見，說聖子是從瑪利亞的耳朵進入的。我猜測莎士比亞又受了這種意見的啟發，在《哈姆雷特》（*Hamlet*）中，他讓哈姆雷特的叔叔克勞地將毒藥灌入熟睡的國王的耳裡，讓克勞地親手殺死了兄長。耳朵既然成為生命的通道，死亡必定接踵而至，趕來踩線。

他坐在昏暝的陰影裡，玻璃窗半開，一輪夕陽如鮮紅的氣球，漂流在遙遠的海面上，輕輕顫動。窗簾和風撲打在一起，呼呼作響。陽臺上的盆景樹在沙沙搖晃。他想，現在該是漲潮吧？濤聲又鹹又濕，時遠時近。他靜靜坐著。夕陽緩慢地下滑，像一個人掙扎在泥沼，有種神秘的力量拽緊他的足。他看見了那空洞的嘴，正要呼喊什麼，海水立刻湧進了喉嚨。不一會兒，大海遼闊的腹部完全吞下了那粒碩大殷紅的珍珠。天空變得透亮。他這才注意到，一片脆薄的圓月已經怯生生地貼在深藍的空中。

她赤足走來，步態柔軟，像雲豹踩在落葉上。

「為什麼不開燈？」

「我在聽。……如果落日有聲音多好。日月星辰，它們那麼宏偉，都該有聲音。」

「那你說，它們該有什麼樣的聲音？」

「落日應該像隕石墜地那樣,嘭的一聲,才顯得壯烈。月亮有優雅的女性氣質,輕歌曼舞,宛如飛天,不妨用古箏或古琴伴奏。星辰漫遊太空,莊嚴瑰麗,要配上超凡脫俗的樂器,比如一支洞簫。」

她笑道:「夢想家!現在就聽音樂吧。去音樂中找你的日月星辰。」

音樂響起。沒有人能夠抗拒這些優美的音符。塞壬(Solon)女仙們站在蔥綠的海岸上,對著過往船舶曼聲歌唱。水手們拋棄他們的船隻,紛紛跳下大海,向她們遊去。海岸邊白骨累累。

奧底修斯(Odysseus),希臘世界最偉大的英雄,也為美妙的歌聲所誘惑,心醉魂迷。他說:「我聽著聽著,心裡燃燒起奔赴她們去的熱望。我搖著頭表示希望能從桅桿上下來,但我的同伴們(他們什麼也聽不見)只是搖槳前進。」幸好足智多謀的奧底修斯早防了一手。他用蜜蠟封住了所有水手的耳朵,免受迷惑。他自己呢,很想聽聽這些和死亡一同飛翔的歌聲,讓人先把他捆綁在桅桿上。

音樂是聲響世界開出的花,華美,細膩,勾魂奪魄;語言是一座森林,博大而幽遠。甜言蜜語、情話、雄辯,都能讓人迷失道路,不自信的人只好隨時捂緊自己的耳朵。戰國時代是縱橫家(戰國時學派

◀塞壬女仙們坐在蔥綠的海岸,對著過往船舶曼聲歌唱。岸邊白骨累累。不自信的人只好塞緊自己的耳朵。

之一，以遊說見長）的天下，蘇秦的口才完全抵得上塞壬女仙的歌聲。他遊說李兌（戰國時代趙國人）時，李兌的門客悄悄告誡主子：「我看蘇秦的辯才比你好。明天會談時，你找個東西塞緊耳朵，什麼也不聽。」第二天，蘇秦懸河瀉水，言談竟日，卻不歡而散。他心下詫異，拉住李兌的門客問：「昨天我隨便聊了些膚淺的問題，你的主人已經心動；今天我鞭辟入裡，精采多了，他卻無動於衷。怎麼回事？」

門客嘻嘻一笑：「他沒聽見你的話。我讓他塞住耳朵了。」

我的一位朋友頗有些重聽，談話時身子前傾，側耳聆聽，時不時還請人重述一遍，顯得非常專注。這點很討人喜歡。因為人人都善於言說而拙於傾聽。導師很多，聽眾總是太少。我以為這會給她帶來一些不方便，她說：「沒問題。耳朵有點聾挺好的。沒聽見的，反正也不要緊；重要的話，都值得說兩遍。不會遺漏重要的話就行。」

老子說，五音令人耳聾。世界的聲響極其豐富，大半卻是噪音。嘈雜的喧嘩，無聊的應酬，瑣碎的聒噪，如果耳邊終日回響的不過是這些聲音，與聾有什麼區別？也許比聾更糟。聾把我們與外界隔離，凝神於內心，不過是讓生命回到自己的根脈。相反，被各種聲響淹沒的耳朵，驅趕我們的心靈追逐外物，身心分離。如果你丟失了那句最重要的話，即使盈耳風雷，萬籟齊鳴，又有什麼用？小心聾人嘲笑你。宋人洪炎耳聾，他反擊笑話他的人說：「我不過聾於耳，世人皆聾於心。」

穿耳的習俗在全世界相當流行。中國古代女子穿耳戴環，最初的目的是提醒她們不要妄聽閒言；伊斯蘭教發誓獨身的苦行僧，也刺穿一隻耳朵，套上耳環；海員穿耳戴環，表示與大海訂下了姻緣。耳朵上的標記通常象徵著約束於某種誓詞，從此只聽順耳之言。在阿爾布來希·杜勒（Albrecht Dürer，1471～1528，德國畫家、雕刻家）的寓意

畫裡，兩條細鏈把信徒的雙耳和奧格米奧斯神的舌頭拴在一起。信徒們向其他聲音關閉了耳朵。

這令我很不舒服。如果你的世界只剩下一根舌頭，也是一種聾。

嘴

嘴　的　滋味

嘴是和食物打交道的，

性也是一種食物。

接吻就是把另一個人

放在嘴裡，

嚐嚐他的滋味。

面孔如同地貌，是逐漸演變而來的，不同區域屬於不同的地質年代，有的年輕，有的古老。如果讓你選擇，我們的面部器官只能保存一種，沒什麼可猶豫的，那就是嘴了。在進化過程中，嘴是我們最先形成的器官，這也說明它是最基本的，即使單細胞的草履蟲也有嘴。植物的全身都是嘴，它們從陽光、空氣和土壤中獲取食物，自給自足。據說某些非常低級的動物也能通過皮膚吸取營養，這是特例。絕大部分的動物都是通過一張嘴，捕獲食物、水和空氣進入身體，轉化為生命的能量。失去了眼睛、鼻子或耳朵，我們仍然能夠活下來。當然，是否值得活，那又是一回事。

脊椎動物，例如梭子魚、老鼠、北極熊，都有一張前突的大嘴，像一把長滿牙齒的鉗子，這是牠們的武器，用以咆哮、啃咬和鉗夾。人類的嘴有兩大特點：一是小巧，只占面孔的一小部分；二是平坦，縮回到臉平面。顯然，這是一件正在退化的老掉牙兵器，完全失去攻擊性。獵豹能夠一口咬斷我們的脖子，我們的嘴卻對牠毫無威脅。重量級拳王泰森（Mike Tyson）發起狠來，也不過咬下了對手霍利菲爾德（Evander Holyfield）的半隻耳朵。

刀槍入庫沒什麼，因為我們另外發明了性能更優的萬用生化武器：手，以及腦。嘴巴的功能從捕獵變成專門的咀嚼，由艱苦的勞作變成甜美的享受。說起來，沒有任何器官像人類的嘴巴這樣養尊處優了。我們每天工作，風雨無阻，動員所有的體力和智慧，目的不過是餬口。

餬口分了階級。饑民吃飯其實是填飽胃囊，食不辨味，過境嘴部而已。真正要做到餬口可不容易，因為口裡住著位挑食的客人──舌頭。舌頭品味很高，將果腹的問題提升為美食藝術。伙食標準差一點兒，太單調，色香味略微欠缺，就食不下嚥，鬧絕食。你得想盡辦法換著花樣哄它。美食的講究是沒有底線的。你沒有胃口，就算滿漢全

席當前，也會像晉人何曾那樣歎息，沒有值得下筷子的地方[1]。按科學家的分析，舌頭只有四種基本味覺：甜、酸、苦和鹹。調和百味，其中大有學問。世上只有兩種人材的產生最挑剔環境，一是大思想家，二是好廚子，都需要歷史悠久的偉大文明做背景。看美國人吃什麼，我們就能明白他們的精神食糧有多粗糙。

在美食藝術中，僅僅味覺的調和已經不能震撼我們了。我們吃川菜、麻辣燙，吃得舌頭刺痛，嘴唇顫抖，胃口大開。與其說辣是味覺，不如說是觸覺，你的肉體彷彿燃燒起來，進入一種痛快、酣暢淋漓的境界。進餐氛圍也很重要。通常，我們的主要麻煩是食欲不振，珍饈美酒，味同嚼蠟，所以我們搞燭光晚宴，以音樂和脫衣舞佐餐。羅馬暴君卡利古拉（Caligula，西元37～41年在位），為了刺激食欲，別出心裁，讓角鬥士在餐桌邊生死格鬥，往往濺得賓客一身是血。如果魚翅和燕窩不能讓你打起精神，那麼，現在端上河豚來，總該眼前一亮吧。河豚的皮膚、卵巢和肝腸含有全世界最毒的化學物質，比氰化物還致命。最有經驗的廚師整治魚片時，要留下一點點毒素，剛好讓你的唇舌發麻，又不足以讓你送命。儘管如此，每年還是有不少食客橫屍席間。為河豚而死，也算死得其所。蘇東坡說：「據其味，真是消得一死。」

味覺具有社交的特性，其他感官之樂，我們往往獨自欣賞，唯有進餐，總是成群結夥，與人分享。在餐桌上，展開各種各樣的故事，

---

(1) 西晉代魏以後，社會風氣由曹魏時期的倡節儉改為尚豪奢。晉武帝「以身作則」，生活奢華，後宮數萬。房玄齡編修晉書為太傅何曾作傳時寫到：「性奢豪，務在華侈。帷帳車服，窮極綺麗，廚膳滋味，過於王者。每燕見，不食太官所設，帝輒命取其食。蒸餅上不坼作十字不食。食日萬錢，猶曰無下箸處。」何曾家的飲食比皇帝還講究，他面見皇帝時，還自備食物。相當挑嘴，吃東西要看形狀，每天花大錢準備食物了，還大嘆沒什麼好吃的。

友誼、愛情、陰謀、商務、投機、權力、請求等等。我們需要這些驚心動魄的東西下飯，才能吃得有聲有色。

生與死，都變成我們嘴裡的一種滋味。

嘴是我們臉上表情最生動的部分。我們能夠瞇眼、眨眼、睜眼和閉眼，能揚眉、皺眉，鼻子和耳朵基本不能動彈。嘴的花樣就多了，緊抿著嘴、噘嘴、歪嘴、咧開大嘴、歎息、打哈欠、微笑，發出各種笑聲，如果開口說話，嘴形則在不斷地運動和變化。嘴的形態千姿百態，內涵豐富，加上花言巧語，十分具有迷惑力，是人體最性感的部位之一。

中國人的觀念，男人以大嘴爲佳。《孝經援神契》（清・黃奭輯，占驗符命書籍）說「舜大口」，「孔子海口」；《東觀漢記》（東漢・劉眞等著）說漢光武帝「日角大口」；《河圖》（相傳伏羲氏見龍馬揹圖浮出河面，遂根據圖文，畫八卦，稱爲「河圖」）說秦始皇「虎口日角」；《江表傳》（晉・虞溥著）說孫權「方頤大口」。另外，方口也是貴相，我們熟悉的名人，老子、劉邦和婁師德（唐代人，武則天拔擢他任宰相）都是方口。一張大嘴其實不美，但男人的嘴不講美，講實惠。大嘴表示能吃，有吃。民間諺語說：「嘴大吃四方。」古代的命相家也贊同這意見，《相書雜要》云：「口大容手，赤如朱丹，貴且壽。」嘴如

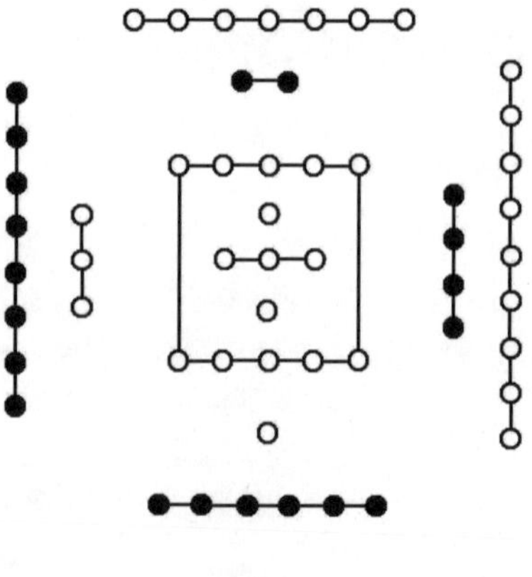

▶ 河圖圖解。古人認為這是天道運行的模式，近代也有學者指出這是一種數學方陣。

河馬，一副傻瓜相，卻是天下最有福氣的人。

女子的嘴，才是一件美學作品，嘴的魅力全在於兩片向外翻出的嘴唇，和臉部乾燥緊繃的皮膚不同，它顯得紅潤、鼓突，變化多端。所有的靈長目動物都有嘴唇，然而是薄嘴唇，不像人類這樣，永遠向外翻轉。為什麼會這樣？解剖學家至今弄不清楚它們的進化原因。不過，全世界的女人不約而同發現了其美學意義，發明了點唇的藝術。點唇用重彩，崇尚小巧玲瓏，中外皆然。西方文學中女性優美嘴唇的經典意象是玫瑰花瓣，紅豔欲滴。華格納（Richard Wagner，1813～1883，德國音樂家）的歌劇《羅恩格林》（Lohengrin）中的〈齊格飛牧歌〉（Siegfried Idyll）詠道：「她的嘴唇似出浴甘露的玫瑰。」莎士比亞詩劇的句子：「那嘴唇就像枝頭的四瓣紅玫瑰，嬌滴滴在夏季的馥郁中親吻。」日本的藝妓，滿臉塗得慘白，為的是襯出唇上一點殷紅。

中國古代婦女的口紅，最早用朱砂，後來用胭脂，唇式嬌小濃豔，以小如櫻桃為極品。西晉左思詩：「濃朱衍丹唇。」唐代岑參詩：「朱唇一點桃花殷。」都是寫照。口紅的顏色和式樣時時變化，簡直趕得上今天的時髦。東漢崔駰〈七依〉有「紫唇素齒」之句，可見時興過一陣紫色唇膏。黑唇初盛於南北朝時期，晚唐捲土重來，號

▶ 這是布朗庫西的名作《吻》。他很喜歡這題材，一口氣推出了許多尊大同小異的同名雕塑。

稱「時世妝」，相當於我們說的現代妝。《新唐書》說，元和末年，婦女「不施米粉，唯以烏膏注唇，妝似悲啼者」。自稱關心時事的大詩人白居易，沒有放過婦女的妝臺，特地做了首〈時世妝〉的詩：「時世妝，時世妝，出自城中傳四方。時世流行無遠近，腮不施朱面無粉，烏膏注唇唇似泥。……妍媸黑白失本態，妝成盡似含悲啼。」這不是唇妝的主流，受到嚴厲批評。

英國動物學家戴思蒙‧莫里斯（Desmond Morris，1928～）試圖解釋嘴唇的生物學意義，提出一個驚世駭俗的觀點：人類直立以後，性交姿勢改以正面為主，而女子的生殖器卻遺留在背後，為了增加身體正面的性吸引力，她們的前身開始自我模仿，「高高聳起、呈半圓形的乳房正是肉感的臀部的翻版，而嘴部那兩片形態分明的鮮紅色嘴唇則正是陰唇的翻版。」你也許不同意這觀點，不過，你得承認，鮮豔的嘴唇的確超乎美學，非常曖昧。唇飾的核心是：一張嘴被裝扮成另一張嘴的食物，誘使他人品嘗其滋味。

古希臘哲學家蘇格拉底長著一張大嘴，他自稱大嘴的好處是「便於吃飯和接吻」。如果他真的這樣做倒好，可是他卻將嘴巴用來說話，送了自己的性命。

嘴唇的功能之一是吻。羅馬人區分出三種吻：友誼之吻，愛情之

▶猶大以一個吻為暗示，出賣了耶穌。

吻，激情之吻。其實我們還可以分出更多。上帝用泥土捏成了亞當，用吻給他注入靈魂，這是生命之吻 [2]；猶大用一個吻暴露了耶穌，這是背叛之吻 [3]；在古代，人們往往親吻統治者的足跡，卡利古拉要求下屬吻他的腳，這是卑躬之吻。此外，還有問候之吻、離別之吻、禮儀之吻等等花樣。據說，十八世紀的英國才女瑪麗·蒙塔古（Mary Montague，1689～1762，曾將「人痘接種術」引進英國，改善天花疫情），幼年時曾同意把自己的名字鏤刻在酒館的酒杯上，以便從一張嘴唇傳到另一張嘴唇。有人吻你，總比拳腳相向要好。

可是也不一定。在西方，禮節性的接吻曾經氾濫成災，以至於人們談吻色變。蒙田（Michel de Montaigne，1533～1592，法國思想家、散文家）算了一筆賬，覺得不合算：「我們可能要吻五十個醜婦才能僥倖碰上一個漂亮的。」諷刺詩人馬休爾形容道：「每一個鄰居，每一個蓬頭垢面的鄉下人都會滿嘴口臭地擠到你面前來，這兒可能是一個織工向你發難，那兒可能會是漂洗工和補鞋匠，這傢伙說不定剛吻過皮革……」另一個諷刺作家斯威夫特（Jonathan Swift，1667～1745，英國作家）說：「天啊，我看首先發明接吻的人真是個傻瓜。」

嚴格意義上的接吻，是兩人的嘴唇緊緊相貼，舌頭探入對方的口腔，纏繞糾葛。嘴是靈氣的出口，所以接吻象徵了雙方靈魂與靈魂的緊密結合。這是滿懷柔情蜜意的愛情之吻。「然而我能吻你嗎？哦，我的精靈，就這一吻我立刻感到自己完美無缺。」海涅寫道，吻使他

（2）《聖經·創世記》：「神說，我們要照著我們的形像、按著我們的樣式造人……神就照著自己的形像造人，乃是照著他的形像造男造女。……神用地上的塵土造人，將生氣吹在他鼻孔裡，他就成了有靈的活人，名叫亞當。」

（3）《聖經·馬太福音》：「那十二個門徒裡的猶大來了，並有許多人，帶著刀棒，從祭司長和民間的長老那裡，與他同來。那賣耶穌的（指猶大），給了他們一個暗號，說：『我與誰親吻，誰就是他（耶穌）。你們可以拿住他。』」

感到兩顆心靈的合一，他的精神世界變得完整。《聖經》這樣嚴肅的作品，也收入了熱烈頌揚男女之吻的〈雅歌〉，吻通常是沒有滋味的，情人們品出了甜蜜：「你的嘴唇像蜂房一樣滴著蜜，我的姑娘：蜂房和牛奶就在你的舌下流淌。」吻也有溫度，像火焰一樣熾烈，波斯詩人哈菲茲（Shamsoddin Mohammad Hfez，1320～1389）說，他的情人擔心他的吻「會灼傷她嬌嫩的嘴唇」。一個渴望已久的熱吻有時像電擊一樣，能令人全身顫抖，拜倫（George Gordon Byron，1788～1824，英國詩人）把愛情之吻稱爲「心的震顫」，他的著名長詩《唐璜》塑造了一個擅長用吻征服女性的花花公子。1926年，電影《唐璜》出品，由著名演員約翰·巴里莫爾（John Barrymore）扮演男主角，在這部兩小時四十七分鐘的電影中，他同一批美麗的女郎接吻一百九十一次，平均不到五十三秒一次，創下記錄。

接吻完全是文化現象，一種風俗。古代中國人就不善於接吻，留下的記載相當罕見。人類學家馬林諾夫斯基（Bronislaw Kaspar Malinowski，1884～1942，英國社會人類學家，人類學功能學派的主要代表）注意到，特羅布里恩德人（居住在非洲新幾內亞的 Trobriand Island 特羅布里恩德群島）在性的挑逗中花樣雖多，唯獨沒有嘴對嘴的親吻。許多文化流行鼻子碰鼻子的習慣，表示兩人的呼吸和靈魂融合無間。

▲德國表現主義畫家史密德·羅特洛夫（Karl Schimidt-Rottluff，1884～1976）在1918年完成的木刻作品《兩個頭像》。

　　萬變不離其宗。嘴是和食物打交道的，性也是一種食物。接吻就是把另一個人放在嘴裡，嘗嘗他的滋味。情侶們發現彼此的味道很好，於是他們將對方咀嚼、消化，我中有你，你中有我。任何外在的事物，無論草根樹皮還是愛人，首先要成爲食物，才能被我們的身體吸收。

牙齒

咬 牙 切 齒

不能咬牙切齒，

舌頭說出的話，

怕也沒有多少分量。

　　收拾一條帶魚時，我的手指被它犀利的尖牙劃破，流出殷紅的血，滿手都是。我對妻子說：「我被帶魚咬了。」牠死了還能咬我一口。所有動物的牙齒都比我們的尖銳。美國當代詩人羅傑・馬丁的詩說：「我舐著你的舌頭，感覺了你的門牙／那個切割死物為生的門牙。」他說的是狼。我們的門牙只能切割蘋果，至於死物，非得煮熟燉爛不可。我們嘴裡上下各保留了兩顆犬牙，想來當初曾用於搏殺，撕咬，早已廢棄，彷彿生鏽的鐵矛。臼齒除了碾碎嘴裡的食物，別無用途。我們的滿口牙齒，其實是一片比舊石器時代還早的古戰場，處處是食物經過的陳跡。

　　牙齒的古老用法在語言中也留下了遺址。孫子荊和王武子鬥嘴，孫本想說「枕石漱流」，誤成「枕流漱石」，王武子挖苦道：「流怎麼枕？石怎麼漱？」孫子荊真謂捷才，回答說：「所以枕流，為的是洗耳；所以漱石，想要磨礪牙齒。[1]」許多時候，我們仍然咬牙切齒來威脅、憤怒。《史記》記述樊於期對秦王的仇恨，就用「切齒腐心」一詞[2]；唐代忠臣張巡，每戰大呼，嚼齒皆碎，死的時候，只剩三四枚牙齒[3]，蘇東坡形容他「嚼齒穿齦」。當然，這都是文學家的誇張。我們的嘴仍能殺人，然而不是用牙齒，而是用舌頭。

　　牙齒像冰山，五分之四的牙根埋在牙齦裡，設計得極其精緻。每顆牙齒中央空心，裝滿牙髓，牙髓裡含了血管和神經。牙齒是有生命的。每顆獨立的牙齒都能感覺冷、熱、壓力和疼痛。如果琺瑯質和牙質被酸蝕穿，牙髓發炎，就引起牙痛。有段時間我被一顆牙齒折磨得倒抽冷氣，死去活來，領略了什麼叫痛入骨髓。後來狠心拔牙，嘴裡留下一個堅硬的空洞。契訶夫（Anton Chekhov，1860～1904，俄國小說家、劇作家）說：「如果你有一顆牙痛起來，那你就要歡歡喜喜的，因為你不是滿口牙都痛。」我懷疑他說這話時沒經歷過牙痛。一顆牙痛，你就發現所有的牙齒同氣連枝，一呼百諾，滿口牙全痛起來。諷

刺漫畫常常挖苦醫生拔錯了牙。

按《說苑》(西漢‧劉向撰，收錄秦漢兩代的軼聞瑣事)，韓平子問叔向：「剛與柔孰堅？」叔向說：「我八十歲了，齒再落而舌尚存，可見剛不如柔。」這話對牙齒不公平。舌頭雖然終身相隨，人一死，也跟著腐爛。牙齒落進地裡，幾乎永世長存，考古學家常常挖掘到數千萬年前古生物的牙齒。

牙齒上的琺瑯質是我們身體上最堅硬的物質。即使如此，它們還是常常折斷。寫豔詞的唐代詩人溫庭筠醉酒，被巡邏的兵卒打折牙齒。晉人謝鯤，字幼輿，調戲鄰家美女，他得到的回報是一把梭子打落兩枚牙齒，滿街的孩子都在唱：「作達(調戲)不已，幼輿折齒。」還有人自毀其齒，例如《琴操》(東漢‧蔡邕著，收錄四十多首當時彈奏、吟唱的琴曲的曲名和內容)記載聶政復仇：聶政的父親為韓王治劍，被殺，聶政躲入泰山，遇仙人學琴。他漆身為癩(惡瘡)，吞炭為啞，易容準備報仇。七年後，他下山入韓，見到賣梳子的妻子，對她一笑，她卻哭了起來，說：「你的牙齒怎麼這麼像聶政的？」聶政大驚，逃入山，拿起石頭敲掉了自己的門牙。牙齒似乎特別容易出紕漏，《淮南子》記豫讓毀容報仇的故事，也說他「恐人識之，乃落其

---

(1) 《世說新語‧排調》：「孫子荊年少時，欲隱，語王武子當『枕石漱流』，誤曰『枕流漱石』，王曰：『流可枕，石可漱乎？』孫曰：『所以枕流，欲洗其耳；所以漱石，欲礪其齒。』」

(2) 樊於期原為秦國將領，因事得罪秦王，逃到燕國。荊軻欲形刺秦王，提議：「願得(樊)將軍之首以獻秦王，秦王必喜而見臣。」樊於期接受這個提議，並說：「此臣之日夜『切齒腐心』也，乃今得聞教！」樊於期逃到燕國之後，父母親族全被殺害，因此對秦王恨之入骨。

(3) 唐開元年間，安祿山造反，張巡與許遠合兵守睢陽。睢陽被安祿山之子安慶緒的手下尹子琦攻破時，尹子琦問張巡：「聞公督戰，大呼輒皆裂血面，『嚼齒皆碎』，何至是？」張巡回答：「吾欲氣吞逆賊，顧力屈耳。」尹子琦聽了大怒，用刀子撬開張巡的嘴，發現只剩下三四顆牙齒。

齒」。仇恨激發起斷齒的力量[4]。

像馬齒一樣，我們也用牙齒來紀年，稱年齒。《釋名》（東漢・劉熙撰，內容為以同聲字來推論字義）曰：「齒，始也，少長之別，始乎齒也。以齒食多者長，食少者幼也。」牙齒是吃飯的工具，同時又與年俱增，齒多，吃得飯多，就是長輩。長輩再吃飯，則牙齒搖落，與年俱減。顏回二十九歲而髮白齒落，畢竟是特例。初次落牙，誰都不免心驚。韓愈寫信給崔群（與韓愈同年考中進士），特意提上一筆：「……第二牙無故動搖脫去，日視昏花。」後來，他又寫了首有趣的〈落齒詩〉，描繪掉牙的心情：「去年落一牙，今年落一齒；俄然落六七，落勢殊未已。餘存皆動搖，盡落應始止。憶初落一時，但念豁可恥；及至落二三，始憂衰即死。每一將落時，懍懍常在己。」落得多了，便承認了老之已至，反而達觀起來，「人言齒之落，壽命理難恃；我言生有涯，長短俱死爾。」

牙齒落盡，就是所謂的沒齒，一張嘴從此欺軟怕硬。舌頭還在。可是不能咬牙切齒，舌頭說出的話，怕也沒有多少分量。

────────

(4) 豫讓，戰國時晉人。先投靠范中行氏，不為重用，接著又到知伯的門下。知伯對他相當禮遇，以國士待之。後來知伯為趙襄子所滅，豫讓「漆身為癩，吞炭為啞」，毀容又使自己啞嗓，打算行刺趙襄子，為知伯報仇，最後失敗而亡。

口舌

口 舌 的 境 界

我們說了許多話，

原指望人與人增進了解，

其實，只是增加了誤解。

說得越多，誤解越深。

那最強烈的内心體驗，

例如悲痛、愛，

我們索性放棄言說。

　　蘇秦和張儀一起師事鬼谷子，學習陰謀與雄辯的藝術，後來成為戰國時代最著名的兩位縱橫家 (1)。蘇秦早年周遊列國，一無所獲，家人都譏笑他，說：「你不去做買賣，專門搬弄口舌，才落得貧困，真是活該。」張儀也一樣，初次出山，便受大挫。他同楚國宰相一道喝酒，不巧正碰上楚宮失璧，門人都說一定是張儀偷的，抓他來鞭笞數百，遍體鱗傷回家。他的妻子說：「如果你不會讀書不會遊說，哪裡會受到這樣的差辱？」張儀張開嘴，問道：「妳看我的舌頭還在嗎？」妻子說：「在。」張儀說：「那就足夠了。」

　　口舌一向是淨消費單位。四體辛勤勞作，目的只是餬口，誰也不相信口舌還具有生產力，能夠自給自足。不過，有人偏偏能夠做到以口餬口，讓你不得不嘆服。蘇秦後來身佩六國相印，張儀致位秦相，在諸侯間翻雲覆雨，一言而興邦滅國，憑藉的都是舌頭之功。上古的人比較淳樸，難以接受這觀念。比如廉頗就瞧不起藺相如，說：「我這將軍是攻城野戰，擴土保疆得來的；那小子只耍耍嘴皮子，就拜了上卿，官兒比我還大。」然而，到了漢代，口舌創造財富，已成為常識。學者賈逵教人誦經，收些學雜費，居然積粟盈倉，當時人稱他為「舌耕」。獲利最厚的當屬張良，回顧自己的一生，他躊躇滿志說：「今以三寸舌為帝者之師，封萬戶，位列侯，此布衣之極，於良足

▶憑三寸舌而為帝師的張良。

矣。」

舌耕所得，往往超過力耕，按今天的術語，腦力勞動的價值高於體力勞動，對我們來說，不但是常識，簡直是天理。野獸磨礪牙齒，人類磨礪舌頭，都視為混飯吃的工具。不過，我以為，一件東西一旦淪為不可或缺的生產資料，便喪失了美學價值。婦女們知道，最大的享受都是奢侈品帶來的。

還有人把舌頭當成武器。古人說君子避三端：文士之筆端，武士之鋒端，辯士之舌端。西方人的體會和我們差不多。華盛頓・歐文（Washington Irving，1783～1859，美國作家）說：「利舌是有刃的銳器，用得越久越鋒利。」西諺又云：「舌非鋼製，卻能摧堅。」這都是文人用來唬人的。舌頭畢竟是肉長的，和鋼刀不可爭鋒。明燕王朱棣逼著方孝儒草擬詔書，方孝儒不肯，痛罵朱棣不義。朱棣命武士鉤出方孝儒的舌頭，用刀割去。真的割去了。

舌頭的形象彷彿一束火焰，它也像火一樣，釋放出巨大的能量，創造，毀滅。我們說火舌，又說眾口鑠金，就是這意思。在構成世界的幾大元素裡，唯有火是無限的，沒有形狀，不可觸摸，類似我們飄忽的精神。火苗筆直地上升，照亮世界，同時燒毀我們的肉體。

舌頭的兩大功能，一是辨味，二是言說。前者是普遍的生物本能，後者才是人類特有的能力。有了語言，文明才開始，人因而成其為人。不過，也因為有了語言，於是有了思想罪，有了文字獄。口舌將我們隱秘的思想和感情表露出來，鐵證如山，授人以柄，正好置我們於死地。唐代文人羅隱說：「須信禍胎生利口。」另一位唐代文人

---

(1) 縱橫家是戰國時代的學派之一，以遊說見長。相傳楚國人鬼谷子，為縱橫家之祖，是蘇秦、張儀之師。蘇秦遊歷各國，最後佩六國相印，成為「縱約」長，使秦國在長達十五年的時間內不敢出函谷關。張儀於秦惠王在位期間，以連橫之策遊說六國，使六國背叛「縱約」向秦國輸誠。

劉禹錫則作〈口兵誡〉，警告自己，要「以愼爲鍵（門閂），以忍爲闔（守門人）；可以多食，勿以多言」。南朝的謝朓則把這話送給弟弟。他要去吳興當郡守，放心不下，指著弟弟的嘴巴說：「此中唯宜飲酒。」在專制時代，舌頭還是像豬狗一樣運用爲好，專注飲食。如果一定要說話，那就歌功頌德——人類沒有尾巴，不妨讓舌頭發揮狗尾巴的功能。

喝酒就沒問題嗎？未必。《說苑》有個故事：齊桓公請管仲喝酒，每次舉杯，管仲都只喝半杯，另外半杯潑在地上。齊桓公感到奇怪，問他爲什麼。管仲說：「臣聞酒入者舌出，舌出者言失，言失者身棄。臣計棄身不如棄酒。」五代的馮道，大概是中國歷史上最明哲保身的人物，仕宦數朝，巋然獨存，他有首〈舌詩〉：「口是禍之門，舌是斬身刀。閉口深藏舌，安身處處牢。」看來，他的處世之道，無非是咬緊牙關，閉口藏舌。有人說他無恥，未免苛求，你不能要求人人都去做英雄。

在五官的各種享受裡，口舌之樂是最具人性的一種。禽獸對色彩和音樂都有所感應，唯獨不能明白語言。人類對語言的依賴深入本性。口舌害身的道理，知易行難，誰能輕易割捨做人的快樂？曹操何等的老奸巨滑，也不免失言。他和劉備關起門來密談，要對付袁紹，

▶ 這是珂勒惠支（Kathe Kollwitz，1867～1945）的作品，很原始的動作：一個男人捂緊自己的嘴。在嚴肅的時刻，人是孤單的。

密談的內容轉眼被劉備賣給了袁紹。曹操恨得咬牙切齒，不對，是咬舌頭，咬出血來，懲罰自己。人們常常說，被同一塊石頭絆倒兩次的是傻瓜。栽在舌頭上的傻瓜多著呢。賀敦與宇文護有怨隙，被送上刑場，他對兒子賀若弼說：「吾以舌死，汝不可不思。」為了賀若弼長大後不再重蹈覆轍，特地用錐子刺他的嘴，至於流血。教訓該算深刻了，結果呢？「後弼事隋，竟不免以舌死。(2)」晉人張韓索性寫了篇〈不用舌論〉，說：「樞機之發，主乎榮辱。禍言相尋，召福甚希。喪元（元意指頭，喪元指被殺身亡）滅族，沒有餘哀。」道理很好，可是我問你，你喜歡做傻瓜還是做啞巴？很難選擇呢。

因口舌而殺身，周武王〈機銘〉稱之為「口戕口」——病從口入，禍從口出。這句子文字簡約，乾脆俐落。鍾惺評論說：「讀『口戕口』三字，悚然骨驚。」古代中國的知識分子對言論之禍的體驗最沉痛，於是我們讀到許許多多警惕口舌的奇文。齊竟陵王蕭子良〈口銘〉：「唯舌是慎，慎乎語笑。」晉傅玄〈口銘〉曰：「情莫多妄，口莫多言；病從口入，禍從口出。」唐人姚元崇〈口箴〉：「多言多失，多事多害。聲繁則淫，音希則太。室本無暗，垣亦有耳。」宋謝惠連〈口箴〉：「唯舌是出，馳騁安追。差釐千里，君子慎微。何用口爽，信在甘肥。」他們總結的經驗差不多，大抵教人不用舌，慎言，或者用舌頭去追求美食。與其禍從口出，不如病從口入。

言為心聲，對舌頭的迫害實質是對自由心靈的迫害。不但統治者，連民眾也不喜歡古怪的念頭，擔心摧毀了他們的生活方式。思想

---

(2) 北周賀敦為人梗直敢言，任金州總管。當時朝中有位大臣宇文護，平素目空一切，賀敦看不慣宇文護囂張跋扈的樣子，經常在眾人面前反駁他。宇文護暗中誣陷賀敦，使賀敦被判了死刑。賀敦之子賀若弼最初還能牢記父親死前的教誨，謹言慎行，後來因為私下批評隋煬帝奢侈，被人告發，而被處死刑，跟父親的下場一樣。

家總是首當其衝。連最理性最自由的雅典城邦也發生了數起對異端思想的迫害。頭一個倒楣的是把哲學帶給雅典人的阿那克薩哥拉（Anaxagoras，488～428B.C.，希臘哲學家，主張地球是圓柱體），他因為說了「太陽是火石」而被指控為「不敬神」。他交了一小筆罰款，被釋放，離開了雅典。後來的蘇格拉底（Sokrates，469～399B.C.）可沒這麼幸運，他被雅典人判處死刑，罪名是用思想毒害青年。據說，當時如果他肯保證以後不再和人辯論，教唆青年，就不會落到死刑。但是蘇格拉底另有想法，活著而不能自由討論，還不如去死，「古時的詩人、英雄和哲人都在那裡，我準備同他們交談辯論，該是多麼可貴的美事啊。」蘇格拉底是為思想殉難的第一人。

在古羅馬，最傑出的演說家死得最慘。曾經被凱撒稱為「發現了演說術的寶藏，也是使用這些寶藏的第一人」的西塞羅，發表了十四篇著名演說反對安東尼的獨裁統治，被安東尼派出的軍隊殺死。安東尼把他的頭顱帶回家，放在飯桌上，每看一眼便狂笑一陣。看厭了，才把頭顱掛到他從前常發表演說的廣場示眾。舌頭為我們帶來敵人，再帶來磨得飛快的鋼刀。雄辯又有什麼用？

說到宗教迫害，更是充滿血腥。伏爾泰斷定：「基督教徒是所有人中最不寬容的人。」他又說：人們總是向那些指引新路的人扔石

▶布魯諾因思想和言論而殉難。當他忍受殘酷的火刑時，特製的鉗子夾住他的舌頭。不能洞知真理的人，總以為真理在對手的舌頭上。

頭，笛卡兒（Ren Descartes，1596～1650，*法國哲學家、數學家、物理學家和生理學家*）的創見，引起教會反彈，被迫離開祖國，迦桑狄受到誹謗中傷，阿諾德在流放中度日如年，每個自由思想家受到的遭遇都如猶太人對待先知一樣。宗教裁判所對異端的迫害早已臭名昭著，造成難以計數的冤假錯案。1600年布魯諾[3]被用鐵鏈綁在羅馬高高的柱子上，特製的鉗子夾住他的舌頭，烈焰騰空，把他和眞理一起燒成灰燼。1619年，義大利自由思想家范儀理以無神蔑教罪被處死，他的舌頭被殘忍地拔了下來。日內瓦的新教領袖加爾文（Jean Calvin，1509～1564）迫害對手不擇手段，有人隨便議論了幾句，他便用熱烙鐵在那人舌頭上穿洞，放逐出城；另一個學者塞維斯特的神學教義和加爾文不同，被判最可怕的文火慢慢燒死，他的著作和手稿也變成了火焰。1903年，加爾文教派的教徒內心有愧，替塞維斯特立了紀念碑，但又爲教主開脫責任，說不是他本身的罪過，而是時代的罪過。

　　有思想的言談，乃是口舌之樂的高級境界，也是最危險的行爲。

────────────────

（3）布魯諾（Giordano Bruno，1548～1600），義大利天文學家，發表《論無限宇宙和世界》一書，將哥白尼的「地球繞著太陽運行」之說，發揚光大。1600年被宗教裁判所定罪，處以火刑。

▶ 宗教改革家加爾文，成為他的論辯對手是可怕的。他曾經用熱烙鐵在對方的舌頭上穿洞。1553年，他將論敵塞維斯特殘忍地燒死。按伏爾泰的說法，這是宗教改革所幹的第一次「宗教虐待」。

十七世紀英國大詩人彌爾頓（John Milton，1608～1674，英國詩人）的名作《論出版自由》（*Milton's Areopagitica : a speech for the liberty of unlicensed printing*），把思想和言論自由放在政治自由之上，他呼籲：「在一切他種自由之上，先給我自由去知、去說、去辯，純粹依著良心而不受任何束縛。」自由去知、去說和去辯，使我們得以超越牲畜，成爲一個人。做一個人比做一頭牲畜風險大得多。牧羊人擔心的莫過於每頭羊都成了思想家。

與才智相當的朋友對話是人生至美之境。賓主各一盞清茶，崇論閎議，唇槍舌劍，言談竟日而不倦。談話能激勵心智，甚至讓舌頭超越思想，連我們自己都感到奇怪，我們怎麼突然變得這麼敏捷，機智。在富於學理的辯論中，我們能夠清楚地看見思想是如何形成，如何流動，遇到一塊巨石時，又是如何激盪，改變自己的方向。柏拉圖（Platon，427～345B.C.，古希臘哲學家）的全部哲學思想都用對話寫成，印度古代的哲學也是在激烈的爭辯中產生的。在中國，對話體著作《論語》讓我們感受到孔子的人格和思想。

魏晉名士的清談，一向受人非議，都說清談誤國。然而，一部《世說新語》展現了任何一個時代不可企及的晉人風采。竹林之游，蘭亭之會，這種高級社交文化，至今令人神往。現代美學家宗白華先

▶聖約翰手裡拿著自己的舌頭。

生說：「玄理的辯論和人物的品藻是這社交的主要內容。因此談吐措辭的雋妙，空前絕後。……可惜當時沒有一位文學天才把重要的清談辯難詳細記錄下來，否則中國哲學史裡將會有可以比美柏拉圖對話集的作品。」我們今天讀到的大多是片言隻語、獨白，只能約略窺見那個時代自由的心靈，雋永的言說。例如——

劉尹云：「清風朗月，輒思玄度。」

司馬太傅（司馬師）夜坐，天月明淨，太傅歎以為佳。謝重景在座，答曰：「我以為不如微雲點綴。」太傅戲謝曰：「你居心不淨，還要強欲滓穢太清（天空）嗎？」

王右軍（王羲之）去官，遊名山，泛滄海，歎曰：「我卒當以樂死。」

而論辯，心靈與心靈的碰撞，那景觀更是壯麗，領略過這種境界的人，很難為其他事物動容。1499年，荷蘭人文主義者伊拉斯謨（Disiderius Erasmus，1469～1536）應邀來到英國，在倫敦市長舉辦的宴會上，遇見了年輕的莫爾（Thomas More，1477～1535），他們互不認識，卻展開了一場激烈的爭論。餐桌上，兩人踔厲風發，妙語連珠。伊拉斯謨不禁失聲說：「你不是莫爾還會是誰！」莫爾當即答道：「你不是伊拉斯謨才見鬼呢！」伊拉斯謨雖然雲遊世界，卻從沒

◀挪威畫家孟克（Edvard Munch，1863～1944）的作品，感人至深。一個人走在路上，突然之間，無端端想要大聲吶喊。他用盡力氣喊了起來，歇斯底里，面目扭曲。然而周圍的一切無動於衷，波平浪靜，路人繼續安詳地散步。如果吶喊都不能改變世界，辯論的功能就更可疑了。

碰上這樣一個學識和辯才勢均力敵的對手，他寫信給朋友說愛上了英國。1535年，莫爾被亨利八世（Henry VIII，1491～1547，英國都鐸王朝第二代國王）處死，他說：「由於莫爾之死，我自己似乎也完結了，因為我們倆只有一個靈魂。」

　　歷史上許多生動的對話場景都消逝了，令我們不勝惋惜。法國傳記作家莫洛亞（Andr Maurois，1885～1967）寫到英國式席間談話，說：「在詹森博士（Samuel Johnson，1709～1784，文學評論家、詩人）時代，席間交談曾是一場戰鬥，從中產生出勝者與敗者。鮑斯韋爾（James Boswell，1740～1795，傳記作家）曾問道：『但是，先生，難道不為爭奪第一而戰就不會有快活的談話嗎？』詹森博士回答：『不會有活躍的談話。』王爾德（Oscar Wilde，1854～1900，詩人、劇作家與小說家）也能夠使全桌二十人保持寂靜聆聽他述說一段故事。現在在英國，再也沒有人具有如此出眾的才華了。」

　　那麼還有閒聊，嘮嘮叨叨，說長道短，口角春風，也能給平凡的生活增添樂趣。人們往往以為這是婦女的專利，查普曼（George Chapman，1559?～1634，英國戲劇家、詩人）的劇本《寡婦淚》（*The Widow's Tears*）挖苦說：「男人臨終時最後停止運動的部位是他的心臟，女人是她的舌頭。」其實男人也沉醉於這種消遣。美國作家亨

▶ 王爾德也能夠使全桌二十人保持寂靜聽他敘說一段故事。現在在英國，再也沒有人具有如此出眾的才華了。

利・詹姆斯（Henry James，1843～1916）喜愛聊天勝過一切，他為自己的趣味辯護說：「只有通過閒聊，才能學到關於人們的一切。」蘇東坡寫詩惹出大禍，險些丟了命，在流放地強拉人說鬼，消磨永日。

　　不一定要有思想，更不提以口餬口，單是那舌頭的搖動，語詞的流瀉，生活就有了一點兒人性之美。閒聊可謂口舌的最低境界，像嗑瓜子，嚼口香糖，其志不在填飽靈魂或肚子，只享受口舌運動的快樂，大概是沒有危險的。

鬍鬚

鬍 鬚 事 小 ， 無 關 興 亡 ？

鬍鬚毫無用處。

古希臘的哲人說：

「蓄鬚只會長蝨子，

不會長腦子。」

男人有口好鬍鬚，就像公雞有頭漂亮的雞冠，煞是威武。母雞一定會喜歡公雞的雞冠，但男人的鬍鬚是否吸引女人？這項研究的結論卻眾說紛紜，莫衷一是，似乎沒有定論。在歷史上，廣泛流行的是蓄鬚，現在，多數男人把鬍鬚刮得乾乾淨淨，覺得這樣看起來有精神。其中固然有時代風尚轉移的因素，還有剃鬚工具進步的因素。石器時代，人們把鬍子鋪在石頭上，用另一塊銳石割斷。後來的修面剃刀，常常刮破皮膚，血流滿面。二十世紀初，出現了更加安全簡便的專門剃鬚工具，剃鬚變得方便，於是多數人就剃鬚了——我們覺得，鬍鬚不是門面上的必需品。

剃鬚不方便的時代，人們可不是這樣想的。鬍鬚一向被認為顯示了權威、勇氣。在伊斯蘭世界，男人們總是蓄一臉濃密的絡腮鬍子。猶太教和基督教的神都留著長長的鬍鬚。基督的形象，早先是一個下巴光光的年輕人，大約到了六世紀，忍不住也追趕塵世的時髦，開始長出鬍子。埃及女王哈特謝普蘇，則帶上假鬍子，表示她的王權一點兒不比男國王們來得含糊[1]。在〈搶劫庫利的母牛〉這篇故事裡，驕傲的愛爾蘭戰士拒絕和阿爾斯特的英雄庫丘林作戰，因為他沒有鬍子，庫丘林只好用野草做了個假鬚套。沒有鬍子，處處矮人半截。

中國人天生不大長鬍子，然而在戲臺上，古代的豪傑都是美髯

▶ 美髯公關羽。

公。關羽張飛不說，書生諸葛亮也是一口長鬍鬚。詩人謝靈運的鬍鬚十分漂亮，長至過膝，臨刑前，他把鬚割下來，施捨給南海祇垣寺的維摩詰[2]神像作鬍鬚。我讀古書，覺得死於非命的美髯公們多了一重麻煩，他們得為一口好鬍鬚的著落操心。漢代的溫序，被隗囂的部將殺害，臨死前銜鬚於口，說是「無令鬚汙土」[3]；劉聰殺曹光，曹光要劊子手取張席子來，也是為了不讓鬍鬚淪落塵泥。他們捨得丟掉腦袋，卻不肯讓鬍鬚稍微受點兒委屈，真是匪夷所思。

美髯有時會給主人帶來好運，至少漢朝廷給吳良封官，是明目張膽以鬍鬚選拔人才的，詔曰：「前見良頭鬚皎然，衣冠甚偉，求賢助國，宰相之職，今以良為義郎。」這不是好傳統，唐太宗就把它廢了。他在行宮拜李緯為民部尚書，又不很放心，就問從京城來的人，留守京都的房玄齡對此反應如何？來人說，只聽到房玄齡稱讚李緯「大好髭鬚」，別無他語。唐太宗不想效法漢人，改李緯為洛州刺史。

鬍鬚顯示出男性氣概。《宋書》記載，南朝劉宋的山陰公主看中了大鬍子褚彥回，調戲道：「君髭鬚如戟，何無丈夫意？」可見古人便明白鬍鬚和雄性激素相關的道理。南朝的徐陵一向眼高於頂，瞧不

（1）哈特謝普蘇特（Hatshepsut），獨自執政時期約在西元前1472～1458年。最初擔任攝政王，輔助她年幼的繼子圖特摩斯三世，後來登基為法老，與圖特摩斯共同執政了十五年。為了加強自己的權威感，哈特謝普蘇特戴上假鬍子。她死後，圖特摩斯獨掌政權後，破壞她的肖像，將她的名字從所有的建築物上抹去。

（2）維摩詰為梵語的音譯。意譯為「淨名」、「無垢稱」。為佛經《維摩詰經》的主角。隨著《維摩詰經》在中土流傳，維摩詰居士的機智，也深為中國佛教徒所欣賞推崇。

（3）《資治通鑑・漢紀三十四》：「校尉太原溫序為囂將苟宇所獲，宇曉譬數四，欲降之。序大怒，叱宇等曰：『虜何敢迫脅漢將！』因以節撾殺數人。宇眾爭欲殺之，宇止之曰：『此義士，死節，可賜以劍。』序受劍，銜鬚於口，顧左右曰：『既為賊所殺，無令鬚汙土！』遂伏劍而死。從事王忠持其喪歸雒陽，詔賜以塚地，拜三子為郎。」

起人，他對門徒說，江北只有一個李庶還值得說幾句話。這個李庶正好沒有鬍鬚，被人稱爲天閹，連沒有眉毛的崔諟都笑話他：「我來教你如何種鬚，先用錐子扎洞，再插進馬尾。」李庶反唇相譏：「你先藝（種植）眉有效，再來樹鬚吧。」

女子無鬚，並且她們爲了化妝，還要拔去眉毛，鬚眉便成了男人的象徵。其實，古籍中記載了不少長鬍鬚的女人。例如揚州女道士康紫雲，宋都城酒保朱氏子妻，名將李光弼的母親。按習鑿齒《襄陽記》所載，黃承彥向諸葛亮推薦自己的女兒很賢慧，適合做妻子，其容貌特點是「黃鬚黑色」。諸葛亮雖然是絕頂聰明人，這件事卻不讓人佩服，當時人編了諺語笑他：「莫做孔明擇婦，正得河外醜女。」

從生物學的角度看，鬍鬚毫無用處。古希臘的哲人說：「蓄鬚只會長蝨子，不會長腦子。」然而和我們廝混熟了，加上地理位置優越，盤踞在門面上，鬍鬚發展出許多象徵意義，也有了尊嚴與人格。允許對方觸摸自己的鬍子是親切友善的表示。三國朱桓的最大願望是一捋孫權的鬍鬚，孫權滿足了他的要求後，他說：「臣今日眞謂一捋虎鬚也。[4]」反過來，不尊敬他人的鬍鬚，便是大侮辱，通常引起兵戎相見。1185年，約翰二世及其隨從對愛爾蘭部落首領們的鬍鬚大加譏笑，受辱的一方結盟發動戰爭，並打敗了他。當安莫尼特人剃了大

▶彼得大帝剃掉了整個國家的鬍鬚。

衛王使臣的鬍鬚後，大衛當即宣戰。

　　有史以來關於鬍鬚的事件，最偉大的當屬俄皇彼得大帝（Peter the Great，1672～1725）發動的剃鬚運動。他把整個國家的鬍子都刮掉了。俄羅斯的傳統，所有男子都蓄著大鬍子。彼得大帝去西方旅遊了一圈，眼界大開，認為蓄鬚是落後的表現，當即下詔，在全國厲行剃鬚。他甚至親自操刀，邀請貴族們赴宴，給他們的鬍鬚抹上肥皂，一剃了之。彼得大帝是個野蠻的改革家，無視國情，全盤西化，他把下巴刮得乾乾淨淨的舊俄國拖進了歐洲的快車道。誰還能說鬍鬚事小，無關興亡？

────────────

（4）《三國志・卷五十六・吳書・朱桓傳》：「桓奉觴曰：『臣當遠去，願一捋陛下鬚，無所復恨。』權憑几前席，桓進前捋鬚曰：『臣今日眞可謂捋虎鬚也。』權大笑。」

皮膚

我 們 住 在 皮 膚 裡

皮膚把我們囚禁其中，

彷彿一個移動的貼身監獄。

我們住在皮膚裡，

一直到死。

　　人體雖然結構複雜，五臟雜陳，不過因為內有骨架撐開，外有皮囊裹緊，最終還是包紮得妥妥當當，堪稱結實緊湊的一件旅行袋。人是複雜的，然而可見可觸的部分很單純，具有相同的構造，屬於同一個組織——皮膚。就像行李，哪個角度看去，見到的都是一個皮袋。誰都知道，皮袋不重要，重要的是袋中的物品。我們也常說，外貌不重要，重要的是內心。其實，這是受了比喻的拖累。誰都想知道袋子裡的東西，然而沒人對我們的內臟感興趣。

　　外貌未必不如內心。每年，世界美容產業的龐大經費，大多傾倒在我們的皮膚上。青春、性感、美，往往是薄薄一層表皮顯露出來的品質。婦女們最明白這道理，不厭其煩精益求精修飾自己的肌膚。古人說美女「膚如冰雪」、「膚如凝脂」，皮膚的細嫩讓人擔心「吹彈得破」；歐洲婦女不但在胸部和脖子上塗白鉛，還畫上幽藍的血管，表示皮膚的細膩；現代婦女不僅塗脂抹粉，還添了面膜、漂白、拉皮等手段，隨心所欲改造自己的肌膚。她們知道，所有的美，除非陳列在皮膚上，否則毫無意義。事實上，我們的容貌差異，猥瑣的形象和威嚴的風度，尋死覓活的愛情，之所以能夠成立，完全是全身皮膚的神奇形態造就的。對我們來說，另一個人的表皮就是他的一切。很少人能夠識別兩個頭骨之間的不同，更沒人瘋狂愛上盤子裡的一顆心臟。

　　內臟的損壞屬於我們自己，痛苦，甚至死亡，都是能夠忍受的；皮膚的病變屬於公眾，蔑視和厭惡，往往使受害者失去正常的社會生活。中國古代的醜女，不是「皮膚若漆」，就是「膚如老桑皮」，嫁不出去。在世界各地，痲瘋病人都招人厭惡，受到放逐。人類的交往通常是面對面的，無臉見人，意味著交往的基礎不再存在。他被所有人拋棄了。從這個意義上說，表皮的重要性超過了許多內在的器官。

　　皮膚是活生生的，通過無數的毛孔，它能夠呼吸和排泄，與外界交換能量。皮膚內層密布神經末梢，那裡隱藏著靈敏的觸覺，輕微的

一點兒壓力、疼痛，冷與熱，都會被迅速捕捉。皮膚的花樣很多，除了廣布我們全身的柔軟表皮，還包括嘴唇、指甲和毛髮等特殊形式。皮膚永遠在自我修補和自我更新，表層的細胞死去，裡層又推出新的細胞，大約每隔兩週完成一次全面的細胞更替。年輕人的皮膚總是那麼清新嬌嫩，隨著年齡增長，細胞的更新速度減慢，皮膚逐漸變得黯淡，缺乏光澤。可以認為，皮膚能夠比較準確地表現出我們內在的生命活力。

在我們與世界之間，皮膚勾勒出曲折而柔軟的邊界。皮膚是我們最貼身的衣服，再前進哪怕一公分，就侵入私人領地，我們馬上覺察到動靜，那必定是甜美的愛撫，或者粗暴的傷害。另一方面，皮膚是身體的外殼，把我們囚禁其中，彷彿一個移動的貼身監獄。我們住在皮膚裡，一直到死。

唐人段成式曾記述他親眼目睹的一件事：荊州有一名叫葛清的男子，自頭頸以下，全身遍刺白居易的詩，共三十多首，體無完膚。刺在背上的，他也能記住，反手指出哪句在哪裡。不但有文，還有圖，如「不是花中偏愛菊」，則畫一人持杯臨菊叢。當時人戲稱葛清為「白舍人行詩圖」。

紋身是一種極為普遍的裝飾皮膚的藝術。十九世紀，達爾文做他

◀ 在古代，痲瘋病是非常可怕的皮膚病，各地都將痲瘋病人驅逐出境。圖為《新約聖經》記述的痲瘋病人拉撒路。

的環球考察時發現，紋身盛行於「從北部極地到南部紐西蘭的廣泛地區」。紋身又叫刺青，原理很簡單，用刀或針等利器刺破皮膚，然後在傷口注入染料，傷口癒合，所刺圖案便保持終身不滅。在許多原始部落，紋身既是對身體的美化，又表示一個人的身分、等級和成就。對他們來說，赤身裸體很正常，如果誰的皮膚光滑無瑕，沒有一點瘢痕，那真是羞愧得要去尋死，和我們不穿衣服見人差不多。旅行家記述他們的見聞說，有些部落的人們非要把他們全身的皮膚統統刺遍，一位酋長自豪地展示他的紋身，連雙唇、舌頭、牙齦和上顎都沒有漏過。號稱文明的歐洲，也有不少人紋身，其中包括英王喬治五世（King George V，1910～1936）、俄國沙皇尼古拉二世（Tsar Nicholas II，1868～1918）和邱吉爾夫人。

中國人紋身，有兩個來源：其一是周圍少數民族的影響，例如越人，史書便稱他們「斷髮紋身」；其二是古代對罪犯的黥刑。黥刑又叫墨刑，在犯人面額上刻字，塗上黑色染料。《梁律》，強盜的臉上黥一「劫」字，於是所有人都明白這小子有前科，得仔細提防。契丹人也給盜賊刺字，初犯，在他手腕上刺一個「賊」字，再犯，就把字刺在臂上，三犯刺肘上，四犯刺肩上，五犯則斬。這樣的做法簡明扼要，不必檢查案卷，而罪行昭彰。據說大宋朝廷的宰相司馬光頗為稱許。後梁的朱全忠，為了對付部下開小差，下令整支隊伍刺青。其他軍閥見這辦法不錯，紛紛仿效。

唐宋時期，紋身在平民間突然風行起來，變成時尚，首先是街頭閒逛的無賴惡少。唐長安城裡的混混兒張幹，刺左胳膊「生不怕京兆尹」，刺右胳膊「死不畏閻羅王」；王刀奴在胸脯上刺畫，山池亭院，草木鳥獸，精細得如同工筆寫真。薛元賞就任京兆尹，把他們悉數捕來，杖殺三十餘人。刺青雖然受到統治者的壓制，然而，其風卻愈演愈烈，席捲社會各階層。宋人高承說：「今世俗皆紋身，作魚龍

飛仙鬼神等像，或爲花卉文字。」宋兵部侍郎王湖公初生時，全身刺上百花鳥雀。名將岳飛背上，便刺有「盡忠報國」四個大字。《水滸傳》裡，史太公請了刺青名家，給史進全身刺九條龍，江湖上都稱他「九紋龍史進」；盧俊義見燕青一身雪練也似的白肉，覺得可惜，也請來高手匠人，「與他刺了這一身遍體花繡，卻似玉亭柱上鋪著軟翠。」東京名妓李師師聽說他的一身好紋繡，請他脫衣服，「三回五次，定要討看。燕青只得脫膊下來，李師師看了，十分大喜，把尖尖玉手，便摸他身上。」宋代是中國紋身藝術最發達的時代，元明清三代，就乏善可陳了。

紋身對人體無疑有害。刺青再美麗，不過一種精緻的傷疤。皮膚被破壞，無法呼吸，有些墨彩有毒，都影響了紋身者的壽命。然而，不是所有人都把生命的長度看得高於一切，現代社會，仍然有一小部分人紋身。我在想，紋身能夠改變人們的心理嗎？今天有許多人厭倦自己的肉體，如果紋身能讓我們恢復生命的華美感覺，那就好了。

我在莫言的小說《紅高粱》裡讀到過剝皮的描寫，我以很快的速度瀏覽過去，還是感到無比的恐怖。後來看電影時，我乾脆在這個場景捂住了自己的眼睛，所以我不知道張藝謀如何處理。酷刑總是讓我心底顫抖，好像它們將要施之於我的身上。而活剝人皮，連想像一下都會令我脊背發涼。

二戰後，在紐倫堡大審判中，湯瑪斯‧多德從紙袋拿出他的物證，陳列在法庭上。他說，這些裸露的、蒼白而像皮一樣的東西正是人皮，皮上所刺的船形和人心的圖案仍清楚可見。1939年，布痕瓦爾德集中營[1]指揮官斯坦達騰富勒‧卡爾‧科赫命令所有紋身的集中營犯人到診所報到，那些身上紋身最有趣、圖案最好看的人被注射致命藥物而處死。因爲他的妻子伊爾西‧科赫，喜歡將紋身皮膚製成革，然後做成像燈罩之類的室內用具。他同時還出示了另一個物證，一顆

頭顱，加工縮小後被科赫用做鎮紙。湯瑪斯‧多德利用這兩件東西製造出強烈的戲劇性效果，法庭突然間鴉雀無聲。我猜想每個人都脊背發涼。

剝皮不是新鮮事。巴比倫、印度、古希臘、羅馬、波斯，幾乎所有高度發達的古代民族都精通該項手藝。公正地說，未開化的印第安人也懂得如何完整地剝下敵人的頭皮。中國自有自己的剝皮史，三國東吳的亡國君主孫皓以好剝人面皮著稱。侯景南逃[2]，北齊統治者高澄逮捕他的妻兒，先將面皮剝下，再下油鍋煎熬。元朝出現了將整張人皮剝下的酷刑。明朝發揚光大。魯迅先生說：「大明一朝，以剝皮始，以剝皮終，可謂始終不變。」就我看，這個漢人的王朝比後面那個滿人的王朝更加殘暴。不管怎麼說，今天這個世界人道多了，至少剝皮這樣的酷刑，已經不再是官方的用刑方式。蓋世太保或日本皇軍幹下這等暴行，他們的領袖也絕不肯認賬。現代美國恐怖電影，偶爾會祭出這法寶，例如《沉默的羔羊》，描寫的，多半是一個變態殺人狂。

人皮曾經在古代和現代被煉製成皮革，這是毫無疑問的事。據說，它正如任何動物的皮革一樣，適宜於一切製革過程，只是皮的質地各有不同。有人說它像豬皮，也有人說像羊皮，或者小牛皮。只要它被製成皮革，那用途就很廣闊。除了做燈罩，還有人製成撲克牌、童鞋、短褲等等。古希臘的傳說，笛子的發明者瑪西亞斯挑逗阿波羅參加音樂比賽，規定輸的一方任由贏者處置，結果阿波羅贏了，他把瑪西亞斯活剝，製成一個皮瓶。明武宗曾剝下六個謀反者的皮，製成自己的馬鞍鐙，出入必乘踏之。

明人朱國楨《湧幢小品》記載說，嘉靖年間，著名抗倭將領湯克寬平定海寇，將海寇首領王艮處死，剝下皮來蒙鼓。這面鼓後來放在北固山佛院內，後世不少人都曾見過。人皮畢竟不如牛皮來得厚實，

所以，人皮鼓的聲音不如牛皮鼓響亮，然而想到它的材質，大約能夠振奮士氣。西方有個相反的故事，說波希米亞的約翰・齊斯迦將軍希望做一面自己的人皮鼓。他吩咐左右，一旦自己身亡，就把皮剝下來蒙鼓，這面鼓的聲音足以嚇退敵人，正如他活著時候的名聲一樣。

在所有傳說中，最不可思議的是用人皮製成書皮。研究法國革命史的卡萊爾（Thomas Carlyle，1795～1881，英國散文家、歷史家）曾經說過：「法國貴族嘲笑盧梭（Jean-Jacques Rousseau，1712～1778，法國思想家、文學家）的學說，可是他們的皮卻被用來裝訂他的著作的第二版。」不過也有人認為，這是他信口開河，並無實據。荷爾布洛克・傑克遜在〈人皮裝幀〉一文中，提到一種廣為流傳的說法：有些愛書狂兼色情狂，使用從婦人乳房部分取下的皮裝訂書籍，使得乳頭在封面上形成一個特殊的隆起部分。他說：「這類故事是否可信是一件事，但是卻有不少可靠的目睹者證實確有用人皮裝幀的書籍存在。」最近的例子，我們可以在彼德・格林納威（Peter Greenaway）編導的電影《枕邊書》（The Pillow Book）中看到：女主人公和子的情人傑羅姆死後，被出版商掘出屍體，製成人皮書《傑羅姆的枕邊書》。

妻子有時坐在梳妝檯前化妝，我就戲稱她在畫皮。多觀察幾次，我就發現，女性裝飾自己的身體，和我們裝修一套房屋，原理是相同的。但凡可見的部位，全部使用人工材料粉刷或包裝一新，如果表面有些小的缺陷，還要先行修補。這就是日常化妝要做的事。至於形體

（1）1934年，納粹政權在德國威瑪建立了布痕瓦爾德集中營，在此因禁了許多戰俘和猶太人。許多吉普賽人被抓來做「靠鹽水是否能維持生命」的人體實驗。

（2）侯景，南朝梁朔方人。先投靠北魏，後降於梁武帝，封為河南王。梁武帝大統十四年，侯景與宗室蕭正德勾結，舉兵叛變。梁武帝餓死後，侯景先擁立簡文帝，後來殺了簡文帝，自立為漢帝。後為王僧辯、陳霸先等所破。侯景逃亡時被部下殺死。史稱為「侯景之亂」。

上的問題，那等於房屋的結構調整，要動大手術，進醫院，不在此例。就工具而論，女子梳妝檯上的器械，花樣之多，足足抵得上裝修工人一庫房的傢伙。

女性給自己的皮膚塗脂抹粉，爲的是討男人歡心，偏偏許多男人不領情。奧維德（Publius Ovidius Naso，43B.C.～18，古羅馬詩人）警告他的女人：「妳的矯飾應該終止。看到妳臉上流下一串串濃膩的脂粉，誰不感到噁心？」亞歷山大城的克萊門特談到化妝給宗教帶來的難題，說：「教士爲一個戴假髮的人祝福，他是在爲誰祝福？爲假髮還是爲假髮下的另一個腦袋？」顯然祝福留在假髮上，假髮下的腦袋不能得到神的祝福。濃妝豔抹的女人歷來都是男人賣弄機智的好素材。羅・赫里克（Robert Herrick，1591～1674，英國詩人）挖苦道：「人們常誇妳漂亮，說妳迷人，妳的確很美；然而，說眞的，人們讚揚的是化妝師，而不是妳。」英國詩人約翰・多恩（John Donne，1572～1631，死後才出版第一部詩集）說：「在女人的臉上你最喜歡的顏色，那是描出來的；你最討厭的顏色，那是你熟悉的臉色。」

1770年，英國議會通過了一項法律，判定施行化妝的婦女是在施行巫術，被誘惑結婚的男子可以解除婚約。該法律很有意思，不妨在這裡抄上一段：「自本法案實施之日起，所有的婦女如果有利用香水、顏料、化妝品、假牙、假髮、鐵束腰、裙箍、高跟鞋和撐背等等引誘他人與之結合而成夫妻者，將適用此項法律，她們將被分別判定爲行使巫術罪和用意不良罪，由此結成的婚姻也將無效和取消。」現代女子若遵此而行，簡直不敢出門。如果該法律施之於今天，必定天下大亂，不可收拾。幸好這項立意整肅道德的高尚法律從來沒有眞正實施過。

反對女性修飾自己肌膚的力量始終存在，並且很強，然而女性還是贏得了勝利。她們贏得了存心不良地坐在梳妝檯前，利用一切手

段，準備實施誘惑的自由。上帝給了她們身體，她們則創造自己的身體。我是贊成女性美容的。有人主張天然去雕飾最好，那人要麼沒品味，要麼太走運——有千萬人裡挑一的好外形。有時候，來到鏡子面前，我也會同意，上帝的審美觀不怎麼讓人佩服，至少在製造我的時候挺潦草。女人可比我挑剔，又比上帝精通美學，她們不滿意自己的身體，對肌膚略加打磨和拋光，煥發容顏，也在情理之中。畢竟，我們住在皮膚裡，不妨給這個家來一點兒美化。而任何美都是文飾、偽飾；說到蠱惑人心，美和巫術這對孿生姊妹，自古難解難分。

體味

在今天，

體味不但沒有性魅力，

還喚起美國心理學家

詹姆士說的「反性的本能」。

香水

其實是人類精心挑選的體味。

　　拿破崙（Napoleon Bonaparte，1769～1821）在一封寫給約瑟芬皇后（Marie Rose Josephine，1763～1814）的情書中，要求她兩週內不要沐浴，好讓他盡情享受她「天然的氣味」。平時，約瑟芬總是塗抹了大量的紫羅蘭香水；當她拒絕皇帝時，就塗上麝香香水——據說拿破崙十分厭惡這種香水。她還是著名的玫瑰迷，整日浸泡在玫瑰的花香裡，各國外交使節為了討她的歡心，搜尋全世界的名貴新品來進獻。而拿破崙自己則是古龍香水的愛好者，創過日用十二公斤的紀錄。這樣兩個人湊在一起，就算整月不洗澡，也辨不出什麼天然體味。

　　羚羊用牠們臉上的氣味腺體在樹上做標記；野鼠把尿灑在腳掌上，當牠巡視時，氣味隨著腳印遠播。牠們用這種方式發表領土的主權宣告。雌犬與雄犬先後在一片草葉或一塊石頭前留下氣味，是牠們示愛的語言。人類的嗅覺退化了，體味隨之減弱，尤其奇怪的是，逐漸變得不受歡迎。除非情人，我們一般不欣賞他人身上散發的濃重氣味——汗臭、口臭與狐臭。體味不但沒有性魅力，往往還喚起美國心理學家詹姆士（William James，1842～1910，唯心主義哲學家和實用主義的主要代表之一）說的「反性的本能」，拒人千里之外。南朝梁昭明太子的兒子蕭詧厭惡女人，嗅覺最靈，「雖相去數步，遙聞其臭，經御婦人之衣，不復更著。」他反感的恐怕也是女性特有的體味。法國作

▶拿破崙的皇后約瑟芬，是著名的玫瑰迷，紫羅蘭香水的消耗者，還不時使用麝香香水。她「天然的氣味」是什麼？

家蒙田的意見類似：「沒有異味的女人才香得純正。」出於禮儀，我們頻繁沐浴，把自己打理乾淨，最好彷彿一具塑膠模特兒，杳無氣息，以免他人噁心。想討人喜歡，就在透明的身體上灑幾滴香水。香水其實是人類精心挑選的體味。

體味和文明程度相關。人類學家說，原始民族也用香料，不過，他們的目的是加強自己身上原有的氣味，多使用強烈、充滿獸性和肉味的香品，例如麝香、海狸香和龍涎香。現代女子使用的多是幽雅細膩的花香型香水，和體味全不搭界。太平洋中波利尼西亞群島的土人到澳洲雪梨遊覽，見到白種女人就趕緊躲開，說：「她們沒有女人的味道。」

在各種香料裡，麝香的氣味和人體的氣味最相似。按英國學者藹里斯的意見，中國人的體臭很像麝香。潘光旦因此說：「則中國人在人類各族類中應是第一個有人氣息的種族！」潘光旦是藹里斯名著《性心理學》（*Psychology of Sex*）的譯者，他的譯注博引古代典籍，以中證西，備受學界推崇。遼人耶律乙辛的〈十香詞〉，凡十首，逐一描寫女子的髮、乳、頰、頸、舌、口、手、足、陰部和肌膚的臭味，如最後二則：「解帶色已戰（顫），觸手心愈忙；那識羅裙內，銷魂別有香。」「咳唾千花釀，肌膚百和香；原非啖沉水，生得滿身香。」對女性自然體味不厭其煩的熱烈頌揚，在漢族古典文學中實不多見。潘先生說：「此類作品怕不是胡族的人做不出來。」他的意思是，遼族人的文明程度低，嗅覺也比較接近原始的狀態。

漢族人欣賞的體香，恐怕不是普通人身上散發出的那種自然氣息。趙合德和趙飛燕兩姊妹姿色出眾，在漢宮備受寵幸。趙合德的絕招是天生異香，洗濯不去，全身都是香料；趙飛燕體態輕盈，能於掌上旋舞，是歷史上一等的美女，漢人伶玄所著的《趙飛燕外傳》又說她：「浴五蘊七香湯，踞通香沉水座，燎降神百蘊香，傅露華百英

粉。」她知道自己的不足，使盡手段，搗騰得渾身上下芳香撲鼻。漢成帝卻評論：「后（趙飛燕）雖有異香，不若婕妤（趙合德）體自香也。」美豔如花，還花一般肌香襲人，天下哪裡去找如此十全十美的佳人？清人的野史筆記提到維吾爾族的香妃，也是生而體香，不假薰沐，清高宗派軍西征，特地交代將軍兆惠把她擄來。

我們對自己的體味毫不自信，唯有依賴香水來掩飾和修改。花香或麝香，能夠增強人們的性魅力，因為它們本來就是植物或動物的性器官分泌出來的物質。我們在進化過程中遺失了誘惑異性的體味，只好再從自然界找回。東漢詩人秦嘉寫信給妻子徐淑，說是捎去一斤麝香，可以去穢。徐淑回答得很乾脆：「未得侍帷帳，則芬芳不設。」她一眼便看清了香和性的共謀關係。香水不妨看成一種人工性記號。徐四金（Patrick Suskind）的小說《香水》（*Das Parfum*），虛構了讓－巴蒂斯特・葛奴乙這個嗅覺天才。他生來沒有任何體味，於是殘殺了一個又一個法國最美麗的少女，剝取她們的體香，為自己調製出無與倫比的煽情體味。他成功了，成千上萬的崇拜者不由自主地擁向他，把他撕成碎片。

任何時代，婦女都是香料的主要消費者。唐代宰相鄭注赴職河中，姬妾百餘騎，皆帶麝香，飄灑數里，所路過的瓜田，一蒂不獲。

▶清代的香妃，傳說她生而體香。

宋代的貴族婦女還是如此氣派，陸遊記載京師風俗說，貴婦入宮，皆乘犢車，手持二香球，又另有兩個小丫鬟持香球在旁，車馳過，香煙如雲，塵土皆香。男人呢？讀讀屈原的詩，便知道他身上掛滿了香草。柳宗元讀韓愈寄來的新作，總是薔薇露灌手，薰玉蕤香。宋代，士大夫平常的聚會，按宋人周密所記：「今人燕集，往往焚香以娛客。」我不喜歡香噴噴的男人，於是佩服曹操，他敢於承認自己不喜歡焚香。天下初定，他發出禁香令，禁而不止，只得重申：「吾不好燒香，恨不遂所禁。今復禁不得燒香，其以香藏衣著身亦不得。」

　　來看看西方的情形。英國伊莉莎白女王時期（十六世紀）的風尚，女人們往往把削皮的蘋果置於腋窩下，讓它浸滿香汗，再送給情人去嗅聞，牢記她們的氣味，稱為「愛情蘋果」。那還是崇拜自然體味的時代。今天的女子自慚形穢，自輕自賤，不但不信自己的汗臭是香的，還將渾身體味全盤抹殺，一息尚存，洗濯不已。這是一個崇拜人造香水的時代。通過各種類型的香水，女人們嫻熟地控制自己的體味，設計自己的形象。奧黛麗·赫本（Audrey Hepburn，1929～1993）一向非紀梵希（Givenchy）的服飾不穿，1957年，紀梵希專門為赫本設計出一款花香調香水，也是紀梵希香水系列的第一瓶香水。模特兒克利斯蒂·布林克利（Christie Brinkley）與歌手比利·喬（Billy Joel）第一次幽會時用的是清新雅致的香奈兒19號香水。網球明星貝克（Boris Becker）認識他的夢中女郎芭布絲時，聞到的必定是一種溫暖的芬芳，那是嬌蘭（Guerlain）的夏麗瑪（Shalimar）香水。已逝的英國戴安娜王妃（Princess Diana，1961～1997）最鍾情迪奧（Christian Dior）香水，以鮮花的香氣為前調，漸漸變得極具感官刺激，它使害羞的戴安娜增強了自信和魅力。克莉斯汀·迪奧是時裝大師，也是香水大師，他說他能記起的對女性最初的印象不是服裝，而是她們身上的香水味。

　　如同時裝，許多著名女性注重香水的排他性。葛莉絲・凱莉（Grace Kelly，1929～1982）憑藉最名貴的香水——散發茉莉香味的「歡樂」香水（Joy）——把摩洛哥王子贏到了手。戴安娜王妃，與西班牙國王璜・卡洛斯（Juan Carlos I，1975年11月登基）一樣，專門讓人配製了她自己的香水，皮膚那般貼身。配方是嚴格保密的，絕對不能給第二個人使用。我們設想，也許這將成為一種潮流，若干年後，每個女人都向調香師訂製自己的香水——獨特的體味。獨一無二的香水氣息彷彿指紋，有了絕對的個性。

　　艾略特（Thomas Stearns Eliot，1888～1965，英國詩人、批評家）的詩句說：「愛人們發著彼此氣息的軀體／不需要語言就能思考著同一的思想／不需要意義就會喃喃著同樣的語言。」躺在一起的愛人，很可能只發出兩家香水製造商按工業標準生產的氣味。即使他們依然親密無間，通過氣味的交融產生思想，恐怕也了無新意。這世界的許多間屋子都飄蕩著同樣的氣味。如果詩人的斷言是真實的，那麼情形頗堪憂慮。人類有沒有體味，女人挑選什麼樣的體味，都是小事。可是，香水製造商通過操縱人類的體味批發起思想來，卻是我們不得不警惕的事。

頸

不 要 讓 他 吻 你 的 頸

頭頸成了我們最脆弱的要害，

每把鋼刀瞄準的

都是他人的脖子。

在堅實的頭部與身體之間，是細緻柔婉的頸項，俗話說的脖子。嚴格說來，頸和項是有區別的，前為頸，後為項。除了項圈可稱為項飾，其他裝飾頭頸的飾物，例如項鍊，主體部分都在前面，應該稱為頸飾。我們的語言早已習慣了頸項不分，也有後頸之說，反正大家都明白你講的是什麼。通過頸，軀幹把血液輸送進入頭腦，頭腦則把食物、氧氣和意志灌注到軀幹。軀幹為了消化物質而存在，頭腦為了生產精神而存在。頸項象徵了我們身上肉體和靈魂的聯繫。

頭頸被設計得如此窄小，扭轉輕盈，完全是為了便於我們東張西望，瞻前顧後。魚沒有脖子，但牠的眼睛分布在身體兩側，視野寬闊。我們兩隻眼睛的視線重合，像探照燈的光線只有一束，固定朝向前方，如果沒有脖子，就需要轉動我們的整個身軀，才能看見其他方面的危險。可活動的頭頸是進化過程中一項便利的發明，廣泛被各種動物採用，虎狼也能回首，長頸鹿和天鵝都有一個著名的長脖子。按《史記》所說，越王勾踐的模樣，長脖子、鳥嘴，活脫脫一隻呆頭鵝。范蠡不信任這種人，他輔佐越王打敗吳國後，歸隱而去，留下一封信勸朋友文種趕緊逃走，說：「越王長頸鳥喙，可與共患難，不可與共安樂。」可憐的文種還等著封賞呢，他的結局是被逼自殺。范蠡的智慧是我們不可企及的，他的推理──長頸鳥喙等於忘恩負義──

▶最有智慧的中國人范蠡。他相準長脖子的越王句踐是「值得投資」的對象。

文種不能明白，我們也不明白。

頭頸成了我們最脆弱的一處要害。人類的文化雖然千姿百態，論到殺戮，卻殊途同歸，每把鋼刀瞄準的都是他人的脖子。唐代的屈突通（在隋朝任左騎衛大將軍，歸唐後深受唐太宗李世民的敬重）在窮途末路時，就摸著自己的脖子說：「要當為國家受人一刀耳。」把頭砍下來，是乾淨俐落消滅敵人的最好方法。據說職業劊子手總是仔細打量人們的頭頸，考慮用刀的角度和力度。拳擊家最好都像狗熊，有一個又短又粗的脖子，不給對手可趁之機。如果控制了另一個人的脖子，例如套上牢固的項圈，他便從一個自由人變成一個奴隸、一頭牲畜。末代秦王子嬰向劉邦投降，其儀式便是「以組繫頸」，意思是用絲帶綁住脖子。他向對手獻出自己的頭頸，表示臣服，自願失去自由。另一種完全相反的情形，愛情，說到底也是一種屈服，自願為另一個人支配，所以情人們敞開頭項，互相親吻。頸項其實是一處公開的隱私，意味著絕對的特權。現代的男人訂婚時送給女人一條項鍊，和上古的男人給女俘繫上項圈或繩索的用意相仿，都是拴住她的身心，要她忠誠，約束行為。

優雅自如的脖頸很美。有人說，女人最美的兩處是脖子和胸部。《詩經》把女性的頸項美形容為「領如蝤蠐」。「領」就是頸，「蝤蠐」是天牛的幼蟲，乳白色，長而豐滿。這比喻不好理解，因為我們不太熟悉天牛的幼蟲。其要義，說的是脖子以潔白、修長、豐盈為美。歐洲人發明的低開領晚禮服將女性柔美的頸部袒露無遺，將頸部之美一直綿延向胸部，非常具有挑逗性。頸部袒露太多，便不得不加以裝飾、點綴。頸飾的原則是簡約，否則就要像皮爾·卡登（Pierre Cardin）諷刺的「好比把自己所有家產銀行戶頭存款單全吊在脖子上」那樣俗不可耐。1999年的奧斯卡頒獎典禮上，著名影星凱薩琳·麗塔·瓊斯（Catherine Zeta Jones）身穿無肩帶低胸一字領的潔白禮服出場，落落大

方地裸露出豐美的頸部、雙肩和胸口，只在頸間佩戴一條「Nuvole」系列的鉑金鑽石項鍊，風華絕代，豔驚四座。

最能欣賞女性後頸之美的是日本人。風靡世界的暢銷書《一個藝伎的回憶》（*Memoirs of a Geisha*），敘述了著名藝伎仁田小百合的生涯，被人稱為日本「色情文化百科全書」。書中，小百合這樣談論和服文化的性感，她說：「我一定要告訴你有關日本人的脖子，假如你還沒聽說過的話。日本男人對女人脖子的感覺就同西方男子對女人大腿的感覺一樣。這就是為什麼日本女人穿和服，脖領低到可見頭幾個脊椎的緣故。」寬寬大大的和服把日本女人的身體包裹得嚴嚴實實，又沒有任何身體曲線，可看的只有後領下的一截脖子，和服只有這裡大方，長長的雪白後頸展露無遺，向下延伸。吉淳行之介的小說《娼婦的房間》，也寫到這情景，主人公興味盎然地品味著年輕妓女後衣領處「剝出的肩肉」。「剝出」一詞用得極好，頗讓讀者心猿意馬。

羅馬詩人奧維德喜歡女人，他曾經說：「若有人提供我沒有性的天堂，我們會說：敬謝不敏，女人是這麼甜美的地獄。」我想很多人都有同感。他還有一首詩很有意思，他提醒自己的情婦，在他們倆應邀參加的晚宴上，她會遇見她的丈夫，奧維德告誡她說：「不要讓他吻你的頸，那會使我們瘋狂。」吻吻其他地方沒什麼，但是脖子不行。

▶ 和服最性感的部位是後頸。圖為日本畫家竹久夢二的作品《小春》，主題是美麗與哀愁，具有夢幻般的特徵。

肩膀

女 人 與 男 人 的 肩 膀

肩膀

也不是誰都有本錢裸露的。

時裝其實是精心裸露的藝術，露胸，露腿，露臍，有時裸露的風潮會轉移到肩。街頭上，光著膀子的青春少女摩肩接踵。從露肩裝到削肩裝，到斜肩裝，從完全開放到有限主權，再到半遮半露，目的都是顯示女性肩部的優美和性感。如果說中國的男人在各個領域都落後於歐美，中國的女人總算爭氣，趕上了最先進的潮流。太平洋彼岸，好萊塢的女星們最時髦斜肩式的復古「維納斯」裝，露出半個肩膀，配上長裙或長褲。珍妮佛·洛佩茲（Jennifere Lopez）和卡麥隆·迪亞茲（Cameron Diaz）出席頒獎典禮就是這樣一副打扮，占盡風光。連向來被稱為「鐵木蘭」（steel magnolia）的萊斯（Condoleezza Rice）、美國國家安全顧問，也是一襲露肩晚禮服坐在鋼琴前，出現於《時尚》（Vogue）雜誌的封面。東鄰日本，穿著小碎花露肩裝的松嶋菜菜子，被公認為最高雅的香肩美人；深田恭子穿的露肩裝，被批評太「肉」，沒有骨感。肩膀也不是誰都有本錢裸露的，女人們要開始健美肩部了。

對肩膀的鑒賞來自海外，傳統的中國女人是不露肩膀的，除非出現在色情小說中。古代中國，女人最好削肩，沒有肩膀。按曹植〈洛神賦〉的描寫，美女甄后是「肩若削成」。脂批本《紅樓夢》第七十四回，王夫人問王熙鳳，那個水蛇腰，削肩膀的丫頭是不是晴雯？此

▶ 中國古代的審美標準是美人無肩。「大觀園」中的俏丫鬟晴雯符合這個標準。

處一段夾批曰：「妙妙，好肩！俗云：『水蛇腰則游曲小也。』又云：『美人無肩。』又曰：『肩若削成。』皆是美之形也。」可見古人對肩的觀點。又如《金瓶梅詞話》，西門慶請吳神仙給妻妾看相，說各種肩型對命運的影響：吳月娘是「無肩定作貴人妻」；李嬌兒「肩聳聲泣，不賤則孤」；李瓶兒則是「體白肩圓，必受夫之寵愛」。其中，只有李瓶兒的肩膀符合現代美學，可穿露肩裝，從命相學的角度看，也不如無肩。

所謂的肩聳，就是古人常說的鳶肩。鳶俗稱鷂鷹、老鷹，牠的兩翅總是高高聳起。人要這番模樣，縮頭聳肩，就很難看。還記得從前讀《聲律啟蒙》（清．車萬寓著，訓練兒童掌握對偶技巧、聲韻格律的啟蒙讀物）的時候，雲對雨，雪對風，後面還有「鼠目對鳶肩」。宋代的袁應中鳶肩，哲宗見了，連稱「大陋」，話沒說完就讓他退下去，同僚都開玩笑呼他「奉敕陋」。《國語》說叔魚（孔子弟子梁鱣）出生的時候，他母親斷定這孩子「虎目而豕喙，鳶肩而牛腹」，必是貪得無厭之輩。鳶肩招人討厭，和品行也掛上了關係。我們常說，孩子是自己的好，對新生兒評價這麼糟，天底下可能就這一個母親了。

在歐洲，一方面是裸體美的希臘傳統，另一方面是西式服裝對身體個性的強調，晚禮服的出現，女性肩膀的魅力被發揮得淋漓盡致，

◀另一個沒有肩膀的美女。圖為明人
　陳洪綬所繪的《嬌紅記》嬌娘像。

不但男人欣賞，連女性也怦然心動。托爾斯泰（Leo Nikolaievitch Tolstoy，1828～1910，俄國小說家）的《戰爭與和平》中，娜塔莎在劇院見到皮埃爾的妻子別祖霍娃，就對後者的美肩十分羨慕，托翁寫道：「一個身材高大的長得漂亮的太太走進了鄰近的廂座，她留著一根大辮子，裸露出雪白而豐滿的肩頭和頸項，她頸上戴著兩串大珍珠，她那厚厚的絲綢連衣裙發出沙沙的響聲，她好久才在位上坐得舒服些。娜塔莎情不自禁地細瞧她的頸項、肩頭、珍珠和髮式，欣賞她的肩膀與珍珠之美。」

另一位法國的文學巨匠巴爾札克（Honor de Balzac，1799～1850）是個不可救藥的肩迷，他的小說《幽谷百合》（Le lys dans la vallee）描寫了一個「肩膀很美的女子」德·莫爾索夫人。在舞會上，男主人公第一次見到她便失去理智：「我的目光一下被雪白豐腴的雙肩吸引住，真想伏在上面翻滾；這副肩膀白裡微微透紅，彷彿因為初次袒露而羞赧似的，它也有一顆靈魂；在燈光下，它的皮膚有如錦緞一般流光溢彩，中間分出一道線；我的目光比手膽大，順著線條看下去，不由得心突突直跳。……這一切使我喪失理智。我看準周圍無人注意，便像孩子投進母親懷抱一樣，頭埋在她的後背上，連連吻她的雙肩。」《幽谷百合》在巴爾札克的創作中有特殊的意義，因為這是他

▶舞會上雪白的肩膀，
明艷逼人。

為紀念自己的第一個情人貝爾尼夫人而寫的。肩膀很美的德‧莫爾索夫人的原型就是貝爾尼夫人。貝爾尼夫人的年齡比巴爾札克大二十多歲，想過去必定也是一位肩膀雪白眼睛明亮的女子。

還有英國的小說家勞倫斯（David Herbert Lawrence，1885～1930）。1912年，他和一位德國的有夫之婦、貴族女子弗莉達雙雙私奔（兩年後弗莉達離婚，和勞倫斯結婚）。兩人背著背包，徒步漫遊歐洲大陸。翻越阿爾卑斯山時，勞倫斯為情人的美麗肩膀寫下這樣的詩句：「她站起來擋住窗光，／雪白的肩膀熠熠發亮，／……她把水淋在身上，／她的肩膀，／閃著銀光，／濕漉漉地晃動，／像薔薇那樣起皺紋，／並能聽到純潔的花瓣伸展開的窸窣聲。」在他的筆下，弗莉達的肩膀真可謂有聲有色，美不勝收。

男人的肩膀就沒什麼好說的，那是用來肩負重任的。我的肩膀很寬闊，我的母親便說，天生是用來扛木頭的。我沒有去大山裡扛木頭，實在是辜負了造化的本意，浪費資源。不是所有的肩膀都該挑石扛木，在有志之士那裡，肩膀還能擔負抽象的東西，例如責任、真理、信仰，比扛什麼東西都辛苦，光一副寬肩膀可不夠，要用特殊材料製成，即所謂的「鐵肩擔道義」。年輕的時候，我熟讀當代女詩人舒婷的詩歌〈這也是一切〉：「希望，而且為它鬥爭／請把這一切放在你的肩上。」那是個英雄主義時代，人們常常無緣無故熱血沸騰，摩拳擦掌。頭破血流之後，許多人發現，自己只有一副血肉之肩，此任實在重大，怕是難於擔當。舒婷後來還寫了〈神女峰〉，最後是相當人性化的詩句：「與其在懸崖上展覽千年／不如在愛人肩頭痛哭一晚。」我覺得兩首詩的差別意味深長。

生命難於負荷太多的東西。男人的肩膀如果只是讓女人依靠入眠多好。1926年，俄羅斯女詩人茨維塔耶娃（Marina Tsvetaeva，1892～1941）寫給里爾克（Rainer Maria Rilke，1875～1926，奧地利詩人）的一

封情書就表達了這種願望：「萊納，我想去見你……我想和你睡覺
──入睡，睡著……單純的睡覺。再也沒有別的了。不，還有，把頭
枕在你的左肩上，一隻手摟著你的右肩……」別誤會，茨維塔耶娃還
沒來得及見到里爾克，後者就死了。他們沒有見過面，沒有睡過覺。
然而這場景多麼感人！男人和女人都會同意如此使用肩膀。

乳房

乳房崇拜

中國古代的性象徵體系中，

乳房毫無地位。

在今天，

乳房成為性象徵的核心，

完全是西方文明的產物。

換句話說，

歐洲人教會了全世界的人們

色瞇瞇地觀看女性的乳房。

人類女性的乳房，完全可以看成一種文化現象。我的意思是說，人類的觀念塑造了乳房今天的形狀，渾圓、豐滿、挺拔。從生物學的角度看，這種乳房是不可理解的。的確，哺乳動物都有乳房，但是它們大多在哺乳的時候胸部鼓脹，餵完奶後，就會癟垂下來。人類女性的胸脯在青春期後持久地隆起，在已知的四千三百種哺乳動物裡，是一個奇怪的特例。有些人類學家稱女性隆起的乳房是一個詭計，讓男人錯誤地相信，大的乳房出奶較多，利於哺乳。其實，乳房的隆起主要是脂肪沉積造成的，而乳汁是由乳腺組織分泌的，乳房的大小和出奶質量毫無關係。高聳的胸脯不但沒有實用價值，有時還是累贅。女運動員會感覺到大乳房妨礙了她們奔跑和跳躍。古代的亞馬遜女戰士為了拉弓射箭，把右乳房割去。在艱苦而漫長的史前時代，敏捷意味著更多的生存機會。乳房的隆起似乎是反進化的。

現在我們從文化的角度去解釋。只有當男人認為豐滿的乳房更性感，女人才會不顧危險保持這樣一對乳房，以提高自己的性魅力。乳房就像孔雀的尾羽，鹿的頭角，華麗而無用。先是強烈官能刺激的性感，接著是相對超越的美感，雕琢著女性的乳房。不妨說，乳房是人類自我創造的一種優美存在。只有在各種文化視野裡，我們才可能解讀乳房的真正意義。

今天，多數女人在追求一個健美的胸部時，已經很少考慮乳房的實際功能。如果只是為了哺乳，像黑猩猩那樣一對乾癟空洞的乳房就夠用了。在文明的早期，人類還沒有能力識破乳房的詭計，流行於世界各地的女體造像，通常都誇大了乳房和臀部，象徵著乳汁充沛和豐收多產。至少文藝復興時代的貴族女子清醒地意識到，哺乳會嚴重傷害乳房的挺拔形象，她們拒絕給自己的子女餵奶，而雇傭下層社會的乳母完成這項任務。這時期的女性乳房，分為百分之十的上層社會的乳房和百分之九十的下層社會的乳房。我們可以從當時的繪畫作品中

看出其中的分野，貴族女子的乳房高挺、圓鼓，農婦或乳母的乳房鬆軟、下垂。乳房的雙重含義，此時成了實際的分類標準：審美（性感）的乳房和哺乳的乳房。

如果哺乳影響乳房的美，那就拒絕哺乳。這一觀念準確地凸顯了乳房的意義：男人的目光高於嬰兒的嘴，是男人而不是嬰兒決定了乳房的進化。二十世紀，由於牛奶替代了母乳，以及奶瓶餵奶，美國婦女用乳房餵奶的人減少了。我們身邊，鋪天蓋地的隆乳廣告，從不以隆乳有益於哺乳為號召。所有人都識破了乳房的詭計，我們已經進入赤裸裸追求審美乳房的時代。嬰兒？給他一個奶嘴好了。

在其他的哺乳動物那裡，乳房沒有性的意味，只是單純的哺乳器官，唯有人類賦予乳房情色的含義。古埃及的貴婦早就發明了美容品，像現代女子一樣畫眉毛，描眼圈，塗口紅，還包括裝飾乳房。時髦的淑女給自己的乳房塗上金色，給乳頭描上藍色——顯然，這不會是出於哺乳的目的。印度人頌揚肉體，最懂得享樂的藝術，他們的古代著作早就描寫了刺激乳房增加性快感的方法。印度教神廟到處雕刻著男歡女愛的性愛場景，女神們一個個胸脯滾圓，腰肢纖細。

然而，對乳房的狂熱崇拜，使之成為性象徵的核心，卻出自西方文明。古希臘人雖然偏好男體，也雕刻了不少女神裸像，有著結實美

◀神話中的仙母，人類的供養者。

麗的乳房。羅馬人繼承了希臘人的風格。總之在這一時期，乳房是自由而袒露的，有著生育與情色的雙重意味。隨著譴責肉體的基督教的興起，局勢改觀。中世紀是嚴厲性禁錮的時代，婦女們不得不將自己全身嚴嚴實實封閉起來。任何壓抑都會產生反彈之力，全身緊裹的同時，女性在胸部撕開一個口子，這就是夜禮服的發明。夜禮服遮蔽了身體的所有部位，唯獨胸前洞壑大開，具有強烈的刺激性。十五世紀的宗教改革家揚·胡斯（Jan Hus，1370～1415）寫道：「由於女人穿著脖頸處大開特開的服裝，所以任何一個人都能直接看到她們閃爍光輝的肌膚，直至裸露著的半個乳房。」這種服裝，強調了乳房在人體性象徵體系中的重要地位。

在基督教的藝術中，夏娃和聖母瑪利亞是兩個占統治地位的女性形象。夏娃是墮落的女性，總是被描繪成裸體，挺著一對性感的乳房。瑪利亞是貞潔的聖母，身著保守的服裝，乳房通常被隱藏起來，少數藝術品描繪了她哺乳的動作，僅僅裸露一個乳房，並畫得超脫現實。據說這是因為畫家不願意觀眾產生不正當的生理反應。這其中的矛盾很有意思：色情的乳房，不妨大肆張揚；乳房哺乳，反倒成了隱私。文藝復興時期，義大利的藝術家回歸希臘傳統，描繪健美的人體，裸露的乳房成為藝術創作的主題。這時候人們欣賞的是豐滿肉感

▶ 禮服遮蔽了身體的許多部位，唯
獨胸前洞壑大開。

的乳房，按詩人的描繪，美女應該「胸部寬而豐盈，雙乳的起伏，一如微風吹動的海浪」。中世紀的禁錮一旦打破，裸露變成時尚，高級妓女尤其開放，她們優美的裸體往往成爲當時藝術作品的主角。威尼斯政府給予妓女特許，她們可以在紅燈區卡斯提拉托旁的「乳房之橋」上裸露胸部，展示肉體，吸引來往客人。有些妓女在乳房上塗抹亮彩化妝品；有的則站在家中視窗，裸露著乳房，對著顧客做出調情動作。

1535年，法國詩人克萊芒‧馬羅（Clment Marot，1496～1544）避禍義大利，寫下一首〈美乳贊〉。這是法國詩歌史上的名作。詩歌先是描寫乳房的形象：「玉乳新長成，比蛋更白，／如白緞初剪，素錦新裁，／妳竟使玫瑰感到羞愧，／玉乳比人間萬物更美，／結實的乳頭不算乳頭，／而是一顆象牙的圓球，／正中間有物坐得高高，／一枚草莓或一粒櫻桃。」然後寫它體現了女主人的風韻和心靈，引發人們的愛欲：「一見到妳，多少人動心，／能不伸出手，情不自禁，／撫而摸之，或握在手裡。」

詩的最後，是玉乳本身的渴望，希望早日配對成婚，那麼：「到底是誰會三生有幸，／能夠以乳汁使你充盈，／讓妳少女的玉乳變成／婦人的乳房，美麗，完整。」

我們大概可以說，是文藝復興時期，開創了縱情謳歌乳房的傳統。與此同時，審美的乳房與哺乳的乳房分道揚鑣，乳房作爲核心性意象的時代開始了。接著，緊身胸衣收緊女性的蜂腰，將胸部上推，塑造出一個個克服地心引力的高聳胸脯。裸露的胸前也要化妝，塗的是有害物質鉛粉，這會使胸脯變得雪白，光彩照人。衣香鬢影的舞會上，名媛貴婦豐腴的乳房，像花朵一樣熱烈開放，乳溝深深，完美展現出女性柔媚、豔麗的魅力。經過一代又一代的苦心經營，付出慘重的代價，在歐洲，乳房終於成爲女性身體裸露與裝飾藝術的中心，也

成爲男人性興趣的焦點。二十世紀，借助好萊塢電影，西方的性感乳房觀念傳遍全球，拉娜‧透娜（Lana Turner）、瑪麗蓮‧夢露等胸部豐滿的女明星成爲世界偶像。

乳房崇拜帶來了巨大的商業利益。乳房的審美雖然有了基本模式，然而具體標準在不斷變化。幾乎所有的婦女都發現自己的乳房存在某種缺陷，不符合流行時尚。她們不得不花錢購買大量的乳房商品，包括各式內衣、胸罩、健胸運動、隆胸手術等，以支撐、美化和改造自己的乳房。男人們則花錢購買這些精心整形過的乳房：美女封面的流行雜誌，娼妓，時裝和歌舞表演，靚女形象促銷的各種商品。

中國文化對乳房持另一種態度。

史前時代。據說我國曾出土一些新石器時代的女體雕像，乳房肥碩，臀部豐滿。不過，就文字記載而言，乳房歸入隱私，很少提及，巨乳更遠離中國特色。上古描寫美女的詩文，無微不至，然而基本都遺漏了乳房。《詩經‧碩人》寫女子的手、皮膚、頸、牙齒、眉毛、眼睛，不提乳房。司馬相如〈美人賦〉寫東鄰之女「玄髮豐豔，蛾眉皓齒」，等等，沒有乳房。曹植〈美女篇〉和〈洛神賦〉也是如此，尤其〈洛神賦〉，鋪排華麗，堪稱對女性身體的詳盡描述，可是胸部闕如。謝靈運〈江妃賦〉也一樣，對胸部不贊一詞。六朝豔體詩，包

▶ 在法國大革命時期，乳房成爲政治的象徵。

191. A. Clément (after Boisseh), La France Républicaine

括後世的詩詞，盡情歌頌女子的頭髮、牙齒和手，對女性乳房視而不見。敦煌曲子詞倒是提到乳房，例如：「素胸未消殘雪，透輕羅。」「胸上雪，從君咬。」不過，它們反映的是西域新婚性愛的習俗。在華夏文化中，乳房沒有成為審美的對象。

在古代筆記裡，可以見到乳房的蛛絲馬跡。漢代無名氏所撰的《雜事秘辛》描寫漢宮廷對梁瑩（東漢大將軍梁商的女兒，入選為東漢桓帝的皇后）的全身體檢，堪稱巨細無遺，因為居然提到了她的乳房，只有「胸乳菽發」四字。「菽」是豆類的總稱，大約形容她的雙乳剛剛發育，彷彿初生的豆苗，非常嬌嫩。另外，《隋唐遺史》等多種筆記記載了楊貴妃的故事，說是楊貴妃和安祿山私通，被安祿山的指甲抓破了乳房，她於是發明了一種叫「訶子」的胸衣遮擋。又傳說，楊貴妃有次喝酒，衣服滑落，微露胸乳，唐玄宗摸著她的乳房，形容說：「軟溫新剝雞頭肉。」安祿山在一旁聯句：「滑膩初凝塞上酥。」唐玄宗全不在意，還笑道：「果然是胡人，只識酥。」安祿山描寫的是乳房的觸覺，未免過分，清代褚人獲的《隋唐演義》便評論說：「若非親手撫摩過，哪識如酥滑膩來？」

儘管唐代比較開放，楊貴妃在外人面前露乳，也屬宮廷穢史。宋以後，女性身體部位藏得更緊。這可以從元代「乳瘍不醫」的故事中

◀露出乳溝的服裝，在中國，大概只有唐代曇花一現。圖為唐墓葬出土的石刻線畫。

看出當時人的觀念。馬氏乳房生瘍，人們勸她請醫治療，馬氏說：「吾楊氏寡婦也，寧死，此疾不可男子見。」因爲不肯給男子看見乳房，拒絕就醫，她就這樣死了。這故事廣爲流傳，效仿者很多。

正統的文字如此，那麼其他呢？房中術是專門講性愛技巧的，漢唐最盛，其中也極少涉及乳房在性愛中的作用。如何選擇女子，《大清經》等書列舉了耳、目、鼻、皮膚等標準，對乳房卻不做要求。《玉房秘訣》倒是說了乳房，然而是「欲御女，須取少年未生乳」，竟排斥了乳房。乳房在上古和中古性愛生活中都顯得無足輕重。宋以後，房中術的著作少了，然而春宮畫和色情文學發達起來。春宮畫並不強調女子的胸部，乳房也不豐滿。色情文學裡對乳房的描寫也簡陋得不像話，通常是「酥胸雪白」，「兩峰嫩乳」，便敷衍了事。偉大的《紅樓夢》一書中塑造了一群美麗女子的形象，可是我們全不知她們的胸脯大小。尤三姐施展性誘惑時：「身上穿著大紅小襖，半掩半開的，故意露出蔥綠抹胸，一痕雪脯。」僅此而已。

中國的古典情愛文化，都像尤三姐的妝束，只露出「蔥綠抹胸，一痕雪脯」。乳房的確與性有關，然而和肩、腹、臀等其他部位一樣，沒有特別重要的意義。好的乳房，是小乳，古人又稱丁香乳，所以女子不但不隆胸，反而束胸。現代作家張愛玲在《紅玫瑰與白玫瑰》裡描寫過這種古典乳房，她用的是白話，精采得多：「她的不發達的乳，握在手裡像睡熟的鳥，像有它自己的微微跳動的心臟，尖的喙，啄著他的手，硬的，卻又是酥軟的，酥軟的是他的手心。」在西方文學以及現代情愛文學中，豐盈的乳房向來扮演性感的主角，在古代中國，占據這個中心位置的是腳，是三寸金蓮。

中國的足崇拜傳統在二十世紀初中斷，西方的乳房崇拜漂洋而來，落地生根。

女權主義者試圖找回屬於女性自己的乳房。美國學者瑪莉蓮·亞

隆（Marilyn Yalom）女士寫了本專史《乳房的歷史》（*A History of the Breast in Western*），學術界評價很高，可惜我沒能讀到這本書。亞隆認為：乳房一直不是女性自己的，在嬰兒的眼中它代表食物，在男人眼中代表性，在醫師的眼中只有疾病，商人卻看到鈔票，宗教領袖將它轉化爲性靈的象徵，政客要求它爲國家主義服務，心理分析學者則認爲它是潛意識的中心。她提出自由乳房的概念，解放乳房，讓乳房歸屬於女性自己。

乳房怎樣才能變成女性自己的？那就是注重自己舒適，不取悅他人，首先是拒絕成爲性感的象徵，從男人那裡奪回來。二十世紀六〇年代末，歐美輿論把女性不用胸罩視爲婦女解放運動的象徵。不用胸罩襯托，女人的胸部曲線就不那麼凸起，女性特徵淡化了。然而，不戴胸罩在穿一些緊薄的上衣時，乳頭的形狀會清楚顯露，因而更爲性感。這與女權運動擁護者的初衷可說恰恰相反。不戴胸罩還有個問題，女性在活動量大的生活中實在太不方便，這也違反了讓自己舒適的原則，所以她們還不能徹底反對胸罩。八〇年代後期，瑪丹娜（Madonna）穿戴一種圓錐形乳罩，整個乳房包裹在像鋼鐵一樣的材料裡，堅挺，挑釁，像是一種武器，容不得男人做任何溫柔的幻想。它發出的資訊是「別惹我」、「不准動手」。可見胸罩運用得好，也能體現完全獨立的女性姿勢。

女權主義者還爭取裸胸的權利。乳房之所以成爲性感的象徵，是因爲它平時被嚴密遮蔽。在非洲和太平洋的島嶼上，男男女女都裸露上身，乳房就沒有色情的意味。針對美國法律不准婦女公開把乳房暴露到乳暈部位的規定，瑪莉蓮・亞隆反詰說：「我們該不該把這規定視爲對婦女的一種歧視呢？男人都有赤膊的自由，婦女就該在公園和運動場上頭頂烈日捂一身汗嗎？難道這一規定只是爲了加強女人的乳房天生誘人，男人一見就不能自持的成見嗎？制定這樣的法律，豈不

是為色情圖案保存赤裸的乳房，好讓它們由於總是隱藏而在公開場合顯得更加珍貴？」她們認為，在視覺藝術中，要突破男性視點的單一模式，表現乳房的多種形態：肥胖的和瘦小的，年輕的和衰老的，甚至病態的和殘缺的。

在一次座談會上，施寄青說：「我常覺得男人很無聊，事實上，肚子上的脂肪和胸部的都是同樣的脂肪，可是，脂肪長在胸部，男人就覺得很性感，長在肚子上，大大的，他們就覺得很醜陋，其實材料是一樣的，只是放的地方不一樣。……我從年輕時就是波霸，可是我老了更慘，我真的要告訴各位，如果你在年輕時是『太平公主』，恭喜你、賀喜你，如果像我到五十歲這麼老，我們受不了地心吸引力，它不僅下垂還四散。我希望不要戴奶罩，因為我是一個女性主義者，可是，臺灣天氣這麼熱，衣服這麼薄，你不戴還行？不僅要戴，而且要戴那種把你的肉都擠在應該有的位置的，很辛苦。我也曾經找過美容整型醫師，希望能夠縮乳，可是他告訴我縮乳的手術，很容易失敗，而且很不容易做。」

關於是否從嬰兒嘴裡奪回乳房，女權主義者內部產生了分歧。一些婦女認為應該將它歸還其合法的主人——嬰兒；另一些婦女則認為母乳餵養也是一種專制，把女人拴在家裡，阻止她們出門自由地生活。有趣的是，許多男人也不願母乳餵養，那會損壞妻子的乳房——那可是他的乳房。女權主義和男權主義居然殊途同歸，這又違反了女權論者的初衷。

乳房確實在歷史中受到了異化。如果乳房要回到原初的本質，那麼就必須明確，我們要將乳房返回到什麼程度？什麼是它的本質？要從乳房上剝除審美的色彩，我們只要讓它回到石器時代；要剝除性的色彩，我們就要讓它回到哺乳動物時代；要從嬰兒嘴裡奪走乳房，我們恐怕還要在進化樹上回溯得更遠。據人類學家的觀察，多數雄性哺

乳動物在令雌性受孕後，就把雌性以及未來的孩子拋在腦後，又忙忙碌碌去尋找下一個雌性，令對方受孕。只有百分之十的雄性哺乳動物照顧後代，這絕對的少數，包括了獅子、狼、長臂猿、狗，以及我們人類。我覺得，女權主義者拒絕哺乳，要反對的不但是人類社會中的男權，還得反對動物界的雄性權力。顯然，女權理論的合法性不能來自歷史，而是來自未來；乳房的本質也不存在復歸，只有去創造。

臺灣名女人陳文茜有次突然昏倒，她去醫院做全身檢查，意外地發現可能罹患乳癌，要做手術割去左胸。在切片複查之前，她很鎮靜，還寫了篇〈只剩一個乳房〉的文章，從容探討乳房的歷史。我只關心她面臨失去乳房的體驗，她說：

> 死了一了百了，真活下來才麻煩，尤其只剩一個乳房。只剩一個乳房的女人，到底是什麼？該怎麼活？女人只剩一個乳房，會是什麼光景？回來查了一下書，發現歷史上只記載三個乳房的女巫，卻沒什麼一個乳房怪物的記錄。……男人跟女人都用各種悲憫的眼睛看著我。女性覺得說，妳的乳房這麼漂亮，是妳身上最令人驕傲的東西，切除了，好可惜！更何況這背後還有代表生命垂危的疾病。男人想的，除了健康外，還是當妳少了一個乳房時，陳文茜會變什麼樣兒？妳還算什麼女人？

她自嘲說：「《花花公子》進行的民意調查，臺灣民眾最想看到自己的裸照，必定是看中了自己的乳房，不妨手術前先來個拍賣，以三百萬元的底價讓《花花公子》拍裸照，用這錢買架史坦威鋼琴。」還有一個計畫是，趕緊尋覓另一個美麗的假乳房，安裝上身，她看上的是楊思敏的乳房。我們看到，陳文茜無法設想剩下一個乳房如何生活，她需要補上另一個乳房，儘管是假的。

乳房是生命的哺育者，也是生命的毀滅者。乳房疾病一直讓世世代代的婦女飽受折磨。現代醫學表明，乳癌是婦女死亡的第二號殺手，平均每九名婦女中，就有一人罹患這種可怕的疾病。美麗和死亡擁抱得如此緊密，使我們無法將乳房與癌分開。然而，男人們很難理解，當一個女人在自己的乳房裡發現了癌細胞，當她被迫失去一個乳房時，需要多大的勇氣去面對；他們當然也不能理解，失去乳房的同時，女人還失去了什麼。

我讀過一篇署名迎春的文章〈失去乳房，就揮別愛情〉。因為乳癌，作者被迫切除了自己的左乳房，那裡變成一處醜陋的廢墟：「胸前少了一波，卻多了一道長達十八公分的疤痕，和右側乳房並列，顯得怪異不堪。……我凝視著傷口，告訴自己：『我可以接受，我也願意面對即將來臨艱辛的抗癌歲月，因為我有一個愛我的老公，和一雙貼心的兒女，所以我要堅強。』」她的確堅強，挺過了恐怖的化療；然而她的愛情不夠堅強，手術後一年，丈夫就另有新歡。她感慨地說：「總以為二十三年的愛情禁得起磨練，沒想到敵不過一顆乳房。」

正如女權論者所說，乳房也許從來沒有屬於過女人自身。它屬於嬰兒，屬於男人，屬於政治，屬於商業。可是，我們現在發現：乳房的疾病屬於女性自己，乳房的手術屬於女性自己，乳房的缺失屬於女性自己。沒有乳房的女人，她的整個生活也消失了，那巨大的空虛，屬於自己。

女人把乳房的美麗完全獻給了世界；而乳房，只能以一種殘損的方式復歸女性。這不公平，也不是女權主義者希望的復歸。我們說過，乳房是一種文化現象，必須通過某種文化，乳房才能被看見，被定義。如果我們將乳房的種種修辭掃蕩乾淨，剩下的，只會是赤裸裸的生理病變。這不是我們想要的自由的乳房。非洲土著女性袒胸，古

代中國女性束胸，美國婦女隆胸，每種文化創造著屬於自己的乳房。
將我們時代的乳房崇拜層層剝開，也許要深深失望，因為最後沒有內
核，只有黑洞，癌細胞。很可能，乳房沒有本質，我們看見的，都是
風俗。

腰

輕　細　好　腰　身

「看楚女，纖腰一把。」

女子的腰以細為美，

是難得的一條公理。

「細腰爭舞君王醉。」在人體美學中，各種文化對胸、臀、肩以及五官的審美觀點，分歧很大。女子的腰以細爲美，卻是難得的一條公理。粗腰女子除了自慚形穢，簡直走投無路，沒有一種文化能夠收容她。中國人的情趣，是周邦彥說的「看楚女，纖腰一把」，是柳永陶醉的「世間尤物意中人，輕細好腰身」。你逃到西方，也一樣，在電影《亂世佳人》（Gone with the Wind）裡，郝思嘉緊抓床柱，忍著疼痛，催促奶媽狠命束腰的情景，簡直是上刑。十九世紀的歐洲，曾發生多起因束腰而致死的事件——肋骨過度受壓，從而插破了肝臟。當歐洲人反對中國婦女纏足時，愛好小腳的辜鴻銘（1856～1928，近代中學西傳的重要鼓吹者）胡攪蠻纏，特意標舉英國婦女束腰的惡習：誰也別說誰，誰也不比誰好。據說，外國人自覺理虧，無言以對。

女性理想的身材應該是沙漏形，豐乳，細腰，肥臀。這種傳統的觀念，得到了現代實驗心理學研究的支援。心理學家戴文卓·辛在十八種文化中檢測了男人們對體形的感受。他發現，腰臀的比例常常比胸圍或體重更爲重要，他的結論是，理想的腰臀比例爲0.7。分析歷年《美國小姐》和《花花公子》雜誌，他發現：美國小姐們的腰臀比例多年來僅僅在0.72～0.69之間發生變化，而《花花公子》模特兒的變化範圍也不過是0.71～0.68之間。奧黛麗·赫本和瑪麗蓮·夢露代

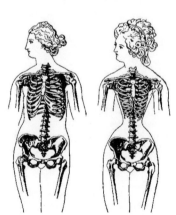

▶束腰對骨骼的損害。

表了二十世紀兩種完全不同類型的美女，她們的體形都呈沙漏形，撇開三圍的具體尺寸，她們的腰臀比例均為0.7。活躍在 T 形舞臺上的世界超級模特兒的腰臀的比例也是這個數字。誇張總是更受歡迎。芭比娃娃的腰臀比例為0.54，那是讓現實生活中女子絕望的尺度。

正常女子的絕對腰圍，按2000年版的《金氏世界紀錄》，腰圍最細者是英國劍橋郡的艾瑟爾·格蘭傑，她的腰圍只有33公分，不堪雙掌一握。那真是要隨風折斷的細腰。猜想過去，一定是嚴厲束腰的產物，也許動過手術拆除兩根肋骨。中國古代不流行束腰，所以古代美女們的細腰大多屬於天生，充其量是餓出來的。古籍裡描述細腰，並不測量，《西京雜記》（漢·劉歆撰）寫趙飛燕「體腰柔弱」，曹植形容洛神「腰如束素」，清人余懷所撰的《板橋雜記》稱讚名妓顧媚「腰肢輕亞」，都只能讓我們想像，無法一睹細窄。《南史》說羊侃的家妓張靜琬，「腰一尺六寸，能掌中舞。」如果按西晉的尺度換算，約等於39公分，離今天的世界紀錄還遠。其實古代中國人雖然也講細腰，卻有分寸，不像西方人走火入魔。如果拿出纏足的精神來纏腰，33公分的細腰便算不得什麼了。

我常常懷疑古代女子因節食而餓死的說法。幾種先秦的文獻，並不是這樣說的。例如《墨子》，只說楚靈王好士細腰，所以他的大臣

◀ 從歐洲婦女的服飾演變可以看出，
時尚逐漸以細腰為美。

紛紛節食，扶牆才能起。《韓非子》則說：「楚靈王好細腰，國有餓死人。」《尹文子》說：「楚莊王好細腰，一國皆有饑色。」他們說的都是男人爲討好國王而節食，主角也不一致（大約是楚國的傳統）。並且他們不是史家，經常虛構，或誇大其辭，說寓言，未可全信。似乎是漢代，才有「楚王好細腰，宮中多餓死」的民謠出現。後代的文人雖然整天表揚細腰，女子卻沒傻到肯爲細腰獻身的程度。只有在今天，我們才經常讀到現代女性的此類荒唐事。我在網上讀到篇文章，說香港新生代女歌星容祖兒爲了腰身靚麗，已經兩年沒吃飯了。容祖兒坦白道，碰到特別的日子，有一口飯吃，她要把飯含在口裡，捨不得下嚥。

我們的身體是我們最大的敵人。人類誕生以來，就與它長期不懈地鬥爭，取得的成績最小。其實，美的代價是相同的。從前的女子付出多少犧牲，今天的女子也要付出多大犧牲。腰肢輕亞的感覺很好，食不下嚥的感覺卻很糟。美麗是一種多麼甜蜜的痛苦。

肚臍

肚　臍　是　生　命　的　遺　址

這個小小的廢墟，

提醒我們謙遜，

我們不可能自己創造自己。

世界有許多個中心。史特林堡（Johan August Strindberg，1849～1912，瑞典戲劇家、小説家）説：「希臘有一個地方是地球的肚臍，而中國也有一個地球的肚臍」。其實，每種文化都有自己的肚臍。在藏人的文化裡，岡底斯山（青藏高原的南北重要地理界線，為西藏印度洋水系和內流水系的主要分水嶺）就是世界的肚臍。波濤洶湧的南太平洋的復活節島，島上的居民自稱「特皮托・庫拉」，意思即為「世界的肚臍」。復活節島以巨大的半身石雕人像著名，它們三三兩兩站在海邊，凝視遠方。我們至今不明白誰給了它們形體？它們在張望什麼？還有人將死海看成世界的肚臍。那是世界表面凹陷最深的地區，儲存著一汪鹽分極高的死水，沒有任何生命。這比喻很恰當，因為肚臍是生命的遺址。

肚臍位於我們身體的中央，是一處永遠無法抹去的傷疤。它將我們的記憶導向母體。我們的存在不是偶然的，另一個生命曾經賦予我們最初的血液和營養。在溫暖的子宮，臍帶有力地聯結母親與她的胎兒，一個生命嘔心瀝血，孕育著另一個生命。當胎兒降臨人世，臍帶便被斬斷，從此，大地成了他的母親，讓他自由地奔跑、覓食和玩耍。我們這個蔚藍的星球是一個更廣闊的子宮，像母親一樣，把我們緊緊摟在懷裡，供給我們充足的食物。她的胸懷是如此之大，直到前

▶讓・阿普（1887～1996）對肚臍有著特殊的興趣。有一段時間，他不管在什麼作品中，都會添上一個小圓形，稱為「肚臍」。這幅畫稱為《山・桌・錨・肚臍》。

幾個世紀，人類才探測到她的邊界。數十年前，太空人終於嘗試著離開地球，在其他的星球降落，在太空漫步。然而，這不是一次新生，那個世界沒有食物和水。人類有能力離開地球，但沒有能力剪斷自己的臍帶。

希伯來民族的古典文學作品《所羅門雅歌》是非常優美的情歌，有許多精采比喻。關於肚臍，它說：「你的肚臍如圓圓的杯子，而不缺調和的酒。」肚臍眼兒裡的一杯酒，那是用來醉倒情侶的。D.H.勞倫斯的小說，便讓相愛的男女互吻對方的肚臍。中國文化裡，關於肚臍的報導很少。《雜事秘辛》描寫東漢桓帝娶皇后梁瑩之前的全身體檢，沒忘記肚臍：「臍容半寸許珠。」肚臍的深度恰好容納一粒直徑半寸的珍珠，這大概就是古人對於美女的要求了。按《南燕錄》的記載，慕容德母親的肚臍不只容珍珠，還容下了太陽，她大白天睡覺，「夢日入臍中」，於是生下了南燕的開國皇帝慕容德。《後漢書》還記道：董卓棄屍於市，天熱，肥脂流地，守屍的兵士把燈草放在他肚臍裡，「光明達曙，如是積日。」董卓是惡人，臍眼點燈，頗能大快人心。通常，肚臍是深藏不露的，不過滄海桑田，連海底都有水落石出的一天，肚臍未必見不得天日。1984年底，歌星瑪丹娜推出了第二張專輯時，示範了內衣外穿和露出肚臍，立刻成為全球時尚。大約在

◀肚臍使任何一件物體有了中心。這作品是讓・阿普的《軀幹・肚臍》。

1996年，露臍裝湧進中國。

　　我們的臍帶早已剪斷，然而我們同這個世界已經難解難分，血肉相連。這個小小的廢墟，提醒我們謙遜，我們不可能自己創造自己，一個生命只能來自另一個生命；它還催促我們自立，我們失去了同母體的所有聯繫，現在，我們不得不在肚臍眼兒之外，尋找和發現生命的其他根源。

腹

深　　　　邃　　　　的　　　　腹

母腹

創造一個物種的千萬年歷史。

哲學家裡分為兩派，一派是強調腦子的，一派是重視肚子的。前者說，豬狗都有肚子，可是牠們不思想，所以思想和肚子無關。後者說，人是用肚子思想的，餓你三天，你腦子裡除了米飯包子，看看還會剩下些什麼？這是我們經常看到的論辯方式。其實，後一個論證不夠專業。真正主張肚子和思想有關的大思想家，他們的論證恰恰相反：讓你吃個痛痛快快，看你還能思想些什麼？比如老子就這樣說：「是以聖人之治，虛其心，實其腹。」古人都是用心思考問題的，「虛其心」，就是讓他不思想；「實其腹」，意思是填飽他的肚子。腹與心之間有因果關係。填飽了他的肚子，就掏空了他的腦子。

有一句古諺，叫「飽暖思淫慾，饑寒起盜心」；又有格言說：「飽食終日，無所用心。」就算人是用肚子來思考的，那也是饑腸轆轆時思考。起了盜心，於是需要開動腦筋，如何選擇目標，組織人手，付諸實施，逃避追捕；更深入一點兒，有些饑寒者就思考為什麼有人不饑寒？這社會該如何改善？這麼一思想就沒完沒了。飽暖者才不肯浪費時間去思想，按英國作家斯威夫特（Jonathan Swift，1667～1745）的話說：「肚子填飽了，骨頭就變懶。」他們被一種又一種感官享受所吸引，說到淫慾，那是最不費腦子的一種快樂。所以，肚子如果和思想有關係，那一定是空肚子。饑餓產生最有力的思想，飽食只產生享樂的技術。

肚子是我們的真正主人，它大模大樣，躺倒在身體中央，驅使我們揮動四肢，奔波四方，尋找食物，滿足它貪得無厭的慾望。我們每天出門工作，和餓虎出林沒什麼兩樣。人類的文明，無非是為免除饑餓威脅而設立的複雜機制。希臘諺語說：「最可惡的野獸是肚子。」西班牙諺語說：「是肚子帶動兩腳，不是兩腳帶動肚子。」腹部隱藏著人體最深邃的黑暗，那是饑餓、貧窮與落空。如果把人分為靈與肉、神性與獸性兩部分，我們的頭腦標誌著精神性的一面，那麼，腹

部就是我們生物性的淵藪。不只食慾，還有性慾、貪慾、權慾，在我們腹中氾濫成災，欲壑難填，彷彿盤踞了一千頭昂首吐信的饞蛇，爭先恐後，此起彼伏。那裡重重疊疊蜷伏著數不清的慾望，像鷹爪一樣銳利，撕扯我們的內臟。就這樣，我們被驅趕著行動起來，去創造或毀滅。

腹部的存在，對於力圖上進的人類，是一件難堪的事實。人類總想擺脫卑微的出身，跳出生物界的輪迴，同其他動物清晰地畫出一道界限。如果我們仍然是生物本性的奴隸，天國就遙不可及了。法國詩人波特・萊爾說，洗滌罪惡，要「讓充滿清澈太空的光明之火／像純淨神聖的酒吞入腹中。」為了克制盤踞在我們腹部的陰暗慾望，進行宏偉的人性再造工程，人類已經使用上了所有的手段，例如教育、宣傳、獎懲、道德、法律等等。老實說，效果頗為可疑。我想起一種原始的辦法，不妨舉出。崔鴻《十六國春秋》記載說，高僧佛圖澄腹旁有一個窟窿，每天早晨，他來到流水邊，從窟窿處掏出五臟六腑洗滌，洗完重新放回腹中，用棉絮塞住。他的腹部因此充滿光明，每夜讀書，也不必燈火，把棉絮拔了，腹中光輝透孔而出，光照一室。這辦法常人不可仿效，聊博一笑。

東漢有個學者叫邊韶，字孝先，學問很好，收了幾百個學生。有一天，邊韶晝寢，被學生看見了。古人不時興大白天睡覺，孔子的弟子宰予晝寢，曾經被孔子罵得個狗血噴頭。邊韶此舉，也被學生編了順口溜：「邊孝先，腹便便；懶讀書，但欲眠。」邊韶不客氣回答說：「吾以邊為姓，先為字，腹便便，五經笥，但欲眠，思經義，寐與周公通夢，靜與孔子同意。師而可嘲，出何典記？」大意是說：我腹中藏著五經的書箱，我小睡是為了思考學問，在夢中與周公、孔子見面，你們嘲笑老師，有何根據？學生聞後感到羞愧。後來，腹笥成了一則表示學問淵博的典故。肚子裡可藏的，不僅是人的生物本能，

還有先賢文章，聖人教誨。

晉人郝隆在大太陽下袒腹仰臥，旁人感到奇怪，他神氣地說：「我曬書。」對一肚子學問自負到這地步，只有另一個叫楊玠的人可以一比。楊玠娶崔氏女，崔家藏書萬卷，他常去閱覽，然後到處揚言：「崔家藏書被人盜盡，他們還不知道呢。」他岳父連忙命人清點，並沒短少，楊玠捧腹大笑：「都轉移到我肚子裡了。」

大腹便便，大肚能容。隔著肚皮，誰也不明白彼此的腹中藏著些什麼。有人指著周伯仁（周顗，晉代人）的肚子問：「此中何所有？」周伯仁高傲得很，擺出一副宰相肚裡可撐船的架勢：「此中空洞無物，只不過容得下爾輩數百人。」章子厚膽識過人，蘇東坡打趣他的肚子說：「此中都是謀反的家事。」至於蘇東坡自己的肚子，了解他最深的愛妾朝雲早已說破：「學士一肚皮不合時宜。」左宗棠喜歡人說他一肚子「馬絆筋」，那是一種牛吃的草，他倒不忌諱別人說他草包。還有更可怕的，腹中藏著兵器，包括防守的盾和攻擊的矛。三國的李嚴，人們說他腹中有鱗甲，不可進犯；唐代的李林甫，世稱口有蜜，腹有劍，兇險無比；這就是「腹中鱗甲」和「口蜜腹劍」兩個成語的來歷。表裡不一也是常事。安祿山豐肥大腹，唐玄宗問他：「此胡腹中何物？其大乃爾。」安祿山機靈得很，討好說：「臣腹中更無他物，唯赤心耳。」唐玄宗十分感動，愈加喜歡。他怎麼也不會想到這小子的腹中其實包藏禍心，正暗暗準備著叛亂，要奪他的江山。

照此說來，肚子也不純粹是消化的器官，酒囊飯袋。腹中既能容下詩書和甲兵，完全做得到自食其力。儘管有人發牢騷：「文籍徒滿腹，不如一囊錢。」其實事情沒那麼糟。詩書能換功名，槍桿子裡出政權。唐人李頎送朋友，就安慰他說：「腹中貯書一萬卷，不肯低頭在草莽。」有個爭氣的肚子，還有權利要求相稱的體面與尊嚴。晉代有個叫党進的太尉，目不知書，卻官運亨通，他捧著肚子，躊躇滿志

道：「吾不負汝。」一個家妓應聲道：「將軍不負此腹，但此腹負將軍耳。」有些人肚子空空，不勞而獲，要將它填飽，眞是難爲了東家。

腹部薈萃的物事往往不可告人，還是宜於嚴密隱藏，最好讓人忽略。日常起居，袒腹至少是一種失禮。可是如果你蔑視禮教的話，不妨縱容肚皮，放肆一回。寺院裡的彌勒佛，神仙裡的鐵拐李，民間信仰裡的雷公，都是裸胸袒腹，表示超然於世俗禮法之外。古人畫卷裡的高人雅士，松樹下，荷亭邊，總是袒腹而行，或者捫腹高臥。這是一種自由不羈的生活。

身陷俗世的狂士，也羨慕這種生活。我們都知道王羲之袒腹東床的故事。太傅郗鑒派遣門人到丞相王導府中爲女兒都璿提親，王氏子弟一個個神氣端肅，扭捏作態，唯獨王羲之毫不在乎，袒腹而臥在東窗床上，郗鑒有眼力，偏偏選中這個不拘禮節的少年爲女婿。王羲之的榜樣激勵了後人，只可惜郗鑒太少。北宋宰相王欽若年輕時考進士，據說是殿試第一名，他太高興了，與朋友縱情喝酒，袒腹失禮，宋太宗得報大怒，下旨再試，丟了狀元。王欽若是聰明人，吸取教訓，迅速轉變人生觀，後來成爲一個「奸邪險僞」之人。明成祖派人到文淵閣刺探庶吉士們的動靜，正巧劉子欽吃飯時喝多了酒，正「袒

皆大歡喜布袋僧

◀佛教裡袒肚露臍的布袋僧。

腹席地酣設置」。成祖聞報後大怒，召來訓斥：「吾書堂爲其臥榻耶？」當即罷免他的官職，發配至工部爲吏員。劉子欽也不加分辯，謝恩後就去外面買來吏員衣巾，到工部上班，弄得工部尚書不知所措。明成祖得知他這般行爲打扮，只好笑道：「劉子欽好沒廉恥。」命人還其官服，仍回內閣。

中國古代社會不是沒有自由，而是自由的成本太高。或者一貧如洗而自由；或者不自由而保持世俗的利益，權力、地位、財產、妻妾等。這種選擇太殘酷。自由在中國人的觀念中，無法成爲一項最重要的社會價值，就是因爲這原因。南唐後主李煜想讓韓熙載做官，韓熙載不想做，他想到的辦法就是沉溺女色，袒腹脫鞋，放浪形骸於侍姬群中，顧閎中畫的《韓熙載夜宴圖》描繪了這副情景。只有絕意仕途的人才有如此豪邁。蘇東坡流放嶺南，他的詩歌敘述自己的生活：「先生食飽無一事，散步逍遙自捫腹。」在那荒僻之地，沒人管他是否袒腹，挺自由的。可他還是希望回到繁華都會，忍受禮教的桎梏，「散步逍遙自捫腹」的樂趣，不要也罷。

比袒腹更坦率的，是剖腹。剖腹和袒腹的相仿處在於，二者都表示襟懷坦蕩，心底無私，犯不著衣服遮擋。如果說袒腹還有僞裝的可能，那麼，剖腹就是一種極端的證明方式：我現在打開腹腔，大家來

▶道教裡袒肚露臍的神仙漢鍾離。

看看，其中唯有赤膽忠心而已。

中國歷史上的第一例剖腹事件，大概是商紂對大臣比干剖腹取心，紂王說：「我聽說聖人的心七竅，看看你的心是不是七竅？」這個紂王是暴君，對人們腹內的事物有濃厚的興趣，據說他還剖開孕婦的肚子，觀察胎兒是男是女。從起源看，剖腹一開始就不僅是單純的死刑，還是一種驗證。沿著這種思路下來，忠臣良將受了侮辱，說不清楚，便只好披肝瀝膽，剖腹示心。漢代的戎良，有人冤枉他和太守府的婢女私通，他就在太守面前引刀剖腹，掏出肝腸，證明自己的清白。還有唐代的安金藏，也是剖腹以證明自己沒有參與謀反[1]。作為一種自殺手段，剖腹最為痛苦，如果沒有助手幫忙，在心臟或脖頸補上一刀，據說要折騰數十個小時後才死去。

剖腹自殺以日本武士手藝最好，舉世聞名。日本剖腹自殺的第一例，據說發生於989年，大盜藤原義在被捕前，將腹部一字割開，然後用刀尖挑出內臟扔向官軍。此時已經是中國的宋代。十二世紀，日本的剖腹自殺才開始流行；十五世紀，剖腹自殺入了皇家法典，貴族和武士有權自殺，而不是死於劊子手的屠刀之下。典型的自殺方法是，用短劍先刺入左腹，橫向右腹切個「一」字形，再從胸口刺入，下切，合成一個「十」字形。自殺者並不需要忍受漫長的痛苦，通常，他會請個助手幫忙，在差不多的時候，助手上前砍去他的腦袋，結束痛苦。剖腹自殺是一種榮譽，普通人是無權獲此待遇。在現代，最有名的一個剖腹自殺者是作家三島由紀夫，1970年11月25日，三島在東京的自衛隊營地袒露腹部，水平方向切了一刀，靜默了好一

---

(1) 當唐睿宗李旦還是太子時，有人向武則天誣告李旦謀反。武則天命來俊臣治罪，身為太子近臣的安金藏挺身而出說：「公既不信金藏之言，請剖心以明皇嗣不反。」安金藏即刻自剖其胸，五臟流出體外。此舉終於使李旦免於死罪。

陣，然後向助手示意砍去他的頭。助手沒有經驗，砍了三次，三島才身首異處，刀刃受到了嚴重損壞。

在日本，剖腹自殺首先是武士證明自己清白的一種自殺形式，剖開腹部，顯示紅心。新渡戶稻造在他的《武士道》一書中寫道：「打開靈魂之窗請君看，是紅還是黑，請君自公斷。」我要指出，這是典型的中國觀念。後來，剖腹的含義在日本變得更加複雜，例如免遭被俘的恥辱、殉死盡忠、引責和謝罪等。2001年9月，日本前奧運會柔道重量級冠軍豬熊功剖腹自殺，自殺的主要原因是負債累累。

有許多日本人對侵華戰爭表示懺悔，鞠躬流淚。讀到當代作家蔣子龍的一篇短文〈看日本人的流淚表演〉，他不客氣指出，這種眼淚，不乏表演的成分：「日本人謝罪有一種非常著名的方式——剖腹自殺。……日本人似乎是很為自己的這種『剖腹精神』自豪的。為什麼沒有一個日本人用這種方式向中國人民謝罪呢？」他說，「我這樣說並不是鼓勵對華有悔罪的日本人都剖腹自殺。即使我肯這樣鼓勵，日本人也未必真的能被激出這樣的勇氣。」蔣子龍的剖析看似無情，其實深切要害。

我寫了腹部的幾種含義，它永無休止的慾望，五臟六腑，它的廣闊容量，還有它的風俗。我不能遺漏它最重要的一個義項：它的創造偉力。妻子懷孕的那些日子，步態緩慢而莊嚴，她的腹部高高隆起。一個新生胎兒在裡面孕育成形。我相信，此刻，她深邃的腹部必定充滿聖潔的光輝，如同宇宙誕生新的星系。為了容納一個胎兒，她的身體膨脹得如此龐大。

我說的是母腹，成熟女性的腹部，人體最宏偉最奧秘的部位。一個洶湧的海洋，一個沸騰的熔爐，元素在這裡碰撞，激盪。水與火，陰與陽，互相穿越，彼此包容。終於，無限的虛無凝聚為一粒沉甸甸的珍珠，在黑夜的核心，閃耀出一縷生怯的光芒。它不斷生長，最終

長成燦爛的生命。這是一曲無中生有的雄偉樂章，讓我們驚歎。

　　母腹創造著一個物種的千萬年歷史；它曾經是我們的全部世界。這讓我們意識到，它的深度和廣度超出了我們探測的手臂。在偉大的創造者面前，我們始終是一個嬰兒。

性

性 的 遊 戲

性在公眾場所消失，

為的是在私人場景甦醒。

有了遮蔽，

接著就是發現。

每個人都要在生命中，

獨自去探險，

去發現性的秘密。

人類最基本的兩種本能，就是孔子說的食和色。吃飯維持個人的生存，性愛維持種族的生存。吃飯不妨大張旗鼓，呼朋引伴，堪稱社交活動；性愛在今天成了最大的禁忌，床笫秘事，讓人三緘其口。其實在人類的早期，纏腰布發明以前，做愛和進餐沒多大區別。生殖器和嘴巴一樣，一個成天裸露在外的器官，並不特別招人注目，更無關風化。

歷史上有過一個生殖器崇拜的時期。考古學家發現的史前石雕人像，往往誇張了性器官，卻沒有絲毫淫穢的意味。芒福德（Lewis Mumford，1895～1990，美國建築評論家）《城市發展史》（*The City in History : It's Origins Transformations, and It's Prospects*）說：「直到進入有歷史記載的時代之後，村莊的儀典形式上還供奉著巨大的陰莖和陰戶造型。其後，這類造像轉化為紀念性形式流傳給城市，不僅見諸方尖碑、紀念柱、寶塔、穹頂廳堂這類隱晦形式，還表現為一些完全裸露的形式。」早期的中國人談論起性行為來，非常直率，並且評價極高。老子說「玄牝之門，是謂天地根」，「玄牝」指女性生殖器，他認為那是天地的根本。《易經》完全是本關於生殖文化的書，其中說「男女構精，萬物化生」，把性活動當成宇宙演化的第一推動力。1923年，錢玄同發表一個驚世駭俗的觀點：「我以為原始的易

▶印度人對性做了最熱烈的頌揚。圖為敦煌莫高窟保留下來的密宗佛像。

卦，是生殖器崇拜時代底東西：『乾』、『坤』二卦即是兩性底生殖器底記號。」文字學家考證，「且」字的本義爲男性生殖器，「也」是女性生殖器，在上古的象形文字中，兩個字就被畫成陽具和陰戶，大模大樣出現在政府「卷宗」裡。

最有意思的是《戰國策》。韓國使者去秦國求救兵，秦宣太后接見使者，打比方陳說厲害：「妾事先王也，先王以其髀（大腿）加妾之身，妾困不疲也；盡置其身妾之上，而妾弗重也，何也？以其少有利焉。」秦國宣太后在外國使臣面前，以自己的性交經歷闡釋物理學上的「壓強」原理：她和丈夫性交時，丈夫如果只以屁股壓在她身上，體重集中在一點，她就吃不消；丈夫全身壓上來，重量分散，她就不感到太重了。如此言論，即使性開放後的今天，也絕不可能出現在外交舞臺上。宋人鮑彪《戰國策》新注本就指斥她忝不知恥：「宣太后之言，汙鄙甚矣！」清人王士禎《池北偶談》云：「此等淫褻語，出於婦人之口，入於使者之耳，載於國史之筆，皆大奇！」由此可知，中國人不是生來老成，視性爲洪水猛獸的，歷史上有過一個性開放的時代。

進入文明社會，各民族都爲自己雙腿間找了塊遮羞布。生殖器原來沒有羞恥之說，因爲人人都把它藏緊，一旦暴露，於是覺得不自

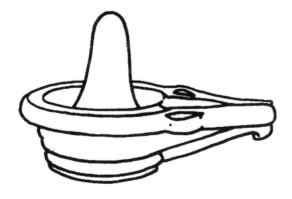

◀印度儀式用品，女陰與男根的結合。

在，覺得可恥。完全是那塊布將一個生理器官變成了道德器官。有人說文明就是遮羞布。性與文明的關係，那是值得許多著作談論的大問題。簡單地說，遮羞布的最大作用，是使生殖器有了羞惡感，性於是成了道德的問題。探究那塊布的目的，其實不在遮蔽，反倒是為了表彰——這是文明的迂迴之計：欲蓋彌彰。大家一起捂緊了那地方，那地方就成了秘密，吊人胃口，於是人人心嚮往之，渴望敞開的那一瞬。這原理適用其他部位。例如，中國人把小腳藏了一千年，小腳也成了這樣一種扣人心弦的道德器官。後來，女人扯下裹腳布，腳就失去了魅力。

性器官被褲子和裙子遮蔽了，還從語言中毀屍滅跡，在公共生活中，性彷彿不存在。問題是性不可能不存在，人們要結婚，要生出一代代活蹦亂跳的孩子。沒有人傻得要去消滅性（這是不折不扣的反人類罪），頂多是改變性的存在方式。如果水龍頭反正沒辦法關上，我們用手去堵，結果是水從四面八方飛濺出去。同樣，遮羞布擋住了生殖器，性不但沒有收斂，反而橫溢而出，乳房、臀部、腰、肩膀、大腿、腳，全身都盪漾著性感。性禁錮嚴密的社會，必定是泛性的社會，一切都成了性的象徵和轉喻。熱戀中的羅密歐希望化身為茱麗葉的一隻手套，他只要撫摩她的香腮，就能獲得巨大的性滿足。如果他經常看見她的裸體，就會提出更高的要求了。「文革」期間，女紅衛兵的一塊花手絹會令男紅衛兵血脈賁張，性趣盎然；現在，恐怕貼身內衣也達不到那個效果。性禁錮並沒有真的禁錮性，只是讓人們變得敏感、神經質，在所有事物中發現性。

性在公眾場所消失，為的是在私人場景甦醒。有了遮蔽，接著就是發現。每個人都要在他的生命中，獨自去探險，去發現性的秘密。本來一件自然呈現的事物，我們故意隱藏起來，現在又費許多力氣重新找尋。你會說，這完全是浪費精力，愚不可及。這當然是對的。另

外一種觀點也對：沒有這一番折騰，性就沒有樂趣。我們今天的性，其實是人類無意之中建構起的遊戲。如同捉迷藏，你先藏起來，我浪費工夫去找你，藏得越緊，發現的樂趣越大。你要不肯藏，擺出一副束手就擒的架勢，就沒人和你玩兒了。在我們的生活中，性已經嚴密藏緊，任何一個男人與女人，都做好了準備，隨時可以開始遊戲：調情，挑逗，觸摸，接吻，做愛。性遊戲的唯一規則是不得冒犯公眾。性遊戲隨時可以終止，只要一方訴諸公眾、員警、法律，性遊戲就終結了。結婚也是一項法律行為，能夠終止性遊戲。事實上，結婚使性回到了沒有遮蔽的原初狀態。人們抱怨婚姻中的性索然無味，就因為它不是遊戲，而是自然的生活。

自然的未必是最好的，文明也不僅僅是枷鎖。性解放運動推到極端，就是掀去人們身上的最後一塊布。蓋頭掀開後，並非性如泉湧。最不性感的就是一絲不掛的裸體。按理說，作為性吸引核心的器官，應該十分美麗才對，可是不然。無論男性的還是女性的生殖器，都和美扯不上。性學大師佛洛伊德說：「我們從未認為產生強烈興趣的生殖器本身真的就漂亮。」另一位性學專家藹里斯評價更低：「無論性的器官對於異性如何的可愛，要從心平氣和的審美的立場看，我們總不容易加以稱讚。在藝術的影響下，我們甚至於不免加以貶薄。」他

◀ 在佛洛伊德的理論裡，
性無所不在。

還說，女性的性器官雖然也不美，幸好比較隱而不現，所以看起來女性的整個體態比男性的自然美麗，這也是藝術家更喜歡畫女子裸體的原因。性感是美的，性器官卻一點兒也不美。

在沒有性禁忌的社會，例如上古，或太平洋島上的土著，做愛很隨便，只要男女都有了興致，當即翻倒在地，就像動物間的交媾一樣。今天，性解放後的西方情形與之頗有點兒類似。羅洛・梅（Rollo May，美國存在主義心理學家）說：「我們這些從事心理分析的人，已經聽慣了病人這樣訴苦——『我做了愛，卻沒有任何感覺。』」劇評家霍華德・陶普曼總結那些現代戲劇說：「脫褲子上床就像我們在一個沉悶的下午上街去買東西一樣，慾望與它毫無關係，甚至連好奇心也振作不起來。」想想那些性禁錮的年代：在歐洲中世紀的傳奇文學中，德・尼瓦斯伯爵僅僅因為聽到他心上人的名字就昏死過去；中國明代戲曲《牡丹亭》裡，杜麗娘為一個夢中見過的意中人深情而死。

1964年，利昂・埃德爾在《性與小說》中寫道：「左拉小說裡的豔遇總比勞倫斯筆下的男女交歡更富於眞實性——而且，也更富於人性。」如果我們讀了更遲的小說，例如約翰・霍克斯（John Hawkes）等人的後現代主義作品，會覺得勞倫斯的性愛描寫，已經相當富於人性之美了。中國的古典文學《西廂記》，也有性描寫：「春至人間花

▶「杜麗娘寫真」，古典名劇《牡丹亭》插圖。

弄色，柳腰款擺，花心輕拆，露滴牡丹開。……魚水得和諧，嫩蕊嬌香蝶恣采。半推半就，又驚又愛，檀口搵香腮。」寫得多美。今天的中國小說家，可以連篇累牘寫性了，寫來寫去，卻不能讓人動情。這似乎是個諷刺，性愛之美，也許性禁錮時代的人們最善於體會。當性變得上街買東西那樣平常時，性給我們的體驗，也絕不會比上街買東西這件事更多。性的完全解放意味著性感的死亡。

　　性的本質是生殖。如今，人類已經漠視這個本質了，在性中，人們尋求的是快樂。男人和女人相互吸引著，走在一起，更多的時候，不是商量著如何創造一個嬰兒，而是享受性愛之美，感受存在的意義。也可以說，享樂就是性的新本質。我們知道，遊戲能帶給人最酣暢淋漓的樂趣。可以預言，文明還將為性的新本質制定一套遊戲規則，以確保性的魅力，讓每個個體都能從性中獲得樂趣。如果有人告訴我性禁錮又將返回，我一點兒不會吃驚。

◀《西廂記》把張生與崔鶯鶯的私和描寫的十分美麗。

脊背

脊 背 是 身 體 最 廣 闊 的 平 原

一個耐人尋味的背影，

是正面風采的力透體背，

是胸前春色的流風遺韻，

誘惑著人們移動腳步，

轉到她的面前。

背往往是一種累贅。所有的事物都有兩面，前與後，正與反，古人說萬物皆負陰而抱陽。你選擇了一面，另一面也聯翩而至。樹葉有正面背面；時間則晝夜交替；一個城市，你看見了高尚住宅區，貧民窟必定不會太遠。背面通常是粗糙和尷尬的存在。金光閃閃的獎章，五彩斑斕的油畫，都是理想的單面體，千萬不要將它們翻轉過來。上帝造人，和我們裝修一扇門的情形差不多，門面上費盡了機巧，美侖美奐，富麗堂皇；至於背部，隨便釘一塊板，上漆，敷衍了事。要說我們光溜溜的脊背有多大美感，等於恭維主人家具的背板打造得不錯，床底比床上乾淨。秦漢之際的謀士蒯通便這樣幹過，他對韓信說：「相君之面，不過封侯；相君之背，貴乃不可言。」他鼓動韓信反叛漢王朝。無奈韓信不是那材料，扶不起來。背板就是背板，當不了面板使用。

藝術家常常隨心所欲改動人體後背的結構。梵谷（Vincent van Gogh，1853～1890，荷蘭畫家）自學繪畫，不太講究人物各部分的比例。1885年，面對秀拉（Georges Seurat，1859～1891，法國畫家）等人的指責，他索性說：「如果我畫出了比例準確的人物，我對自己就會十分失望；我不想要學院派式的正確。我讚美米開朗基羅所表現的人物，雖然這些人物腿肯定過長，臀部和背部肯定過大」。梵谷表現了

▶淮陰侯韓信。蒯通說他：「相君之面，不過封侯。相君之背，貴乃不可言。」

對學院派的偏見。其實，他說這番話的七十年前，1814年，學院派大師安格爾（Jean-Auguste-Dominique Ingres，1780～1867，法國畫家，新古典主義美術的最後代表）在他的代表作《大宮女》中，也變形了人物的後背，結果大受批評。評論家德·凱拉特里對安格爾的學生說：「他的這位宮女的背部至少多了三節脊椎骨。」安格爾的學生阿莫里·杜瓦爾為老師辯護：「他可能是錯的，可是這又怎麼樣呢？也許正因為這段秀長的腰部才使她如此柔和，能一下子懾服住觀眾。假如她的身體比例絕對地準確，那就很可能不這樣誘人了。」米開朗基羅頌揚男性的強壯，安格爾表現女性的優美。很明顯，他們都認為上帝的作品還太潦草，大有商量的餘地。

　　脊背是我們身體最廣闊的平原，天蒼蒼，野茫茫，一馬平川，周圍沒有什麼需要設防的戰略要地。背部是我們身上無關緊要的中性地帶。表達與性無關的親熱，最合適的就是在他人背上拍一巴掌，古人稱之為「拊背」。平陽公主把漢武帝喜歡的女奴衛子夫送進宮中時，屈尊俯就，「拊其背曰：『即貴，願無相忘。』」衛子夫後來貴為皇后，炙手可熱，平陽公主那一拊背的好處受用不盡。再說三國時代的事吧。魯肅歷來瞧不起呂蒙，呂蒙向他獻計對付關羽。魯肅聽得高興了，就離開座位，來到呂蒙身邊，拊其背說：「呂子明，想不到你的

◀安格爾的油畫《大宮女》，被人批評說背部多了三節脊椎骨。

才略這麼好。」一旦背上的巴掌落得重了，或者巴掌改成板子，拊背就變成鞭背。《三俠五義》第十九回，包公對郭槐用刑，「上來了四個差役，剝去衣服，露出脊背……只見杏花雨往下一落，登時皮肉皆焦，臭味難聞。」《狄公案》裡，狄仁傑打的也是犯罪嫌疑人的脊背，還是對婦女用刑，情形差不多，先扒衣服：「一聲招呼，早上來許多差役，拖下丹墀（台階），將周氏身上的衣服撕去，吆五喝六，直向脊背打下。」拊背往往在平輩間通用，位尊者也用它來獎賞卑者，而用刑，那一定是尊者對卑者的懲罰。既然你卑微，獎賞和懲罰就沒多大區別，至少表面看來，二者之間只差了一層衣服。

有些人天生一副好脊背。《孔叢子》（秦人孔鮒撰）說孔子龜背，不知背上是否密布龜紋？前秦皇帝苻堅的背上隆起「草付」兩個字，所以他改姓古怪的「苻」字。偉人脊背上著落些奇異的圖案或文字，表示天將降大任於斯人，當仁不讓。那大任很重，落在普通的脊背上，脊骨也許就要壓斷。宋仁宗的時候，大名府一個營兵的背上，居然蜿蜒隆起一條龍。大名府通判程天球嚇出一身冷汗，認為太反動了，立刻把那人關進監獄，上報朝廷。宋仁宗意外地開通，說：「這是贅肉，有什麼罪？」讓他放人。換一個皇帝，這兵士恐怕要丟了性命，株連九族。

背上還是乾淨點兒好。其實，脊背並不真正屬於我們，那是留給別人鞭打、指點和暗算的。背地裡議論，背後扔石頭，一切陰謀都當著我們的脊背發生。我們的力量只足以堅守正面戰場，於是後背洞開，從不設防。古代的武士誇耀說，他們的身上，所有傷疤都在前身，後背沒有一處傷痕——這表示他們從來沒有陣前逃亡。然而，根據拉‧喬萬尼奧里在《斯巴達克思》（Spartacus）的描寫，率領奴隸起義的英雄斯巴達克思，在與羅馬人的決戰中，是死於背部中槍：「……從離開他只有十步遠的地方擲來七八隻投槍，一齊刺中了他的背

部。他一下子就撲倒在地上。」我想，讓我設計一個英雄的死去，也會讓他倒在背後的槍下。人活在世上不是為了戰鬥，他不必全身披滿甲冑，那麼留下一處顯示驕傲和友善的部位。最光榮的死亡是死於暗算，尤其來自背後的冷槍，你的敵人連做一個對手的勇氣都沒有。

現在我們來探討一個困難的話題：女性的脊背。在歷史中，女人們一向關注前胸，如同古希臘的浮雕，她們的後背簡直不存在。二十世紀二○年代，好萊塢的女明星們受制於希斯（Alger Hiss）法案，被禁止過分暴露正面，她們開始肆無忌憚地暴露背面──露背裝盛行一時。從服飾的角度看，暴露後背不過是暴露前胸的替代，一次戰略大潰敗，一種退而求其次的無奈選擇。前庭門禁森嚴，那就開放後花園的風光好了。古代武士放棄的後背，被現代女子找了回來。在她們的精心雕琢下，傳統的中性體位流光溢彩，性感十足，背影成了引人入勝的藝術。在我們的想像裡，一個耐人尋味的背影，是正面風采的力透體背，是胸前旖旎春色的流風遺韻，永遠誘惑著人們移動腳步，轉到她的面前。我們不妨把露背裝看成一次大規模的拓疆運動，從此，女性的身體幅員遼闊，具備了空間的縱深感。我前面說背板就是背板，考慮到這情況，應該將該定律禁用於女性化妝業。走在街上，你會發現後背比前胸精彩的，比比皆是。要承認，女人總是改寫男人創造的一切定律，包括背板不如面板。

◀線條流暢，女性光滑的背部充滿動
感。圖為日本浮世繪大師葛飾北齋
的《浴女》。

臀

臀 之 美 學

臀部的動態美

是相當晚近的發現。

古代中國女子的長袍寬衫，

歐洲女子的巨大裙撐，

都成功地隱匿了臀部的運動。

在生活中，臀部並不存在。

可以說，是二十世紀流行的

窄裙和牛仔褲

使女性臀部顯露出來……

我們越了解歷史，就越是迷惑。不同時期的人對於身體各部分的評價很不相同。今天，我們把臀部看成一個完全私密的部位，最羞恥的部位，就防衛的嚴密程度而言，僅次於生殖器和乳房。然而，正式的禮服，連乳房都坦白大半了，臀部仍然紋絲不漏。談話中說到屁股，或臀部，像是不慎走火，急急迴避。我們仍然欣賞臀部的美，那是在嚴密纏裹下欣賞它的扭動，理想標準是小巧、結實與緊湊。回到歷史中，我們這個開放社會的美臀標準倒是與封閉的中世紀步調一致，都欣賞苗條、窄胯的女人。

我們的臀部審美標準相當特異。世界上大多數土著民族，都認為女子臀部肥大為美。和乳房一樣，豐滿的臀部，也是女性第二性徵，是生殖功能必須的一個條件。環視我們自然界的夥伴，只有比較高級的物種才有較大的臀部。臀部大，表示骨盆也大，骨盆大，則容許大的頭顱通過，而高級物種的頭顱也一定很大。就美的本源而論，窮根究柢，我們不妨說，性的就是美的，性感即美感。人類的美學與種族競存的最高使命總是一致的。肥大的臀部有利於生殖，因而是美的。在非洲的有些部落中，女子還刻意在臀部培養厚厚一層脂肪，以顯得肥碩。

文明社會的早期，仍然充滿了對豐臀的迷戀和讚美。驍勇善戰的

▶史前維納斯的雕塑作品，大大誇張了婦女的臀部，乃因肥臀有利於生殖的觀念。

古希臘勇士，驕傲地挺起胸膛向競技場中的群眾展示他們如運動員般壯碩的臀部。希臘人欣賞的人體美，主要對象是男性，後來也擴大到女性。他們造出的愛神，還有專門一尊是用來表現豐臀之美的。希臘人之後，就等著文藝復興時期的義大利人來讚美人體了。剛從禁慾主義時代解放出來的藝術家，盡情地歌頌自然女性，審美標準是「豪乳、細腰、豐臀」。他們把這種理想體現在人體的繪畫藝術中，裸露的女性臀部總是特別肥碩、肉感。當時的服裝設計也與這種觀念相呼應，帶襯墊的胸罩、束腰，以及大大誇張臀部的裙撐。

現代作家對女性臀部大多保持沉默，視而不見。英國作家勞倫斯算是個例外。凡是讀過那部惹起許多風波的小說《查泰萊夫人的情人》（*Apropos of Lady Chatterley's Lover*）的讀者，都不會忘記狩獵人對康妮臀部的讚美：「『您這後面多美麗，』他用那帶喉音的、愛憐的土話說：『那是人間最美麗的臀兒！那是最美麗的女人的臀兒！那上面一分一毫都是女人，純粹的女人！您並不是那種臀兒紐扣似的女兒，她們該是些男孩子。可不是！您有一個真正的、柔軟的、下傾的後臀，那是男子們所愛而使他們動心的東西，那是個可以負擔世界的臀兒。』」

狩獵人繼續說：「我愛它！假如我只有十分鐘的命，可以去愛撫

◀陶醉在肥臀魅力的中年男子。

您這個臀兒，去認識它，我定要承認我活了一世了！您不明白？管什麼工業制度！這是我生命中的一個偉大的日子。」我記得這些話當時震撼了我。其實，這番話不過遲說了四百年，勞倫斯精神上的夥伴應該是文藝復興時期的藝術家。英國的紳士淑女老羞成怒，他們小心隱藏的臀部被揭發出來，於是對他進行有傷風化指控。

臀部之美，在於渾圓而充滿韻律的隆起，豐滿，圓滑，細膩，富有彈力。還在於它們在運動中上下錯落的動感。事實上，臀部的動態美是相當晚近的發現。古代中國女子的長袍寬衫，歐洲女子的巨大裙撐，都成功地隱匿了臀部的運動。在生活中，臀部並不存在。中國古籍裡有頌揚女性身體各部位的文獻，臀部似乎是空白——當然，色情小說除外。可以說，是二十世紀流行的窄裙和牛仔褲使女性臀部顯露出來，隔著緊緊纏裹的服飾，臀部柔美的輪廓和律動，完全暴露在公眾視線之下。一個身著窄裙的女子從我們眼前離去，她的胯關節反覆扭動，像鐘擺那樣節奏均勻，又像波浪一樣，將動作在全身和諧地盪漾開來：大腿，腰，膝，肩，小腿，手臂，腳跟兒，肘……臀部的扭擺抓住了她的全身，生動地搖曳，風情萬種。

二十世紀，總的來說是一個瘦身時代，除了乳房，其他部位都追求苗條，腰要細，臀部小巧玲瓏，大屁股不受歡迎。女人們的夢想是

▶簡潔的弧形表現了臀部之美。圖為埃・基爾的《溪浴》。

擁有名模辛蒂・克勞馥（Cindy Crawford）那樣的臀部，結實而緊湊。新世紀的第一年，傳出好萊塢豔星珍妮佛・洛佩茲的葫蘆身材忽然大受青睞的消息，隆臀的女性越來越多，甚至有人拿著珍妮佛的照片去做隆臀手術。隆臀是往臀部灌入填充物，近年來流行注射矽膠。科學家也來湊熱鬧，為肥臀製造理論。一個叫史特納斯的美國心理學家宣布他的發現：臀部大小與人的智商成正比，臀部愈大，智力愈高。他列舉的肥臀族名人，包括了亞里斯多德、亞歷山大大帝、埃及豔后、聖女貞德、拿破崙、亨利・福特，以及華盛頓、傑佛遜、甘迺迪等美國總統。看來臀部的美學觀念也許要改變。辛蒂・克勞馥感到了危機，她批評珍妮佛的葫蘆身材是暴飲暴食過肥所致，下圍太大，毫無女性曲線美可言。珍妮佛當然不高興，反唇相譏：她不會批評人家骨瘦如柴，也不希望人家批評她的臀部肥胖難看。

時尚是沒有章法的。然而，任何重大觀念的變化，總是起源於某個人這樣想，這樣做，然後影響其他人，甚至一個時代。珍妮佛・洛佩茲能否改寫新世紀女性臀部的審美標準，還未可知。如果她不能，總有另一個人能。

臂

我們試著觀察

那些失去手臂的人

如何擁抱這個世界：

所有的事物

都從他們的臂膀裡滑落出去，

只有真理與愛留在懷裡，

成為日常的觸覺。

　　手臂是我們與世界的直接聯繫。搬動一塊石頭，砍伐一棵樹，高舉刀劍殺戮一個敵人，這個世界因為我們胳膊的動作而有所改變。手臂不思考，不懊悔，它只是把大腦的意志變成彎曲、伸展、揮舞的一連串動作，像建築工人讀懂了設計師的圖紙，然後他們建立起一系列的動作，築起一座大廈。手臂是思想的終點，所有的思考最終要被注入肌肉，獲得力量，才能被世界感受到。希特勒在監獄中寫《我的奮鬥》時 [1]，沒有人把他當成一回事，再邪惡的思想也不能毒死一隻蚊子。但是，當他攫取了國家政權時，他擁有了強壯的胳膊，狂想釋放為妄行，全人類都感到了劇烈的疼痛。思想永遠在尋找自己的手臂。歐洲的思想家們前仆後繼，反覆探討權力的制約理論，這些書齋中的想法，最後被美洲大陸上的一群人抓住，建立了一個三權分立的嶄新共和國。馬克思（Karl Heinrich Marx，1818～1883，共產主義創始人）一生都在關注行動，他說，哲學家們只是用不同的方式解釋世界，而問題在於改變世界。他認為自己的貢獻是將社會主義從空想變成了科學，也就是說，他設計出一種可以付諸行動的藍圖，這份圖紙在二十世紀被另一些行動著的人去施工。

　　我們看看自己孱弱的臂膀，再看看身邊的世界。城市，高速公路，田野，攔河大壩，核電站，飛機……人類已經徹底改變了整個星球。一種渺小的哺乳動物，只花了數千年的時間，就將數十億年間自然長成的世界，億萬種生物共用的公園占為己有，改造成人類的家園。獅子的胳膊比我們更強壯，長臂猿的胳膊比我們更長，更靈敏。可是我們的胳膊是大腦伸出的枝條。任何武器一旦與思想結合，便具有致命的力量，準確，犀利。它知道世界的心臟在哪裡。

　　泰國作家泰立‧巴莫的《斷臂村》說了個慘烈的寓言：他偶過某村，見村民們無論少長，全都少了右臂，非常驚訝；當晚宿一戶民家，正值房東的妻子分娩，舉家忙碌。忽然間聽到哭叫聲甚厲，令人

毛骨悚然，於是披衣躡行，從窗外偷窺。只見一個初生嬰兒被斬去右臂，鮮血淋漓，慘不忍睹。天明後他詢問村中耆老，答曰：「因選舉必用右臂，故斷之。」表達意志的選舉，人們找到的最原始方式也是舉起手臂，這是很有意味的。選舉不屬於思想，是明確的行動。當所有的胳膊一致舉起時，某些事情將確鑿無疑地發生。早期的民族每人扔一塊石頭砸死罪犯，現代人發明了簡單的辦法，不必面對罪犯，只要在會場上輕輕舉起一隻手臂，死刑就被執行。我們還不習慣如此，往往無法判斷手上的分量。「文化大革命」時期的許多荒謬決定，冤假錯案，都是所有手臂高舉一致通過的。這些手臂的主人辯解說，所有人都舉起了手臂，他只能舉起手臂，沒有選擇餘地。可是我想，如果當時每人手裡握的是一塊石頭，要他們直接砸向無辜的受害者，我相信他們能夠找到其他選擇，例如有人會拒絕舉起胳膊，甚至有人寧願斷臂。在許多重要事務上，我們的手臂同世界的關係變得不直接了，我們無法把握其方向與力度，導致事與願違。從《斷臂村》的故事，我讀出了一種深深的恐懼，對自己的力量失去控制的恐懼。

崇拜力量是人類最深沉的心理動機。想想音樂會的情景：身穿黑色燕尾服的指揮家走向舞臺中央，背轉身。此刻還是一片寂靜。他張開雙臂，在黑暗的空虛中比畫，揮舞。一支樂隊，那些閃爍各種光澤奇形怪狀的樂器，突然間迸發出和諧的音響。姿勢各異，或坐或站的演奏者，剛才還是一群烏合之眾，在他的手勢下，神奇地集合在一曲氣勢磅礴的交響樂中。其實，指揮家不過模仿了古老的表達權力的動

（1）希特勒（Adolf Hitler，1889～1945），德國國社黨領袖。1923年策動政變，試圖推翻威瑪共和國，史稱「啤酒間叛變」，失敗被捕，判監五年，入獄九個月後獲得釋放。1932年取得政權，先任內閣總理，後被舉爲總統，1939年9月1日攻擊波蘭，引發第二次世界大戰。《我的奮鬥》是希特勒的自傳，第一部於1924年在獄中寫成，出獄後完成第二部。在1930年正式出版。

作。雙臂高舉，是呼喚，籲請超越的神力，也是自信，將自己的臂力遙遙伸向不可觸及之處。高爾基（Maksim Gorky，1868～1936，俄國作家）寫完「讓暴風雨來得更猛烈些吧」一句，想必他會伸開雙臂，做出這樣一個姿勢。

我在米蘭·昆德拉（Milan Kundera，1929～）的小說《生活在他方》（*Life Is Elsewhere*）中也發現了這種動作：「老詩人摟住年輕詩人的肩膀。他們站在馬路中間。老詩人舉起手臂：『讓舊世界滅亡吧！愛情萬歲！』雅羅米爾覺得這個姿勢優美動人，豪放不羈，富有詩意。他們兩人朝著布拉格黑暗的深處長久地、熱情地大喊：『讓舊世界滅亡！愛情的崇高萬歲！』」兩位詩人在布拉格的街頭姿勢優美地召喚新世界，這場景的確動人。新世界來了，雅羅米爾告發了自己的情人，讓她蹲了三年監獄。你呼籲愛情，應聲而來的卻是背叛。這就是脫臼。格仁說：「每一支撐的胳膊尋找那不能支撐者。」人啊，不要太自信，巫師往往被自己喚醒的魔鬼吞噬。

我們把手伸向世界，感覺到我們身體之外的其他事物的質地，土牆粗糙，水是涼滑的，而金屬寒冷又堅硬。手是我們的觸鬚、橋樑、矛和盾。如果什麼東西襲來，我們本能地舉起胳膊抵擋。失去胳膊，那是為了捍衛更重要的價值，像逃生的蜥蜴毫不猶豫捨棄自己的尾巴。五代王凝的遺孀李氏，過開封宿店，店主不與，拉她手臂離開，她痛哭道：「這隻手被人玷污了，我不能讓這隻手再侮辱了我的身子。」她於是引斧斷臂。她認為貞潔至少比一隻手臂珍貴。這觀念對於我們很陌生，那是因為我們不能理解信仰是怎麼一回事。我再來敘述另一個故事。禪宗始祖達摩從印度飄海來到中土時，已經年逾百歲，在南朝與梁武帝談道不合，北上嵩山少林寺。沒有找到傳人，他面壁九年，不發一語。禪宗二祖慧可為了表達自己求道的決心，用刀把自己的左臂砍了下來。達摩淡淡地問他：「你要我傳什麼法給你

呢？」慧可說：「我心不安，乞師與安！」什麼東西抵得上一條胳膊？原來只是安心，是道。這些虔誠的求道者也是我們陌生的，因為我們早已不在乎眞理。如果你的生活中甚至找不到比一隻手臂更昂貴的東西，未必是福音。

失去了手臂，那麼你不能攫取、抓握、改變、占有，你只能用心靈去領悟這個世界。這就是「斷臂維納斯」爲什麼如此讓人著迷的原因。這尊雕塑引起了無數闡釋，我不妨也添上一種。手臂是人類將自然人性化的工具。藝術家們聲稱，你擁抱一棵樹，你就變成了一棵樹。這不對，你擁抱一棵樹，結果樹變成了人。擁抱也好，擊打也好，都是伸出胳膊，支配和改變世界的方式之一。現在，你失去了胳膊，你也變成了一棵樹。一棵樹與另一棵樹的無臂觸摸，是靈魂之愛的模型。清岡卓行（1922年生於大連市，日本當代詩人、小說家。1969年以短篇小說〈洋槐林立的大連〉獲芥川獎）的文章〈米洛斯的維納斯〉說：「米洛斯的維納斯正是丟失了她的雙臂，才奏響了追求可能存在的無數雙手的夢幻曲。」他的感受和我的體驗迥異。我受到的震撼，正是明確無疑地意識到她的斷臂，這事實斬釘截鐵，以至於我根本不可能聯想任何可能的雙臂。然後我們發問：一位喪失了手臂的愛神，她將如何相愛呢？她只有用心靈去擁抱，用胸懷去觸摸。里爾克寫詩

◀臂彎空落落的婦女。圖為德國雕塑
家珂勒惠支的木刻《寡婦》。

獻給女友莎洛美，表達熱烈的愛情：「折斷我的臂膀，我還能用我的心，／代替雙手擁抱你的身子……」感人的正是這無臂之抱。在這荒涼的世界上，人們互相迷失，沒有胳膊挽留，愛變得純粹而艱難。因爲愛隨時可能失去，我們看出它的珍貴；因爲愛仍然存在，我們感到它的壯麗。

　　我已經寫到了無臂之抱。在失去手臂的地方結束這篇文章是合適的。能夠伸出你的胳膊擁抱的人是幸福的，撫摩著世界的每一處皺紋，你的生命變得豐富，生機勃勃。然而要警惕脫臼。我們試著觀察那些失去手臂的人如何擁抱這個世界。所有的事物都從他們的臂膀裡滑落出去，懷裡，只留下眞理與愛，那是他們每日的觸覺。生命可以變得如此純粹，豈不是一件値得驚異的事？

▶當災難襲來，人們伸出手臂，互
相攙扶。圖爲德國雕塑家巴拉赫
（Ernst Barlach，1870～1938）
的作品。

肘

肘　　　彎　　　深　　　深

在人類的童年，

我們就是用自己的身體

去丈量世界的。

巴姆巴拉人說：「一肘

是世界上最長的距離。」

　　我們的手臂能屈成兩截，上臂與前臂，其交接的部位稱爲肘。有一個詞語叫「肘腋」，意思是近旁，這是相對心臟之類要害而言的。古籍中形容身邊人叛變、鬧事，常說「寇發心腹，害起肘腋」，這比喻十分生動，不需注解，想像那情形，誰都要魂飛魄散。唐代的詩人們似乎都希望投筆從戎，鑽研過幾本兵書，愛寫〈從軍行〉一類的詩歌。皎然（詩僧，俗姓謝，是南北朝詩人謝靈運的十世孫，著有詩論專書《詩式》）連做五首，正經八百地告誡：「須防肘腋下，飛禍出無端。」戰場如此，普通的生活也類似，韓偓（詩人，詞藻華麗，號「香奩體」）便感歎「肘腋人情變」。六親不認和反戈一擊的故事在在皆是，不必舉例。我們看古人，寬衣大袖，肘彎深深，容下了許多匪夷所思的秘密。魏人繁欽（曾爲曹操掌書記，文辭巧麗）的〈定情詩〉說：「何以致叩叩，香囊繫肘後。」把情人間的香豔禮物繫在肘後，已經很奇怪了，更奇怪的是他們手肘上還掛著醫學處方。從前不明白醫書爲什麼叫《肘後方》、《肘後備急方》，查一下辭典，說是因爲他們卷帙不多，方便懸在肘後。肘後既然放得救命之物，未必不能暗藏殺人利器。武俠小說中，青春美少女的肘下，轉眼就閃出一把雪亮的匕首。

　　肘擊比拳擊更有分量，武術家相當詳細地探討了肘作爲攻擊武器的用法。在公共場所，肘長通常是我們身體空間的默許半徑。你坐在

▶藏於日本京都大學的中國古代醫書《重訂肘後百一方》。

一個座位上，如果平舉雙肘，能占領更多的空間而不觸犯眾怒。雙肘的個人空間不是絕對的，在擁擠的情況下，即使被人容忍，卻非常不禮貌，關乎道德。我的孩子趴在桌面上吃飯，兩肘伸開，同坐的客人只好被迫側身，非常委屈。客人是成年人，有涵養，沒抱怨什麼。然而我要說話，把孩子痛斥一頓。

在歷史上，肘長的確是一個長度計量單位。許多古民族，例如埃及人、希伯來人，都用肘長作爲基本的尺度。例如《以西結書》（Ezekiel，舊約聖經中的章節，紀錄先知以西結的話語）：「他量四面，四圍有牆，長五百肘，寬五百肘，爲要分別聖地與俗地。」讀完這幾句，愣了半天，我還是鬧不明白這空間多大多小。印度人也使用肘長，《大唐西域記》（唐玄奘口述，僧人辯機編撰，共十二卷。記述玄奘西行求經途中所歷諸國的風土，是了解古代印度的重要典籍，簡稱爲《西域記》）記錄了他們的尺度單位：「分一拘盧舍爲五百弓，分一弓爲四肘，分一肘爲二十四指。」據說，這裡的肘長，意味著從肘彎處到攢起的拳尖這一段前臂的長度；指，則是指頭的寬度。我馬上起了疑問，每個人的肘長和指寬都不一樣，豈不亂成一團？我不知道他們是如何解決這個難題的，猜想過去，臣民們應該統一在國王的肘長上。再看非洲象牙海岸的巴姆巴拉人（Bambara），他們的肘長是前臂加上伸開的手掌，直到指尖；而一肘長卻等於二十二個指寬。和印度人比，他們的前臂似乎更長，或者手指更粗……。

在人類的童年，我們就是用自己的身體去丈量世界的。巴姆巴拉人驕傲地說：「一肘是世界上最長的距離。」今天，我們已經失去這分自信。我們清楚地意識到，人是很不可靠的測量工具。

手

手 的 生 命

漸漸地，

這雙手終於契合了

他們生存於其中的這個世界的

節理、縫隙和稜角，

能夠隨心所欲

把握世界的任何一處關節。

　　我相信許多人都獨立地發現了這個事實：手能夠記憶。我是有一天碰巧意識到這問題的。我使用電腦寫作多年，據我看，鍵盤上的字母鍵是最糟糕的排列方式，混亂不堪。閉上眼睛，我試著回憶各個字母所在的位置。令我吃驚的是，雖然我和它們相處了六七年，寫下了百萬個漢字，我卻只能明確肯定 Q、A、Z、M 這四個邊角的字母，其餘，仍然是一片模糊。照這樣看，我敲下每個字母都要先在鍵盤上仔細尋找一番。事實並非如此，我不能盲打，卻只要時不時飛快地瞟一眼鍵盤，按鍵大體不錯。顯然，我的手指有獨立的記憶力。並且，在這時候，手指的運行速度超過了大腦的運算速度。

　　手的神奇早已引起了人類的關注，被詳細研究，不待業餘人士去發現什麼。人體是部完美的作品，大自然用了億萬年的時間才完成，撕毀了難以計數的草稿，不斷刪削，增添，無休無止地修改和潤色，其中每一個細節都經過千錘百鍊。這樣一部傑作，我們只有膜拜和頌揚，領會其微言大義。人類的讀後感，比較一致的意見，是認為其中大腦和手兩個部分最為精采。雅可布‧布洛諾夫斯基（Jacob Bronowski）是一個精通多門學科的英國學者，第一個女兒出生四五天後，他走近搖籃，腦子裡想到的是：「這真是奇妙的手指，直到指尖，每一個關節都那麼完美無缺。給我一百萬年時間，我也不可能設計得如此精

◀用於祈禱的手。約西元前 1500 年。

細。」

根據亞里斯多德的記述，亞納薩哥拉斯便認為「具有⋯⋯雙手，就是人之所以在所有的動物中最有智慧的原因」。然而，亞里斯多德刻意標新立異，和他唱反調：「更為合理的推斷應該是：人具備雙手，這是人的高級智慧的結果而不是原因。」他的論證很有意思，他說，大自然精於計算，我們先有智慧用手，它才給我們一雙手。就如同先找到一個已經會吹笛子的人，然後送他一把笛子，顯然更符合節約的原則。我們熟悉了進化論，會認為亞里斯多德的奇談怪論是一個退步。不管怎麼說，他們在兩千多年前就意識到腦與手的特殊關係，大可驚訝。

後來的基督教世紀，在歐洲，人們將人看成上帝的作品。十九世紀，達爾文提出了自然選擇的進化理論，完全改變了人類眼中的生命景觀。這樣一雙靈巧的手，不是由誰設計出來的，而是人類這個種群一代代演化而來的，並且的確花了上百萬年的時間。將這雙手拿去同我們的表兄弟猿猴比較，我們發現最大的特點是拇指能與其餘四指相對，非常靈活，能夠完成複雜精細的動作，製作和使用工具。猿猴的大拇指的指端不能跟其他手指的指端碰到一起，這意味著它們只能抓取，幾乎沒有使用器物的能力。英國人類學家愛德華·泰勒（Edward Burnett Sir Taylor，1832～1917）在《人類學 —— 人及其文化研究》（*Anthropology : an Introduction to the Study of Man and Civilization*）中說：「手是人在動物中間占首位的原因之一。雖不很明顯但十分正確的是，手的利用必然在很大程度上影響到人的智力發展。在和各種物體打交道時，把它們擺成各種不同的姿態，或把它們並排地放在一起，人就有可能進行各種最簡單的比較和測量，而這些正是精確的知識或科學的最初級的因素。」

在漫長的進化之路上，那些剛剛學會直立的古猿，讓腳掌失去敏

捷，讓牙齒失去鋒芒，讓皮膚失去堅韌，把所有的注意力集中到手上。他們每天使用雙手，彎曲，扭轉，敲打，抓握，指點，伸張，不下百萬次，而每一個動作，都迅速反映到大腦，經過大腦矯正，下一個動作變得更加精確。漸漸地，這雙手終於契合了他們生存於其中的這個世界的節理、縫隙和稜角，能夠隨心所欲把握世界的任何一處關節。不妨說，雙手創造了腦；甚至不妨說，雙手創造了人。

二十世紀初，奧地利詩人里爾克來到法國，給雕塑家羅丹（Auguste Rodin，1840～1917，代表作有沉思者、巴爾札克像、雨果像及地獄門等）當了八個月的秘書。他寫下的《羅丹論》（*Erster Teil*）等關於羅丹的文字，顯示了一個詩人對於一個藝術家工作的深刻理解，其價值不亞於羅丹的一件雕塑。據他描述，羅丹常常塑造一些並不附屬於任何軀體的斷臂殘肢，雖是碎片，卻有生命：

有些手直豎起來，憤怒而帶著惡意，有些彷彿用五個聳立的指兒狂吠，如地獄裡那五道咽喉的狗一樣。有些手在走著，在睡著，有些在醒著；有些在犯罪，而且負載著一個沉重的遺傳；有些卻疲倦，再不想望什麼，只蜷伏在一隅，像些生病的畜牲，因為他們知道再沒有人能夠幫助它們了。可是手兒已經是一個複雜的機體，一個三江口，許多自遠而來的生命在那裡總匯，以便投身於行動的洪流裡。它們自有它們的歷史、傳說，它們的特殊的美。人們承認它們有自己的發展，自己的願望，自己的感情、氣質和脾性的特權。

《詩經》形容女性的美麗的雙手，說是「手如柔荑，膚如凝脂」。「荑」是初生的白茅嫩芽。比喻的意思，無非說它白嫩，細膩，柔軟。這樣一雙手，任何時代的男人都會喜歡。曹植〈美女篇〉

寫一個採桑美女，既妖且閑，「攘袖見素手，皓腕約金環。」普通農婦不可能有一雙雪白的戴金手鐲的手，想來是貴族女子即興擺弄姿勢，體驗生活。隋朝丁六娘的〈十索曲〉，情挑蕭郎，饒有意味，逐一向情郎索取衣帶、花燭、紅粉等物，當然少不了戒指：「欲呈纖纖手，從郎索指環。」古典文學匆匆一過，我們就會記起許多吟詠纖纖玉手的詩詞曲名句。從李白的「綠條映素手」，到吳文英的「有當時，纖手香凝」，再到張可久的「翠袖殷勤，金杯錯落，玉手琵琶」，一雙美麗的手猶如一張光輝的容顏，令人難忘。陸游和前妻被迫分開，心裡卻始終記掛著那雙「紅酥手」。周邦彥寫道：「並刀如水，吳鹽勝雪，纖手破新橙……」傳說，這位詞人到名妓李師師處，不巧宋徽宗接踵而至，周邦彥只好躲到床下。徽宗帶去一顆江南進貢的新橙。佳人纖指破橙，橙香手白，引人遐思。

像面孔一樣，手也有個性，有表情。有時，我們想起某個人，馬上就會想起一雙手。賽珍珠（Pearl Sydenstricker，1892～1973，在中國出生長大的美國女作家，曾獲1938年諾貝爾文學獎）在回憶錄中提到徐志摩，便體現了女人的細緻和小說家的觀察力：「他常坐在我的客廳裡高談闊論，一聊就是幾小時。說話時好揮手，手勢豐富優雅。直到如今，一想起他，就預先想見他的手。他像是北方人，身材偉岸，儀表堂堂。他的手掌寬大，形狀完美，且光潔得像女人的手一樣。」

我們談論手的美麗和優雅，無疑，那都是一些不事生產的手。正如雨果（Victor Marie Hugo，1802～1885，法國詩人、小說家、劇作家）小說《笑面人》（*L'Homme qui Rit*）中的人物尼克萊斯老闆所說，有錢的人自然美麗動人，雪白的皮膚，高傲的眼睛，高貴的舉止，傲慢的風度，沒有比那雙不幹活兒的手更高貴優雅的了。有段時間，我們試圖把觀念顛倒過來，以一雙白嫩的手為醜，而以布滿老繭的手為美。這算得一種政治審美，或政治時尚。那時候，我還在讀小學，偶爾幾

次勞動，掌上有了一兩處硬繭，便高興得很，對同學大肆吹噓。當時，理想的手應該是怎樣的呢？我們讀讀趙樹理的小說《套不住的手》就明白了。一個學生看著陳老人的手：「手掌好像四方的，指頭粗而短，而且每一根指頭都展不直，裡外都是繭皮，圓圓的指頭肚兒都像半個蠶繭上安了個指甲，整個看來眞像用樹枝做成的小耙子。不過他（指那位學生）對這一雙手，並不是欣賞而是有點鄙視，好像說『那怎麼能算手哩』。」

鄙視這樣一雙充滿生活艱辛的手當然不對，要說欣賞，那就更不對了。陳老人的手，是被沉重的勞作摧毀的畸形的手，失去了生命，變成一種機械。他如何去感受溫柔的撫摩？如何去溫柔地撫摩孩子與女人？難道他應該被剝奪這一切？我不會認爲這是美。我感到的是巨大的同情與憐憫。勞動是值得尊敬的，可是，如果勞動摧毀了人的軀體，勞作就成了苦役，就應該受到詛咒。在同一個時代，有的人手如柔荑，有的人手如樹皮，的確讓有良知的人羞愧。然而，解決的辦法不是摧毀所有的手，變得同樣粗糙，而是讓所有的手都變得更優美，更靈敏，更善於感受和表達生活。

作家們熱中於描寫手。在許多時候，手的姿態所傳達的內容超過了臉上的表情。另一位奧地利作家褚威格（Stefan Zweig，1881～1942），是一位敏銳的觀察家，他的小說《一個女人一生中的二十四小時》，其中賭場一幕，生動地描繪了各種各樣的賭徒的手，讀來扣人心弦，迴腸盪氣：

　　所有這些手各在一隻袖筒口窺探著，都像是一躍即出的猛獸，形狀不一顏色各異，有的光溜溜，有的拴著指環和鈴鈴做聲的手鐲，有的多毛如野獸，有的濕膩盤曲如鰻魚，卻都同樣緊張戰慄，極度急迫不耐。見到這般景象，我總是不覺聯想到賽馬

場，在賽馬場的起賽線上，得要使勁勒住昂奮待發的馬匹，不讓牠們搶先躍步：那些馬也正是這樣全身顫慄、揚頭豎頸、前足高舉。根據這些手，只消觀察牠們等待、攫取和躊躇的樣式，就可教人識透一切：貪婪者的手抓搔不已，揮霍者的手肌肉鬆弛，老謀深算的人兩手安靜，思前應後的人關節跳彈；百般性格都在抓錢的手勢裡表露無遺，這一位把鈔票揉成一團，那一位神經過敏竟要把它們搓成碎紙，也有人筋疲力盡，雙手攤放，一局賭中動靜全無。我知道有一句老話：「賭博見人品」，可是我要說：「賭博者的手更能流露心性」。

　　……每一隻手都彷彿是野性難馴的凶獸，只是生著形形色色的指頭，有的鉤曲多毛，攫錢時無異蜘蛛，有的神經顫慄指甲灰白，不敢放膽抓取，高尚的、卑鄙的、殘暴的、猥瑣的、詭詐奸巧的、如怨如訴的，無不應有盡有——給人的印象卻是各各不同，因為，每一雙手就反映出一種獨特的人生，只有四五雙管檯子的人的手算是例外。管檯子的人的手全像是一些機器，動作精確，做買賣似的按部就班執行著職務，對一切概不過問，跟那些生動活跳的手對照起來，恰像電腦上嘎嘎響的鋼齒。可是，這幾雙冷靜的手，正因為跟那些昂揚興奮的同類成了對照，卻又大可鑑賞：他們（我可以這麼說）好似群眾暴動時街上的員警，武裝整齊地穩站在洶湧奮激的人潮當中。除了這些，我個人還能享受一項樂趣：接連看了幾天，我竟跟某些手成了知己，它們的種種習慣和脾性我都一見如故；幾天以後我就能夠從許多手裡識別一些老朋友，我把它們當做人一樣分成兩類，一類投我心意，一類可厭如仇。不少的手貪婪無比，在我看來非常可憎，我總是避開眼睛不加注意，只當遇著邪事。

　　……我不自主地向對面望了一眼，立刻見到——真的，我嚇

呆了——兩隻我從沒見過的手，一隻右手一隻左手，像兩匹暴戾的猛獸互相扭纏，在瘋狂的對搏中你揪我壓，使得指節間發出軋碎核桃一般的脆聲。那兩隻手美麗得少見，秀窄修長，卻又豐潤白皙，指甲放著青光，甲尖柔圓而帶珠澤。那晚上我一直盯著這雙手——這雙超群出眾得簡直可以說是世間唯一的手，的確令我癡癡發怔了——尤其使我驚駭不已的是手上所表現的激情，是那種狂熱的感情，那樣抽搐痙攣的互相扭結彼此糾纏。我一見就意識到，這兒有一個情感充沛的人，正把自己的全部激情一齊驅上手指，免得留存體內脹裂了心胸，突然，在圓球發著輕微的脆響落進碼盤、管檯子的唱出彩門的那一秒鐘，這雙手頓時解開了，像兩隻猛獸被一顆槍彈同時擊中似的。兩隻手一齊癱倒，不僅顯得筋弛力懈，真可說是已經死了，它們癱在那兒像是雕塑一般，表現出的是沉睡，是絕望，是受了電擊，是永逝，我實在無法形容。因為，在這以前和自此以後，我從沒有也再見不到這麼含義無窮的雙手了，每根筋肉都在傾訴，所有的毛孔幾乎全部滲發激情動人心魄。這兩隻手像被浪潮掀上海灘的水母似的，在綠呢檯面上死寂地平躺了一會兒。然後，其中的一隻，右邊那一隻，從指尖開始又慢慢倦乏無力地抬起來了，它顫抖著，閃縮了一下，轉動了一下，顫顫悠悠，摸索迴旋，最後神經震慄地抓起一個籌碼，用拇指和食指捏著，遲疑不決地撚著，像是玩弄一個小輪子。忽然，這隻手猛一下拱起背部活像一頭野豹，接著飛快地一彈，彷彿啐了一口唾沫，把那個一百法郎籌碼擲到下注的黑圈裡面。那隻靜臥不動的左手這時如聞警聲，馬上也驚惶不寧了，它直豎起來，慢慢滑動，真像是在偷偷爬行，挨攏那只瑟瑟發抖、彷彿已被剛才的一擲耗盡了精力的右手，於是，兩隻手惶惶悚悚地靠在一處，兩隻肘腕在檯面上無聲地連連碰擊，恰像上下牙打

寒戰一樣——我沒有，從來還沒有，見到過一雙能這樣傳達表情的手，能用這麼一種瘂攣的方式，去表露激動與緊張……

除了褚威格，從來沒有人將手的表情描繪得如此酣暢淋漓，驚心動魄。我忍痛割捨了部分內容，引文還是相當長。我發現自己毫無辦法，因為我在寫一篇有關手的文章。

如果說手是工具，那麼它是使用工具的工具，一件全能工具。手意味著控制與權力。在希伯來語中，「手」和「權力」是同一個詞。西方人認為神的左手執行法律，是公正之手；右手施捨仁慈，是祝福之手。所以泰戈爾（Rabindranath Tagore，1861～1941，印度詩人，1913年獲諾貝爾文學獎）說，神的右手是慈愛的，但是他的左手卻可怕。執法和寬恕，顯示了權威的正反兩面。我們還熟悉許多手勢：雙手合十表示祈禱，握手表示友好，高舉雙手表示投降，雙手握拳表示威脅……這都與失去或擁有手的力量有關。各種手勢的象徵意義是一門蔚為大觀的專門學問，自成體系。論到起源，手勢語言比普通語言更早；論到表達的微妙與深度，往往是話語難以達到的。在許多交流場合，例如戀愛，人們往往寧願回到語言誕生之前，拉拉手，摟抱，撫摩……。

◀英國雕塑家亨利·摩爾（Henry Moore，1898～1986）和他的雙手。

手是我們的第二張面孔。我們精心研究如何控制面部的表情，卻沒想到，心底的秘密早已從雙手洩露出去。十八世紀的英國政治家、作家賈斯特菲爾德公爵，就認爲良好教育的精髓就在於輕鬆自如地運用胳膊和手。他被譽爲那個世紀最有禮貌的紳士，就連他的敵人詹森也承認他的舉止「典雅之至」，同時代的大多數人都對他的外表懷有深刻而良好的印象。實際上，賈斯特菲爾德又矮又胖，一張寬大粗獷的臉。他竟然成功地用優雅的手勢掩飾了醜陋的面容。

然而，手的運用還有非工具的一面，洋溢著靈感。一種工具不會觸摸另一種工具，一雙手卻會在世界上尋找另一雙手。誰能說得清楚，當一雙手觸摸到了另一雙手，它們之間發生了什麼？在宗教藝術中，上帝向亞當伸出一手，觸及了他的手指，他從混沌中清醒過來，歷史有了開始。在我們的生活中，到處是忙碌奔走的身影，眼花繚亂的手勢，滔滔不絕的話語。我們的世界之所以喧嘩，是因爲沒有眞正重大的事情發生。一旦那個時刻——嚴重的時刻——來臨，喧嘩便會沉寂下來，安靜地傾聽兩隻互相渴望的手，輕輕一觸。

西班牙詩人維森特・阿爾桑德雷（Vicente Aleixandre Merlo，1898～1984）把手稱爲「柔軟、能浸透的手」，他描述一次觸摸的情景：「那天我觸摸你的手……／我從那裡慢慢步入——很慢很慢，／悄悄地進入你的生命，／直到你深邃的血脈，我划舟遨遊，／在那裡宿居，在你肌肉裡縱聲歌唱。」

這裡說的觸摸不是禮節性的握手。握手是客套，一個單純的動作，如同一句問候。觸摸不是語言，一雙手在不需要客套的時候伸出去，撫摩另一雙手，或另一個身體。我們在某些重要的時刻會雙手緊握，會抱緊自己的雙臂，會把面孔埋在張開的雙手間，會兩隻手掌貼住雙頰。現在，我們把這些動作放在另一個生命之上，彷彿那是自己。觸摸總是驚醒雙方的靈魂。莎士比亞的劇作《暴風雨》（*The*

Tempest）裡，腓迪南要米蘭達握住他的手，米蘭達說：「這兒是我的手，我的心也跟它在一起。」葡萄牙作家薩拉馬戈（Jose Saramago，1922～）說：「放在你的肩上，我的手／便占有了世界。」他們說的都是觸摸。觸摸突破了生命的自然界限，兩條河流匯合在一起，激起熱烈的波濤，這是極其壯麗的景觀。

這樣一雙奇蹟之手，伸出去，能夠抓住世上的一切：鋤頭、刀槍、錢財、江山，還有美女。可是有人放棄這一切，只想把手伸向另一雙手，把它握緊。中國古代的詩人說：「執子之手，與子偕老。」互相觸摸著，一起走向地老天荒，也是手的一種姿態。

掌

命 運 在 掌

手相學家說，

上天把每個人的命運

都寫在他的掌上。

　　要人類相信他們不重要，比要他們相信自己邪惡更難。布魯諾不
過說了說地球不是宇宙的中心，只是一塊尋常的石頭，便被燒死。達
爾文說人不是上帝造的，而是一種普通猿猴進化而來的，引起軒然大
波，幸好時代已經開明了，沒有性命之憂。比較一下，我們知道許多
先知和道德家都曾詛咒過罪惡的人類，呼籲天火毀滅世界。他們倒沒
什麼事。

　　手相學便基於這樣一種觀念：人類的存在不是偶然的，必定出於
一種深謀遠慮的安排，其資訊全部隱藏在我們手掌的褶皺裡。我們的
命運事實上全攥在自己手中。最早對掌紋發生興趣的是印度人，三千
多年前，婆羅門教徒就開始破譯手掌上的天書，他們把心得寫在人皮
上，用血描畫出精細的手紋圖案，秘藏於洞窟。後來，這門神秘學說
東傳西藏、中原乃至日本，西傳波斯、埃及、希臘，在全世界落地生
根。有的資料說，手相學是亞歷山大大帝的部隊遠征印度時帶回西方
的，亞歷山大的老師、大哲學家亞里斯多德，也對這門學問下過一番
工夫，留下了著作。浪跡歐洲的吉卜賽人，人人都是手相學家，說得
出一點兒天機。今天，手相學最發達的地區是歐美和日本。

　　像指紋一樣，掌紋也是獨一無二的。沒什麼奇怪，世界上所有的
事物都是如此，連兩片樹葉也不會完全相同。一片葉子也有命運嗎？
寒暑，乾旱與饑荒，火災，還有刀兵之禍，都寫在葉脈上？但是我們
的這些秘密都記載在葉脈一般的掌紋上。不，比葉脈更錯綜複雜。我
們的手心，彷彿一片廣袤的山川。這裡隆起一處高原，雪水流到山
腳，都變成一個個清澈的湖泊；那裡是低緩的窪地，像江南水鄉，河
渠交織成網；有些地方分布了不少有頭有尾的內陸河，無疑是風沙漫
天的戈壁沙漠。最廣大的地區還是平原與丘陵，溝壑縱橫，最終匯成
三條浩浩蕩蕩的大河，滿載著生命、事業與愛情，瀉出手心。原來，
所有這些都只是我們一生的地圖。上帝把每個人的命運寫在他的掌

上，等待你去解讀。莎士比亞的名劇《威尼斯商人》（The Merchant of Venice）中，朗斯洛特看著自己的掌心陶醉，說：「全義大利也找不到有誰生得一手比我還好的掌紋，我一定會交好運的。好，這兒是一條筆直的生命線；這兒有不多幾個老婆；唉！十五個老婆算得什麼，十一個寡婦，再加上九個黃花閨女，對於一個男人也不算太多啊。還要三次溺水不死，有一次幾乎在一張天鵝絨的床邊送了性命，好險呀好險……」

你知道命運在手，便會躊躇滿志，心雄萬夫。從孟子的闊論：「行不忍人之政，天下可運之掌上。」到西漢公孫瓚的壯語：「天下兵起，我謂可唾掌而決。」什麼治國之道，改朝換代，在這些英雄豪傑的眼裡，不過是手心的黏土，隨意捏撮，所謂翻手爲雲覆掌爲雨是也。當然，這需要天生一手好掌紋。雖然說一掌定終身，掌紋不可變更，可是還有人定勝天的豪舉。按《異苑》（南朝宋・劉敬叔撰，內容爲神話傳說）的記載，陶侃左手有紋直達中指的橫節，然後斷了。相家說，如果這條紋穿過橫節，則作「公」字，貴不可言。陶侃拿起針來，挑破手指，血流濺壁，硬是延長這條紋線，改寫了自己的命運。如果我們要尋找偉人的共同之處，那就是他們都有非凡的手掌。後唐莊宗向高季興問策，答對得好，莊宗大悅，忍不住以手拊其背，高季

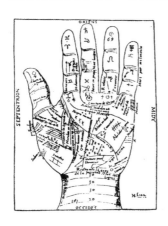

◀掌紋在全世界都引起了人們的興趣。

興當即讓工匠把莊宗的手掌印繡在背上，四處誇耀。

　　偉大的手掌值得人類永遠懷念。歷史悠久的倫敦杜莎夫人蠟像館（Madame Tussaud London）不只為名人塑像了。我看到一則消息說，他們搞了一面「掌之牆」，為三十多位明星歌手和作曲家的手掌取模，製成金屬的手掌浮雕，陳列展出，供人瞻仰。現在，人人都明白他們成功的秘密了。

手指

文明是一座手工疊起的大廈。

一個外星人，

也許可以

從我們冷冰冰的數學中，

推斷出我們手指的數目。

在掌端，臂的盡頭，我們的手像樹枝一樣分開。我們的十個指頭都能單獨傾聽、說話和撫摩。法國作家蓬熱（Francis Ponge，1899～1988）將它們比喻為從手裡飛出的幾隻燕子。現在，我們將自己的手指伸展或彎曲，它們的姿勢的確具有飛翔的優美與輕盈。如果我們伸出手指，它們將準確地從身邊的事物中找出一個目標，彷彿它們已經筆直地飛了出去。有人向我們詢問月亮在哪裡，我們不必趕去把月亮取來，只需遙遙伸出一指，說：「哦，就在那裡！」人們喜愛指點江山，因為這個動作舉重若輕，氣派十足，大有囊括宇宙併吞八荒之意。套用莊子的名言：「天地即一指」。

我想起宋朝俱胝和尚的指頭。無論人們來問什麼問題，他都默不做聲，唯豎起一指回答，人稱一指禪。他的指頭是伺機待動的鷹，拉滿弓弦的箭，天地萬象都是靶心。小和尚不識其中的奧秘，也學著豎起一指，以為佛法就在這根指頭上。其實指頭沒有這麼大的力量。有一天，老和尚冷不防一刀剪掉了他的手指頭，大喝一聲：「佛法是什麼？」小和尚愣住了，習慣地豎起一指。他忘記指頭已經沒了。在這一剎那，他突然覺悟了真理：指頭沒了，佛法還在，天地還在。他失去的只是指頭，並沒有失去世界。

指點是一種虛幻的占有，因為事物身上並沒有留下你的標記。每一根指頭都有獨特的指紋。這指紋不但顯示了指尖螺旋的不同，還表現了精神的氣質差異。我們在觸摸過的所有事物臉上留下指紋，像是戳下一枚枚自己的印章。

波蘭詩人赫伯特（Zbigniew Herbert，1921～1998）的詩〈一個詩人的重新講述〉，虛構了荷馬的故事。我們知道，盲詩人荷馬的史詩講述了宏大的戰爭和歷史。但是赫伯特的荷馬說，他遺忘了一些事情，需要重新描述。他首先從自己左手的小拇指開始：「我的小拇指／是溫暖的／柔和地向內彎曲／直到一粒指甲／它由三個部分組成／直接

從掌心裡生長出來／如果和手掌分離／它將變成一條十足的長蟲／它是一隻特殊的手指／是這個世界上獨一無二的左手小拇指／徑直地被賦予我／其他的左手小拇指／是冰涼的抽象。」

在我們的觀念裡，小拇指是身體最不重要的一個部分。然而詩人一反常態，非常深情地描述這樣一個小拇指：它是溫暖的，直接從掌心生長出來的，獨一無二的⋯⋯總之，它重要，因爲它是我的，它會讓我疼痛，會流血；別人的小拇指不會讓我疼痛，是一個抽象。希臘人的海上霸權固然是重大的歷史事件，就我的個人體驗而言，卻未必比這根小拇指重要。中國的典籍《呂氏春秋》說：「倕，是著名的巧匠。人們不會憐惜倕的手指，而憐惜自己的手指。」我的手指的確不如倕的手指靈巧，可是，如果一定要失去一指，我不認爲就該犧牲我的。只有我的手指寫著我的名字，與我血肉相連。

在有些情況下，我們能夠感受另外一些指頭的疼痛。《後漢書》記載：蔡順少孤，獨自奉養母親，他出外打柴，突然心中一痛，連忙趕回家。母親道：「有急客來，吾齧指以悟汝耳。」中國古代，類似的故事很多，又如《搜神記》：曾子追隨孔子遊歷楚國，家中老母咬自己的指頭，他也感應到了，立刻收拾行裝回家。孔子感歎道：「曾之至誠也，精感萬里。」我們看見他人流血，會緊張不安，因爲我們都是人類，同情心讓我們感同身受。相依爲命的慈母孝子之間，更是情深意篤，息息相關，疼痛於是穿過空間的距離，使另一個人心頭劇痛。愛，就意味著能夠分享疼痛。

據說，新幾內亞的婦女砍斷自己的一節指頭以悼念亡夫，巴西的印第安人也有這種習俗。她們以肢體的缺失回應生活的缺失，在世界上抹去自己的一個名字。這樣，疼痛就跟隨了她們一生。

有段時間我迷上了傳統手工藝，到處尋訪民間匠人。我去看人們如何用古老的織機織布，看手工造紙，編草鞋，打錫。在清流縣，有

個七十多歲的老人還在打製一種傳統的剪刀。他一錘一錘把它敲打出來，到處是小小的凹凸，看上去土頭土腦，如果刀片鬆弛了，可以用錘子把鉚釘砸緊。它還會生銹，老人說：「生銹不要緊，磨一下就好。我這剪刀越磨越利，能用幾代人。」和按工業標準生產出來的電鍍不銹鋼剪刀相比，這種剪刀，全身都是手工的痕跡，讓我覺得親切。傳統的手工藝總是這樣，看到產品，你會聯想到塑造它們的靈巧的手指。

我們的文明，事實上就是一座手工疊起的大廈。算術顯然是從手指和腳趾的計算中產生的。我們的數字使用十進位，那是因為我們雙手恰好十個指頭。在比較複雜的數學中，十進位並不好用，因為十既不能被三也不能被四整除，還不如採用古巴比倫人使用的十二進位（他們是從一年十二個月中獲得靈感的）。電腦沒有手指，就使用二進位。我覺得十進位很好。一個外星人，也許可以從我們的冷冰冰的數學中，推斷出我們的手指數目。

藝術家的手指常常成為美學的基本尺度。據說，大畫家杜勒作畫時，總是伸出自己的中指，他讓中指的長度與手的寬度相等，而手的寬度又與胳膊的長度成一定比例，再進而確定整個人體的比例關係。衡量理想人體美的整個標準都建立在他的手指上。那是一雙修長的手！無法想像，假如杜勒的手稍微小一些，西方藝術史上將會發生什麼！實際上，手指的個性差異是非常明顯的，有的肥短，有的頎長，有的敏感，有的堅實。從同一個琴鍵上拂過，不同的手指將發出迥然不同的琴音。西班牙鋼琴家拉蘿佳（Alicia de Larrocha，1923～）回憶自己最初學琴時，老師「丈量了我的手指，然後像醫生開處方一樣為我指定了適合於我的練習曲。……我希望我有天生便很寬大的展延範圍，但我沒有。我不在乎有更長的手指，只希望手更寬大一些」。她只能演奏她的手指捕捉得到的音符。我懷疑，也許壓根兒不存在完美無缺的演奏。一個敏銳的評論家，總是能夠透過優美的旋律，聽出演

奏家手指的獨特聲音。

事實上，我們並不眞的喜歡完美無缺。這裡，那裡，不經意的一個兩個手指印，有時會讓我們感到意外的驚喜。我不喜歡電子郵件，我還是喜歡潦草的手跡。有一次，我去圖書館借了梁啓超的一本詩集的手稿影印本，上面還有康有爲的批點。我沒有認眞去讀詩，閒下來就拿起這本線裝書隨便翻翻，墨蹟有濃有淡，有些字草得看不懂，我最有興趣的，還是那些塗改的地方。我好像看到了那些夾緊毛筆的手指，在米黃的毛邊紙上移動，時而堅定，時而輕快，時而躊躇。

我對手指有些偏愛。我寫詩，出版過一本薄薄的詩集，名叫《時光之砂》。我無數次回憶起這樣的場景：我們走近水邊，捧起滿掌的砂粒，我們的手掌變成了沙漏。從指縫間，被我們捕獲的東西在迅速溜走，彷彿湍急的河流，倉促的光陰。我寫道：

> 有時　我捧起自己的臉
> 歲月從指縫間匆匆逃逸
> 我只握住了一把砂粒
> 我知道　那是生活
> 留給我的全部東西

◀康有爲的書法。

每天，我們用手指觸摸著生活的各個方面，努力抓住一些永恆的事物。

歌德（Johann Wolfgang von Goethe，1749～1832，德國詩人、劇作家和思想家）躺在情婦的懷抱之中做詩，「在她的背上移動手指，悄悄地數著／六音步詩律。」

手指不但撫摩肉體，還能撫過靈魂，讓它開口，狄金蓀（Emily Dickinson，1830～1886，美國女詩人）描寫道：「他用手指摸索你的靈魂／像琴師撫弄琴鍵。」

手指抓緊鏟子、鋤頭，在大地上種植和生產，這就是艾呂爾（Paul Eluard，1895～1952，法國詩人）歌唱的神聖的勞動，「我十個手指的勞動。」

手指也參與罪惡，如狄倫‧湯瑪斯（Dylan Thomas，1914～1953，英國詩人）詛咒的：「那隻簽署文件的手毀了一座城市／五個大權在握的手指扼殺生機。」在所有這些行動起來的指頭中間，我們也辨認出了猶豫的手指，看到了痛苦的沉思和追問。哈特‧克萊恩（Hart Crane，1899～1932）說：「我問自己：／你的手指有沒有足夠的長度／去彈奏僅僅是回音的琴鍵？」

人類的手指的確不夠長，無法彈奏所有的音符。然而，對於人類

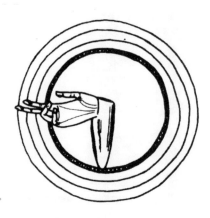

▶上帝之手。

的耳朵來說，這些音符已經夠了，足以譜寫出美妙的音樂。手指也不能觸摸世界的全部，然而所有經手的事物都有了人性。我們真的需要一個寒冷空曠的無限宇宙嗎？其實，一個人性的世界已經夠了。這是我們生活於其中的世界。愛，創造，毀滅，惶惑，這一切都從我們的指上流過，消逝。他們全都有了手指的印記。

指甲

發明炸藥的諾貝爾

稱自己「最大的優點

是保持他的指甲乾淨」。

　　上世紀八○年代初，買過一本劉永濟先生輯錄的《元人小令選》，把序論好好讀了一遍。印象最深的卻是其中所引陳亦峰《白雨齋詞話》對宋代詞人劉改之的攻擊，說他淨寫些淫詞藝語，污穢詞壇。劉改之所以挨罵是因為寫了〈美人指甲〉和〈美人足〉。我當時讀這兩首詞，實在不覺得有什麼淫穢，只道自己年輕，不解風情。順便總結出一個教訓，千萬不能寫如此無聊的東西。我當然不會想到，二十年後會寫這篇關於指甲的文章。

　　我現在找出這本書，重讀〈美人指甲〉，覺得它不脫宮詞、花間詞習氣，脂粉味而已：「銷薄春冰，碾輕寒玉，漸長漸彎。」描寫極其雅潔。下半闋寫美人指甲的功用，彈淚，搔癢，刻字，咬指甲，掐人：「時將粉淚偷彈。記縮玉曾教柳傳看。算恩情相著，搔遍玉體；歸期暗數，劃遍闌干。每到相思，沉吟靜處，斜倚朱唇皓齒間。風流甚，把仙郎暗掐，莫放春閒。」也虧他，把種種無聊的動作寫得這麼有美感。我還是看不出淫穢的地方。即使最後一句，用尖利的指甲暗掐情郎，算動手調情，可是情郎甘願。閨閣私情，不關風化。這陳亦峰未免道學氣太重。豪傑如辛稼軒，還要「喚取紅巾翠袖，搵英雄淚」；偉大的雜劇家關漢卿，還寫〈禿指甲〉，把「十指如枯筍」寫得有來有去；劉改之就不能盯著女人那鮮豔的紅指甲，來一點兒靈感？

　　古代中國婦女的指甲很值得一看，她們蓄甲，然後染紅。歷代的詩人多有描述。例如唐人張祐的句子：「十指纖纖玉筍紅，燕行斜過翠雲中。」元人似乎更陶醉，出現了不少專門詠指甲的小令，如徐再思的〈紅指甲〉。周文質寫〈賦婦人染紅指甲〉，特別起勁，一氣連寫三首。明代詩人楊維楨也附和風雅，留下這樣的詩句：「夜搗守宮金鳳蕊，十尖盡換紅鴨嘴。」女人們該感激這些能鑒賞美麗的詩人。如果滿世界都是些道學家，她們花在指甲上的心思就沒人理睬了。

　　染指甲的材料，用的是鳳仙花，又稱指甲花、好女兒花。宋人周密《癸辛雜識》介紹了染指甲的方法：「鳳仙花紅者用葉搗爛，入明礬少許在內。先洗淨指甲，然後以此付甲上，用片帛纏定過夜。初染色淡，連染三五次，其色若胭脂，洗滌不去，可經旬。」大意是先搗爛鳳仙花葉，加點兒明礬，然後敷上指甲，用布條纏裹著過夜，反覆三五次，染好的指甲可保持十天。據他說，連七八十歲的老婦人也染指甲，可見當時的風氣。「要染纖纖紅指甲，金盆夜搗鳳仙花。」染指甲雖然麻煩，不過古代貴族婦女正好閒得發慌，把這點兒小事幹得有聲有色，詩情畫意。明人黎遂球作《花底拾遺》，列舉百餘種麗人韻事，便有一項：「搗鳳仙染甲彈箏。」足見這是從前女性生活的動人場景之一。鳳仙花原產中國，於是有人認為，是中國婦女教會了全世界的女人染紅她們的指甲。據說，法國婦女開始染指甲時，往往來中國覓取鳳仙花，十分不便，有些人改用喇叭花代替，然而色彩差得太遠。幸好科學家趕來幫忙了，用化學材料配製出優質的指甲油，讓他們的婦女十指血紅，嬌豔欲滴。這種指甲油回傳中國，叫蔻丹，因為色彩濃豔，使用方便，深受歡迎。陪伴了婦女們上千年的鳳仙花默默隱退。

　　留著長長的指甲，無法從事任何手工勞動。反過來長指甲就標誌

◀漢代的金護指。

著福氣，不必勞動。長指甲容易折斷，指甲套應運而生。指甲套的基部像個戒指，另一端是個假指甲，戴在手指上，剛好護住真指甲。清代宮廷中使用的指甲套，製作又有不同，更複雜精緻。從慈禧太后的畫像可以看到，她十個指頭都戴著長短不同的指甲套，而無名指和小指上的指甲套，弓型，又細又尖，像拉長的筆套，竟比指頭長出三四倍。《紅樓夢》裡，賈府的丫頭也留得起長指甲。寶玉偷偷溜去探望快斷氣的丫鬟晴雯，見她手指枯瘦，便說「可惜這兩個指甲，好容易長了二寸長」，晴雯聽了，就伸手取了剪刀，將左手上兩根蔥管一般的指甲齊根兒鉸下，給了寶玉，說：「這個你收了，以後就如見我一般。」

女人對指甲最講究，她們的感受，男人知道了也許要不安。福樓拜（Gustave Flaubert，1821～1880，法國作家）的小說中，包法利夫人有了情人，「覺得丈夫特別討厭，指甲特別方方正正，頭腦特別笨拙，舉止特別粗俗。」為了與這一切做鬥爭，她越發「精雕細鏤地修飾自己的指甲」。照這邏輯，粗心的男人也該花點兒心思在自己的指甲上。發明炸藥的諾貝爾，稱自己「最大的優點是保持他的指甲乾淨」。可是，光乾淨不夠，還要細緻修剪。這方面堪稱楷模的是寫武俠小說的作家古龍。據說他寫作前要仔細地洗淨雙手，換上最舒適的衣服，從容不迫地坐在書桌前，凝神片刻，然後伸手打開抽屜。他拿出來的並不是筆，而是一副精美的修甲工具，把十隻指甲修得乾乾淨淨，最後才動筆寫稿。就是女人對指甲的信仰也沒有這般虔誠。我讀古龍的小說，覺得他是深刻了解女性心理的人，從他對指甲的耐心看，他身上頗有些女性氣質。

手有靈性，除了面孔，就數一雙手善於表情達意。指甲成為裝飾的重點也是理所當然。從前，人們只能單純地染紅指甲，現代工藝進步了，女人指甲上添了許多花樣，不但可以染藍指甲、紫指甲、橙指

甲、灰指甲，還發明了藝術手繪、彩貼、掛鏈等裝飾指甲的方法。這股現代美甲風據說從好萊塢颳起。已經香消玉殞的女飛人喬伊娜（Florence Griffith Joyner，100公尺世界紀錄保持人，1998年過世，得年38歲），她彩蝶飛舞的手上指甲，名氣之大，一點兒不讓她的快腿。如今，「西風東漸」，走在街上，你發現什麼樣的爪子都有。有人號召女人的指甲要表現個性，表現心情，那真的是用嚴格的藝術標準來律己了。我看見過一雙手，十片指甲上繪著白色的梅花，花心一點殷紅，十分雅致迷人。我不明白，半個月後，梅花落盡，美人的指甲上又將開出什麼花？

◀清代的金護指。

腿

女　人　的　腿

腿之美，在於頎長，

越長越好。

瘦身、細肢、長腿，

誇張地表現了

我們時代的人體美學。

日本明治維新時期的總理大臣伊藤博文是個花花公子，到處尋花問柳，他承認，自己的最大樂趣是「以日本最美的姑娘的大腿爲枕而眠」。後來讀到柏楊的文章〈提襪故伸大腿〉，大吃一驚，他斷定：「日本女人有天下最醜之腿，猶如中國女人從前具有天下最醜之腳一樣。」他的意思是日本女人的腿都被榻榻米折騰得又粗又短又羅圈（走路時兩腿向外或向內彎曲），幸好有和服配合遮醜。有趣的是，日本女人的腿雖然不行，日本男人卻似乎個個都遺傳了腿癮。伊藤博文的同胞，被稱爲「逃亡武士」的藤森[1]也好美腿。藤森是逃跑的前任秘魯總統，當國家公共部通過一項禁止女職員穿迷你裙和緊身褲上班的禁令時，身爲總統的他高唱反調：「我喜歡短裙，越短越好，就算是變成迷你裙，也沒有關係。」離婚後，藤森發布再婚標準：「我理想中的對象，必須聰明伶俐，並且擁有一雙美腿。」

女子的腿，一向是絕對機密，埋沒在層層疊疊的裙裝之下，中外皆然。二十世紀婦女解放運動的實績，其他方面很難估算，然而，在身體的自我解放方面，尤其是大腿的開放，成績有目共睹。世紀之初，女人還是長裙拽地，緊裹細纏；世紀之末，兩條大腿已經走出深閨，無私奉送，私人物品捐獻爲公共資產。1920年，德國的新聞畫報《仕女》首次刊登了露膝模特兒的照片，有人寫文章歡呼：「我感謝

▶賈科梅蒂（AlbertoGiacometti，
1901-1966，瑞士藝術家）的作
品。瘦身、細肢、長腿，誇張地
表現了我們時代的人體美學。

我們時代，它讓我看到了女人的腿。」如今誰還會說如此沒見識的話？

在女性開放大腿的運動中，兩種服飾居功最偉。一種是迷你裙，它丟棄所有其他要塞，將大腿防線主動撤退到最後一座城池，其目的是誘敵深入，進行決戰。我一直覺得，迷你裙的發明一定受到戰爭中一方大潰敗的啓發。按包銘新《時髦辭典》所說，二十世紀五〇年代末至六〇年代初，倫敦青年時裝設計師瑪麗・匡特（Mary Quant）首先推出裙襬至膝上數寸的短裙，穿著者多爲平民青年，充分顯示了腿的魅力，流行一時。皮爾・卡登（Pieer Cardin）和古亥格（Andre Courreges）把它引進巴黎高級女裝和上流社會的沙龍。八〇年代末，迷你裙被白領女士採納而進入辦公室，成爲一種經典。一種服飾一旦被列爲經典，就意味著反覆輪迴，隔三差五來折騰女人們一番。時裝界人士預測，那些僅僅在站立或行走時才能蓋住臀部的迷你裙，又要捲土重來了，我們且拭目以待。

迷你裙的裙裾再高，也是一刀切，乾淨俐落，直截了當地將腿分爲隱藏與裸露兩部分，這樣就缺少了欲迎還拒欲擒故縱的挑逗意味。一句話，不夠藝術，缺乏品味。最高境界的裸腿藝術是開衩。我們馬上想到中國人的貢獻——旗袍。最早滿族婦女穿的旗袍還是渾圓一體，開衩是旗袍進入民國年間的事，據魯迅的觀察，當時街頭賣笑的女子已經將旗袍的衩開到腰間。開衩開到腰間也不肯裸到膝部，這就是意味深長的藝術了。再引《時髦辭典》的話說：「二十世紀八〇年

代以來，女裝的性感慢慢地被認識，亦掩亦露被認爲比直接的暴露更加性感、更爲挑逗。開衩的長裙（或旗袍）對腿部的表現因而比迷你裙來得曖昧且含義豐富。」裙裝的開衩，用意和迷你裙一樣，也是裸露與誘惑。不過不是戰略大潰敗，而是有限失守，局部地區不設防，雪白的大腿閃閃爍爍，增添了偷窺的意趣，驚魂一瞥，更具性感和美感。毫無疑問，這種露腿戰術在女性服飾中也成了經典。

要明白女性大腿在今日的成就，我們非得回溯歷史不可。

中國的情況不必說，禮教森嚴，宋明之後，女人連腳都不能外露，更不必提腿了。西方也是這樣一種情況。迷你裙出現的一百年前，英國正值維多利亞女王時期。維多利亞時期創造了一種思潮，稱爲維多利亞主義，這主義的核心就是反對性。於是這個時期又被恰如其分地稱爲「偉大的嬰兒時代」或「無性時代」。腿和胸是這個時代最嚴厲的禁忌。許多做法極其可笑，例如，家具和鋼琴的腿要用棉花包裹起來，爲的是不讓人聯想起女人的大腿，繪畫作品中，只能畫女人的手不能畫女人的腿。人類的貞潔觀殃及禽獸，雞的腿肉要改稱爲「黑肉」，雞胸肉則稱「白肉」。

寫到這裡，讓我稍微離題一下，我想起了邱吉爾訪美的一則逸事。他應邀赴宴，在取第二份烤雞時，他禮貌地對女主人說：「我可

▶旗袍的最大特點是裙襬開衩，驚鴻一瞥，更具性感與美感。

以來點兒雞胸脯的肉嗎？」女主人溫柔地告訴他：「邱吉爾先生，我們不說『胸脯』，習慣稱它為『白肉』，把雞腿肉稱為『黑肉』。」邱吉爾豈是肯吃虧的角色？第二天就給女主人送去一束蘭花，附上卡片：「如果妳願把它別在妳的『白肉』上，我將感到莫大的榮耀。」看來，維多利亞主義根深葉茂，在二十世紀還餘音嫋嫋，不絕如縷。

還有一個蔣介石遭遇迷你裙的故事。六〇年代中期，迷你裙已經流行到臺北街頭，一位張姓護士小姐被接到士林官邸為蔣介石夫婦做護理工作。按照他們夫婦的慣例，先得與來人見一面。張小姐這天穿的正是迷你裙，長相、氣質和談吐都相當好。接見結束後，蔣介石對宋美齡說：「你去跟她談談，她的裙子都露出大腿來了，以後不要穿那種裙子。」蔣介石未必了解維多利亞主義，他受的是中國禮教的影響。

不能欣賞女人大腿的，總是具有某種特殊信仰。信仰如果局限於個人的內心，我們不必管它。如果以信仰的名義壓制他人的人性，那就錯了。孔子說：「食、色，性也。」很通情達理，他把好色看成人的本性。生物學家也會告訴我們，如果人人不好色，種族的存續便成問題。可見好色不只是人性，還是天理。女人露大腿而男人不欣賞，這社會必定出了什麼毛病。愚鈍如阿Q，也知道趁看戲的機會，在戲臺下擰過一個女人的大腿，「但因為隔一層褲，所以此後並不飄飄然。」因為沒過足癮，見到小尼姑，心裡發癢，還想摸她的光頭。阿Q的做法不對，因為他未經主人同意就擅自動手，等於打劫。

如今是阿Q們的黃金時代，滿街俏生生白花花的大腿，直往眼前湊。要生就一張美腿的女子不把裙子裁短，比男子看見裸腿不去捏上一把還難。松田聖子在2001年6月20日推出的新專輯，封面只有一雙裸露的大腿。聖子說：「這是新的嘗試，我想挑戰一些從未有過的東西。」露腿當然不是新東西，而是娛樂業傳統的作業手段。上世紀

最美麗的女子蘇菲亞・羅蘭（Sophia Loren），在爲她的電影做宣傳時，也忍不住露出大腿賣弄一番。《紐約前鋒論壇報》（*New York Herald Tribune*）挖苦道：「蘇菲亞……瞪大眼睛，張開嘴唇，扭動屁股，裸露大腿，整個兒一套瑪麗蓮・夢露的做風。她到底會不會表演？難說。」在某電視臺的晚會上，我看見已故的香港明星梅豔芳表演，修長的大腿高高抬起，滿臺飛舞，簡直要讓人窒息，而臺下居然沒鬧出騷亂！可見男觀眾早已見多識廣，訓練有素。

我們的社會開明了許多，公眾道德並不禁止誘惑，禁止的是受誘惑。於是乎，一個個赤裸裸火辣辣的陽謀，明火執仗開誠布公的釣餌，都在我們身邊展開。欲左者左，欲右者右，唯取其犯命者。

腿之美，在於頎長，越長越好。一雙豐盈柔潤的長腿，造型十分優美。它們輕鬆自如地支撐起一個身體，站立、旋轉、行走、跳躍，在各種動作中展示出完美的力度和敏捷。它們最充分顯示了人體的挺拔，那是存在的高度，性感與美感的高度。當今的長腿超級模特兒，是德國的娜佳・奧爾曼（Nadja Auermann），腿長 114 公分，榮登金氏世界紀錄榜。這樣一雙出類拔萃的美腿，令她身價百倍，成爲《哈潑》（*BAZAAR*）和《時尚》等雜誌的封面女郎。雙腿不夠理想的女子，那就只有效仿瓊昂瑞・哈戈絲後天彌補了。這位世紀末大放異彩的時裝

▶卡巴萊舞者。最性感的舞蹈是大腿抬得最高的舞蹈。

模特兒，為了滿足長腿的心願，動手術在骨盆與大腿結合處安裝加長鈦合金腿骨。長腿就是長腿，不管裡面藏著金屬還是骨骼。

◀康康舞者。

膝蓋

膝　蓋　與　跪　禮

各民族的文化

都向神明下跪，

那是敬畏一種

高於人類的存在。

向人下跪，

那就存在巨大的文化差異了。

　　已經有許多人尖銳地批判過中國人的膝蓋。魯迅嘲諷國粹：「脖子最細，發明了砍頭；膝蓋關節能彎，發明了下跪；臀部多肉，又不致命，就發明了打屁股。」柏楊說：「中國人的膝蓋是天下最不值錢的東西，動不動就跪，見了大官跪，見了長輩跪，見了有錢的更跪。」前輩作家如此犀利的議論在前，我們怎麼批評都是拾人牙慧。不過，膝蓋與中國文化的關係太深厚了，不是簡單幾句痛罵就扯得清的。我們還有談論的空間。

　　膝蓋用以下跪，稱跪禮、跪拜禮，是很隆重的禮節。傳說有洋人問：「你們見了皇上為什麼要跪？」滿清官員反問道：「要是不跪，人長膝蓋幹什麼？」把膝蓋的全部用處歸結為下跪，當然十分荒唐，然而洋大人的問話也莫名其妙。跪禮其實流行全世界。或者說，全世界的人群都各自發現了膝蓋的妙用。誰說歐洲人的膝蓋就不會彎曲？在教堂裡，他們就給上帝下跪。當今最偉大的英語詩人西默斯・希尼（Seamus Heaney）描寫復活節午夜的彌撒，就說母子倆「手肘碰著手肘，教堂中彼此能緊挨著跪在一起」。伊斯蘭教徒也為他們的真主下跪。一位旅遊者參觀伊斯坦堡的藍色清真寺，說：「寺內可容納三萬五千名信徒同時祈禱。當人們一起下跪的時候，膝蓋與地面碰擊發出驚天動地的聲音，不禁令人心頭生出無名的感動。」佛教儀式中的五

▶ 各民族的文化都向神明下跪，那是敬畏一種高於人類的存在。

體投地和頂禮膜拜，都是跪拜禮。

　　我的意思是，跪文化並非中國特產，而是人類文明的共有遺產。你屈膝下跪，世界各地的人群，無論文化形態如何，大都能準確解讀這一姿勢的含義：謙恭、服從、乞求等等。二十世紀七〇年代，西德總理布蘭德（Willy Brandt，1913〜1992，1971年獲諾貝爾和平獎，1969〜1974任西德總理）在華沙死難猶太人紀念碑前突然屈膝下跪，震驚了全世界。不必解釋，誰都明白這個動作，他在道歉，並且乞求死者的原諒。

　　給神下跪，大家覺得沒什麼，因為那是一種抽象而偉大的存在。明代的周忱並不信佛，每至寺院，見佛即拜，旁人笑他，他說：「論年紀他也大我兩三千歲，豈不值得一拜？」這理由別出心裁，卻能成立。給人下跪，道理就不這麼簡明。例如，按君權神授的觀念，皇帝是天子，至少也是半神，中國人覺得應該行最重的禮，三跪九叩。歐洲人只肯行半跪禮。正是在人際交往的禮俗上，中國和歐洲存在著巨大的差異，如果不碰頭，什麼事沒有；一旦湊在一起，風雷立起。

　　歐洲人並不是不能向人下跪。他們明末便來到中國，那些傳教士，還有早期的葡萄牙和荷蘭的使臣們，都曾向中國的皇帝雙膝下跪，否則，中國早就將他們驅除出境。然而，這一次不同。1792年，

◀1973年，英使馬戛爾尼向乾隆皇帝遞交國書後，使團中年僅十二歲的小斯當東也仿效這一禮儀。同行的畫家W.亞歷山大當時滯留北京，圖為他憑想像而描繪的。

英國派出馬戛爾尼勳爵（Lord Macartney）率領一個龐大的使團訪華。使團共八百多人，其中包括哲學家、文學家、醫生、工程師和一支衛隊。還帶著大量的禮物，包括鐘錶、各種珍寶以及一些機械用品，向中國人展示他們科技成就。來華的目的，名義是爲乾隆皇帝祝壽，其實是希望與大清帝國建立外交關係，通商，以及在中國長駐使節。馬戛爾尼勳爵不肯向中國皇帝雙膝下跪，一切都無從說起，使命未完成。

作爲背景知識，我們要明白，當時的大清王朝不是國家，是天朝，是天下，皇帝不是國王，是天子。所謂國家，指的通常是向天朝朝貢的附屬國，如朝鮮、越南、琉球等。中國與其他國家的區別，是文明與野蠻的區別，沒有任何一個國家值得平等對待。當英國使團來到的時候，所有中國人的想法是，天朝又多了一個朝貢國。英國人當然不是來朝貢的。這時，英國已經是一個現代意義上的主權國家，她把中國當成另一個平等的國家，準備來建交。

乾隆皇帝囑咐官員好生照料英國人，祝壽那天，讓他們和其他番邦派來的使者一起覲見。中國官員於是向英國人講解朝覲的規矩和禮儀：按照慣例，參見皇帝時應該雙膝下跪，三跪九叩。英國使臣表示他們不能接受，他們只有在上帝面前才雙膝下跪，在參見英國國王時也只是單膝下跪，行吻手禮。他們要求以見自己國王的禮節來見中國皇帝。雙方多次進行談判，不能達成一致。中方甚至提出過這樣一種有趣的方案：在中國皇帝的身後掛一張英國國王像，這樣英國使者三跪九叩時，在中國人看來是在向中國皇帝行禮，英國人看來則是向本國國王行禮，兩全其美。英國人則說：如果這樣，也要對等，中國官員也要向英國國王的畫像三跪九叩。按斯當東（Sir George Staunton，1737～1801）《英使謁見乾隆紀實》（*An Authentic Account of an Embassy from the King of Great Britain to the Emperor of China*，1798年出版）的說

法，這種變通辦法英國人還吃了虧，因爲中國官員向英國國王行禮，「可以在一間屋子裡舉行，不對外公開，而英國特使向中國皇帝磕頭則是在一個盛大的節日，在屬國君主全體大臣的面前舉行，這件事還要在邸抄（官方發行的報章）上大書特書。」他不知道，中國人覺得自己吃虧更大。一位中國高級官員竟然對蠻夷之主行君臣大禮，即使皇帝特批，仍將蒙羞百世。這方案只好破產，誰都害怕自己被選中向英國國王的畫像跪拜。中國人的膝蓋也不是隨便下跪的。

祝壽的日期不斷逼近。雙方艱苦談判，連和珅都出面協調此事。1793 年 9 月 14 日凌晨，英國使團來到圓明園內萬樹園。按照天朝的規矩，各國使節集體覲見皇上。乾隆坐上御座後，前來覲見的各國使節都按照傳統施行了三跪九叩之禮。英國的使臣鶴立雞群，單膝下跪，鞠躬九次代表九叩。

馬戛爾尼無功而返。二十四年後，1816 年，英國人再次做出努力，派阿美士德（Lord Amherst）率領使團來華建交。嘉慶皇帝非要使者三跪九叩不可。阿美士德稱病拒絕行禮，召副使，副使也稱病。這次更糟，使團連中國皇帝的面都沒見，就被遣送回國。嘉慶皇帝給英王一通「敕諭」，徹底斷絕和英國的關係。先禮後兵，禮既然談不攏，接著就是槍炮。又二十四年，1840 年，英國人第三次做出努力打開中國的大門，這次派出的是一支包含十六艘軍艦的艦隊。鴉片戰爭爆發。

一個膝蓋與兩個膝蓋，半跪還是全跪，導致中國向世界的開放延遲了半個世紀，主動變成被動，和平變成戰爭。眞令人感慨。我們不能責備英國人，因爲他們遵循的是國際慣例，捍衛國家尊嚴。今天，中國也不要求外國使者下跪了。

許多人責怪滿清官員愚蠢，腦子僵化，不懂變通。我們只有置身於那個時代，才會明白歷史的無奈。中國是一個禮制國家，以禮爲

本，在禮制上是絕不能讓步的。那後果跟法制國家 —— 英國和美國 —— 在法律上讓步一樣，後果不堪設想。何況，中國在歷史上從來不和外國講平等的，講平等，那就意味著中華帝國的國際地位大大降低，自甘墮落，無異於賣國。

跪禮繼續阻礙中西之間的國際交往。1860年，中國已經在兩次戰爭中戰敗，外國使者要求向皇帝遞交國書，咸豐皇帝仍然堅持覲見必須三跪九叩，覲見又沒有實行。1867年，中國派出第一個外交使團出使歐美，卻請了一個美國人蒲安臣（Anson Burlingame）當團長。之所以如此荒唐，是因為清朝廷打著這樣的算盤：如果派一個中國大臣當團長，見到外國國王不行跪禮，反過來，外國使者也可以要求覲見中國皇帝時不行跪禮。那麼，就請個外國人幹這活兒，不會被人揪住把柄。1873年2月，同治皇帝親政，外國公使又請求覲見，遞交國書。經過反覆談判，中方讓步，只行鞠躬禮，不必下跪。這時，距馬戛爾尼勳爵單膝下跪整整八十年。

跪禮的爭執，反映了更深的文化衝突。膝蓋只是歷史找到的一個藉口。

早期中國人發明跪禮的時候，還沒出現桌子椅子，大家席地而坐。莊重的坐姿是雙膝著地，臀部靠在腳後跟上。坐姿就是跪姿。對

▶ 珂勒惠支的雕塑《父親》。

人表示敬重時，就挺直身子，臀部離開腳後跟，叫長跪。這很方便，也沒有什麼屈辱的含義。對最尊貴的人，長跪之後，還要加上拜和磕頭的動作。拜就是雙手前伸，放在地上。彎腰低頭，頭磕在手背上，叫空首；磕在地上，叫頓首、稽首。這都是跪禮，顯然，磕頭至地禮儀最隆。清人顧炎武《日知錄》說：「手至地則為拜，首至地則為稽首，此禮之等也，君父之尊必用稽首。」古代也有半跪禮，稱為搶跪，多用於稟告、請示的場合。最輕的禮是站著便能實施的，例如拱手、作揖、打躬之類。中國自稱禮儀之邦，禮是國粹中的國粹，十分繁複，高深莫測。我們只能簡單說說。

禮儀一旦形成，總是越來越嚴格。跪坐在席子上，順便行個跪拜禮，顯然有偷懶之嫌，又出現了避席而拜，先站起來，再下跪，磕頭。見了皇帝，總不能跟見了縣令一樣，那就要行更隆重的禮，於是有了三跪九叩，下跪三次，每次磕三個響頭。禮雖然只是道德，但是在古代中國，許多時候，人們寧願犯法也不犯禮。禮比法淵源更深，更嚴峻。皇帝高於法，卻往往受制於禮。

桌子椅子是唐宋時期普及的。人們不再跪坐了，唯有施禮仍然下跪，仍然磕頭至地。相對而言，禮是越來越重了。跪姿成了一種罕見的姿勢，卑者的象徵。禮本來就是用於區分尊卑長幼的，這時候，下跪有了更多的屈辱含義。如果你以為，有人會提出廢除跪禮，那就太不了解中國了。事實上，不少人為了討好權貴，擅自加重禮節，愈演愈烈。這就像有人肯替長官脫鞋，就有人為長官洗腳，然後又有人說長官的腳聞起來特香。明代制度，知府參謁御史不必下跪，可是地方官媚上，往往主動下跪，蔚然成風，常州太守應檟按規矩不拜御史，居然名誦一時。清初，屬吏見堂官都站著長揖，到了乾隆末年，就變成屈膝行半跪禮。禮部主事汪德鉞上書力陳其非，禮部尚書紀曉嵐嘉許其議，才將半跪改回長揖。清代還有個制度，官員見皇子要長跪請

安，結果有些官員對已經分封出宮的親王也長跪請安，嘉慶皇帝特地發布上諭禁止，痛罵這些人為「卑鄙無恥之徒」。對不必行跪禮的人行跪禮，那膝蓋的確是軟的，活該挨罵。這種人很多，官場上尤多。

曹魏末年，司馬炎準備做皇帝，誰都知道。同僚們見他，都自覺地加重了禮數，居然行起跪拜大禮，指望日後有個提拔。只有王祥（著名的孝子，曾留下一則為繼母臥冰求魚的典故）覺得於禮不合，獨自一人站著長揖。王祥倒不是故意冒犯司馬炎，他受禮教毒害太深，不懂捨禮而媚人。他沒有倒楣，入晉後被拜為太保。其實，虔誠的禮教信徒，膝蓋挺有原則，人格往往感人，厚顏無恥的事是絕不做的。

按文天祥的說法，不是所有中國人的膝蓋都用於下跪，南方人便不跪。跪禮是北方人的發明。

南宋宰相文天祥被俘後，忽必烈派人多次勸降無效，又派元朝宰相孛羅出馬。文天祥見到他們一夥，草草行了個長揖。通事（翻譯）威風凜凜喝道：

「跪下！」

文天祥擺擺手：「你們北人講究下跪，我們南人講究作揖。我是南人，自然只行南禮。」

文天祥狀元出身，滿腹文章。孛羅沒學問，無法同他理論，只好動起粗來，喝令手下把文天祥強行按跪。這跪可不是跪禮。

膝蓋可以彎曲，然而不是向誰都隨便彎曲。在漫長的封建專制時代，中國人的膝蓋固然被濫用了，可是還有不少人很珍視，不肯為權勢輕易下跪。北魏的賈景興不拜鮮卑族人葛榮[1]，握住膝頭，自言自語：「吾不負汝。」喻汝礪不跪拜張邦昌[2]，也是摸著自己的膝蓋說：「此豈易屈？」在排山倒海的跪倒聲中，挺直膝頭，往往要吃眼前虧，這就是正直的代價。做人總是要付出代價的，或者自辱，或者自尊而受難。然而，輕賤自己的人一定也被人輕賤，反是自尊頗有例

外。汲黯不拜衛青⑶，朱序不拜苻堅⑷，薛廷珪不拜朱溫⑸，他們的自尊贏得了對方的尊重。秦末，名士酈食其原想拜劉邦的，見漢王坐在床上讓兩個女子爲他洗腳，一點兒沒正經，便長揖不拜，指責他不重視人才。劉邦趕緊道歉，正襟危坐。幾百年後，後漢的趙壹⑹和數百名地方官一起赴京，受丞相司徒袁逢的接見，也是一身傲骨。刹那間，黑壓壓跪下一片，唯有趙壹長揖不跪。袁逢的手下責備他，趙壹說：「當年酈食其不拜漢王，我現在長揖三公，有什麼奇怪的？」袁逢很講道理，親自下堂，牽手延置上座。

什麼是傲骨？其實也就是膝蓋那一小塊，不能屈膝而已。人類的精神，原本是同樣的驕傲，有人跪下了，站著的人就成了偉人。偉人太少，因爲膝骨是人體最脆弱的關節。

（1）《魏書》：「景興，清峻鯁正。少爲州主簿，遂棲遲不仕。後葛榮陷冀州，爲榮所虜，稱疾不拜。景興每捫膝而言曰：『吾不負汝。』以不拜葛榮故也。」

（2）南宋靖康之亂，金人攻陷汴京，俘虜了宋徽宗與宋欽宗，並擁立張邦昌爲楚帝。喻汝礪拒絕在僞立的政府中出仕，退隱山林。

（3）汲黯，漢武帝時期的名臣，性剛直，守節死義，直言極諫，權傾一時的衛青也敬畏他。世稱「汲直」。

（4）朱序，東晉大將。晉廢帝太和三年，苻堅攻打朱序鎮守的襄陽，城破，朱序被俘。苻堅欣賞朱序不屈不撓的氣節，不殺他，反而封他爲「度支尚書」。

（5）薛廷珪因公務到汴州會見朱溫，不向當時統領四個藩鎮的大將軍朱溫行跪拜禮。《新唐書》：「朱全忠（朱溫）兼四鎮，廷珪以官告使至汴，客將先見，諷其拜。廷珪佯不曉，曰：『吾何德，敢受令公拜乎！』及見，卒不肯加禮。」

（6）趙壹，字元叔，東漢靈帝時的名仕。爲人狂傲不羈，憤世嫉俗，屢次犯罪幾死，賴友人救助得免。後爲計吏入京，受到袁逢、羊陟等禮重，名動京師。

小腳

金 蓮 窄 小 不 堪 行

天足之美，

我們容易理解。

至於纏足之美，

我們沒有置身於纏足文化之中，

就永遠不能理解了。

纏足

是中華風俗史上最大的謎。

在人類多姿多采的性愛生活裡，有一種類型被稱爲戀足。戀足者認爲女性最性感的部位在於腳部，崇拜和把玩一雙秀足，能獲得最大的性滿足。有些學者把戀足行爲歸爲性變態。我覺得，女人一雙美麗的腳，和美麗的肩膀、脖頸一樣，可以惹人喜愛，充滿性感。我不喜歡使用「變態」這個詞，因爲它意味著存在一種所謂的正常或正確，並且假定我們的智慧能夠辨別它們。憑什麼斷定乳房崇拜就比腳崇拜更正常？不過我同意，如果人們喜歡的是一雙畸形的腳，而且非畸形不喜歡的話，那的確稱得上變態。

這樣我還是把數十億人的趣味當成了變態。我指的是纏足。纏足風俗在中國流行了差不多一千年，在四五十個世代裡，中國人認爲自然長成的天足存在著嚴重缺陷，於是自己動手，重新設計和塑造它。

我的外婆是小腳，她已經去世十年了。她的腳始終讓我害怕，從小腿處往下，直接縮小下去，沒有腳掌，雙腿就像兩把錐子，彷彿要插入地板。外婆很能幹，自己織布，自己納鞋，做家務，什麼都收拾得停停當當。我從來沒有仔細看過她的鞋子，腳當然看不到，她獨自一人躲在昏暗的房間內洗腳，穿鞋。走起路來，邁著小碎步，左右搖晃，讓人捏把汗，但是從不摔倒。她上了年紀，又沒身材，我感覺不出那步態裡有什麼妙處。早些年，閩西北農村還有不少小腳女人，都是老太太，風韻全無。我沒感覺出小腳的好處，但是見到了其中的辛酸。在農村，老太太也不能得閒。除了不必下水田，她們要從事各種勞作，挑糞種菜，甚至上山擔柴。看到她們顫巍巍的身子負重而行，任是鐵石心腸也會深深同情。

許多事物，我們以爲是人類的本性，其實只是文化。當西方傳教士初來中國，到處是纏足的女子，他們一定會深信不疑，認爲每一個中國人都有戀足的天性。現在，我們看看身邊的現代女子，她們最關心的問題已經替換爲胸，色狼緊盯的部位也跟著上移。可以說，今天

的多數中國人忽略了女人的腳。文化的遷移是如此遼遠，我們甚至難於理解，我們的祖輩怎麼會為那毫無美感的三寸金蓮如癡若狂？

唐以前的中國女人是不纏足的。謝靈運的詩說：「可憐誰家婦，緣流洗素足。」李白詩：「一雙金齒履，兩足白如霜。」他們都能欣賞到女人的赤腳，足見當時還沒有纏足之俗。《南唐書》寫小周后和李後主私通，「手提金履，剗襪潛來。」李煜自己就是大詞人，他的描寫更加美麗：「剗襪步香階，手提金履鞋。」手提鞋子，穿襪步行的，肯定不會是纏足女子。

比較流行的意見，大都同意《墨莊漫錄》（宋·張邦基著）所說的纏足始於五代南唐，這位李後主的宮中。李煜有位叫窅娘的宮嬪，纖麗善舞，「以帛繞腳，令纖小屈上作新月狀。」清人袁枚寫了篇〈纏足談〉的文章，支持這種觀點。從北宋開始，纏足的文獻記載時有所見。蘇東坡寫過〈詠足〉，其云：「偷穿宮樣穩，並立雙趺困；纖妙說應難，須從掌上看。」是存世最早一首描寫小腳的詞。由這位大詩人開纏足文學之先河，真是無上的榮耀。南宋遷都臨安（今杭州），纏足已經在上層社會流行開來，按《藝林伐山》（明·楊慎著）的說法，杭州妓女的纏足，便從良家女子那裡學來：「行都妓女皆穿窄襪弓鞋如良人。」又按《楓窗小牘》（宋·袁褧著）：「汴京閨閣，宣和以後花鞋弓履，金虜中閨飾復爾。」那麼不但漢人，甚至北方的女真族女子也開始纏足了。華夏文明的確厲害，跟漢人打打殺殺若干年，強悍落後的少數民族立馬學會了欣賞時尚。《燼餘錄》（宋·徐大焯著）說，金兵劫掠蘇州，將未纏足和生育過的漢族女子進行屠戮，唯獨搶走年輕未育的纏足女子。他們的趣味和他們的敵人相仿。後來，蒙古人在中國建立元朝，也頗能欣賞纏足之妙。有時，皇帝甚至出題，讓臣子做關於纏足的詩歌，例如李炯的應制詩〈舞姬脫鞋吟〉，極力狀寫「金蓮窄小不堪行」的情態。

到了明代，纏足之風大盛。明人胡應麟道：「至足之弓小，今五尺童子，咸之豔羨。」朱元璋將不共戴天的仇人張士城的舊部編爲丐戶，男不許讀書，女不許纏足。不得纏足竟成了一種懲罰。這個時代，小腳的審美變得精緻。宋代的小腳，就目前出土的女鞋實物看，大多在四寸以上。然而明人將三寸金蓮的口號深入人心，成爲普遍的標準。「猩紅軟鞋三寸整」、「簾前三寸弓鞋露」，腳不但講究小，還講究弓。尤其要緊的是，小腳也有了著名產地。山西大同與河北宣德府的女子腳纏得最好，舉國矚目，明武宗經常去那裡選美。

滿洲人反對纏足，屢屢嚴禁。他們成功地讓漢族男子剃去了頂髮，編起辮子，對於漢族女子的纏足習俗卻毫無辦法。最後，他們只做到了約束旗人婦女保持一雙天足。清代的纏足運動在當局的反對聲中登峰造極，超邁前朝。其標誌不僅在於腳越纏越小（有些甚至不足三寸），還在於越纏越講究（有理論，提出了小、瘦、尖、彎、香、軟、正七字訣），越纏越普及（無遠弗屆，遍及神州）。小腳成為衡量女性美最重要的指標。腳小便稱佳人，頭面美麗足下不行的女子，被人嘲諷爲半截美人。接著，時候來到晚清，西方思潮湧入中國，纏足開始受到抨擊。民國年間，這一延續千年的獨特傳統才廢止。

1930年底，天津新創一張娛樂性小報《天風報》，姚靈犀在該報

▶纏足遍及社會各階層。十八世紀末英國畫家 W.亞歷山大筆下的中國女僕、貴婦人及其兒子。

副刊「黑旋風」上主編一個專欄，叫「采菲錄」，刊出許多關於纏足的文章。這些文章加上部分未刊稿，後來結集為《采菲錄》四冊出版，副題「中國婦女纏足史料」。後人提及此書，多半批評主編者為拜足狂。這未免委屈了姚靈犀。他曾經解釋說，書名叫「采菲」，取意於《詩經》「采葑采菲，無以下禮」，這是「刺夫婦之失道」的詩。自己明明抨擊纏足，反有人誤以為他提倡纏足，不能不辯解。他在〈續編自序〉中還說：自己的目的，只想趁纏足還未絕跡之時，保存一些史料，列之以圖，「此純為研究風俗史者作參考之資耳。」當時還在大力宣傳戒纏足，這項工作的意義不能為人理解，也在情理之中。今天，小腳已成絕響，這套書成了非常寶貴的文化史料，今人高洪興《纏足史》便大量引用該書。1997年，上海書店從中輯選出部分內容，仍以《采菲錄》為名出版。我只買到了這本薄薄的輯選本，略微感到遺憾。

現在還有不少人忌諱提到纏足。導演張藝謀拍電影涉及小腳，作家馮驥才寫小說《三寸金蓮》，都被人批評為展覽醜惡。其實，忌諱醜惡才是最醜惡的一種現象。談論纏足一點兒不可怕，可怕的總有許多人希望我們失去歷史。

《采菲錄》裡有不少纏足婦女的自述，彌足珍貴。俗話說「小腳一雙，眼淚一缸」，每一雙小腳都是用眼淚浸泡出來的。金素馨女士六歲纏足，初纏時，「觸地劇痛，極怕走路。夜間雙足火熱，脹痛至不可忍。」母親告訴她，「此不過初試鬆纏」，還早著呢。纏足過程中，骨折，腫潰，膿血是必然之事。秀貞女士七歲纏足，「因纏裹過猛，足面常致潰爛，時愈時發；又生雞眼數苗，夏日更覺濕癢。」玉琴女士《雙鉤淚史》中訴說道：「足紉解去，膿血淋漓……偶誤破瘡痂，則鮮血如泉，予痛極汗出，身體為之抖戰，母則毫不放鬆，反益加緊纏焉。」纏足其實是一種酷刑──刖足，沒完沒了，每日施受。

小腳一旦纏成，定型，便得終身纏之。阿秀女士《拗蓮痛史》述說自己七歲開始纏足，數年後纏成三寸金蓮，出嫁之後，正逢時代反對小腳，丈夫從不帶她外出，夫妻感情淡薄。「嗚呼！儂一生幸福，被此纖足剝削以盡。」可憐最後這代纏足女人，沒享受纏足的任何好處，又碰上不得不放足的年代。纏成之足，一旦失去裹腳布，便寸步難行，據說比當初纏足還痛苦。玉琴女士放足半月，「因骨骼已斷，毫無功效，反益痛苦，不得已復仍其舊。」孟女士的丈夫勸她放足，她回答說：「吾腳只能受屈彎之苦，不能重罹搬直活罪。」當時的放足壓力很大，許多女人又遭受了將小腳「搬直」的活罪。

而農村婦女所受的痛苦更大。她們沒有文化，沒有聲音，有關纏足的文獻往往忽略了她們受到的傷害。抗戰期間，蔣經國有過一次西北之行，他見到的情景真是令人辛酸：「西北，我們看到的什麼東西都大，不管是牛、羊、貓、狗，只有一樣是小的，就是女人的腳。人家說三寸金蓮，她們真的連三寸都沒有，她們終年不能走路，只能在地上爬。但是她們依舊要到田裡去拔草做工，去的時候，由她的丈夫背去，坐在田裡，晚上回來，再由她丈夫背回來。」

我們驚訝：首先，這樣一種自戕的不人道事物居然被發明了出來，被中國人；其次，這項可怕的發明居然風行天下，代代相傳，形

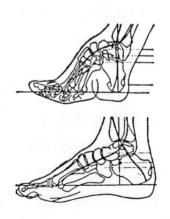

▶纏足與天足的腳部骨骼差異。

成一種根深蒂固的制度。纏足已成歷史遺跡，然而，任何一個試圖了解我們民族心理結構的人，都不得不對此嚴峻正視，反覆解讀。

纏足的目的是什麼？有哪些用處？前人已經說過了許多。有人以為，纏足是為了便於男性壓迫女性，那麼，怎麼解釋母親積極扮演幫兇的角色，配合男性迫害自己的女兒？在纏足的代際傳承方面，母親的體驗總是起著決定性的作用。還有人主張纏足便於約束女性嚴守貞操，我注意到一個奇怪的事例：按元人白珽《湛淵靜語》所說，中國最嚴厲的道德家，說過「餓死事極小，失節事極大」的程頤，他的六代孫程淮一支，「居池陽，婦女不纏足，不貫耳，至今守之。」如果纏足對婦女守節有那麼大的用處，理學世家怎麼會拒絕呢？李榮楣《中國婦女纏足史譚》一口氣列出七種觀點：男女有別；區分貴賤；保持種族特風；取悅男子；約束女性；易守貞操；利於婚配。

我覺得，最讓人信服的，還是取悅男子之說。纏足的根本理由乃是基於性的目的，將一雙正常的腳改造得更有色情意味，美國漢學家費正清（John King Fairbank，1907～1991）恰當地稱之為「一個頗為重大的色情發明」。

上古的文學作品裡，女人的腳還被人忽略。《詩經·碩人》描寫了女人的手、皮膚、脖子、牙齒、眉毛等，就是不寫腳。直到唐代，歌詠女性腳部之美的詩句屈指可數。自從女人纏足之後，詠歎女足的

◀ 清代纏足婦女所穿的弓鞋。

詩詞迅速增多。宋代除了蘇東坡的〈詠足〉外，著名的還有劉改之的詞〈詠美人足〉，張元幹的詞〈春光好〉。元代薩都剌有詩〈詠繡鞋〉，元雜劇《西廂記》，張生見到崔鶯鶯，想念的不只是她的眉眼，更被「翠裙鴛繡金蓮小」、「動人處弓鞋鳳頭窄」勾引得失魂落魄。這裡提到的都是宋元時期一流文人對女人小腳的興趣。明清以後，對女人的形象描寫，不提金蓮就算偷懶。吟詠金蓮的詩詞，那就該以浩如煙海來形容了。我們看到，纏足改變了女性身體的審美格局，腳的地位大大提高，超越了她們身體的其他任何部位。袁枚〈答人求妾書〉說：「今人每入花叢，不仰觀雲鬢，先俯察裙下。」平民百姓也感染了這股狂熱，河北的歌謠唱道：「小紅鞋兒二寸八，上頭繡著喇叭花。等我到了家，告訴我爹媽：就是典了房子賣了地，也要娶來她。」

金蓮是女子的絕對隱私，不許外露，具備了調情的條件。我們都不會忘記《金瓶梅》中，西門慶在王婆家勾搭潘金蓮的情景。西門慶拂落筷子，彎腰去拾，卻在桌下偷捏潘金蓮的小腳。按王婆的說法，她一旦被捏而不反抗，便意味著她心中已是願意，好事將成。後來的許多小說抄襲了這個細節，《聊齋志異·翩翩》中，羅子浮想勾搭花城娘子，使出的也是這一招，「俯地假拾果，陰捻翹鳳。」女子一雙小腳，按清人李漁的話說，其用處就是讓人晝間憐惜，夜間撫摩的。

玩蓮與賞蓮變成了房闈之樂，除了妻妾，可供玩弄的還有妓女之足。蓮迷們對金蓮的興趣有時超過了性行為。有人總結出欣賞小腳的九種境界：三上（掌上、肩上、秋千上）、三中（被中、燈中、雪中）和三下（簾下、屏下、籬下）。我們且看風流才子唐伯虎是如何賞玩一對金蓮的：「第一嬌娃，金蓮最佳，看鳳頭一對堪誇。新荷脫瓣，月生牙，尖瘦纖柔繡滿花。從別後，不見她。雙鳧何日再交加。腰邊摟，肩上架，背兒擎住手兒拿。」腰邊，肩上，背兒手兒，處處都是

文章，花樣百出。還有一種別出心裁的花樣是鞋杯行酒，發明權屬於元人楊鐵崖。他每於筵間脫歌伎舞女的繡花鞋，置酒杯於其中，使坐客傳飲，謂之金蓮杯。有一次，畫家倪瓚也在坐，他素有潔癖，大怒，翻案而起。不過，大多數的蓮迷們還是非常欣賞這個創意，紛紛仿效。例如明代何元朗到蘇州，袖中就掏出南院王賽玉的弓鞋一隻，出以行酒，王鳳洲為此作長歌，其中云：「手持此物行客酒，欲客齒頰生蓮花。」《品花寶鑑》裡，公子哥兒們在妓院吃花酒，席間也以妓鞋行酒。關於小腳在性生活中的作用，明清小說多有描述。

當中國纏足全盛時期，許多地方出現了賽腳會，又叫小腳會、亮腳會等等，相當於今天的選美。平時深藏不露的小腳，這時集體亮相，任人論足。如果年輕女子不肯參與，無異於自慚形穢，欲蓋彌彰。輿論壓力是很大的。

最著名的賽腳會在山西大同。相傳，大同賽腳會始於明正德年間，每年六月初六的廟會舉行。大同有十二大寺廟，各廟輪值承辦。屆時，弓彎纖纖的小腳從各地趕來，在會場顯露出來，一鬥短長。比賽經過初選，再行評比，最後公決出前三名。當選女子視之為莫大榮幸，名聲鵲起，這對日後找個好婆家十分有益。大同小腳在全國聞名，與該地的賽腳會之成功關係很大。民國年間，閻錫山嚴禁纏足，派兵封鎖廟會，女子們紛紛當家門而坐，把一雙纖足伸出門簾，讓遊客觀賞品評，甚至手握，蓮迷們據此予以頒獎。可見當地纏足傳統之深厚。

按照高洪興《纏足史》的敘述，除了大同，全國比較重要的賽腳會還有：山西太原、運城，河北宣化、蔚州、武安、邯鄲，甘肅蘭州、隴東，內蒙古豐鎮，河南汝州，廣西橫州，雲南通海等。有些人更認為，北方的各種廟會，女子競相修飾纖足，誇示人前，無不具有賽腳會的性質。各地賽腳會的形成，表明纏足風俗在民間已經制度

化，纏足活動高度發達。

清人方絢寫了本《香蓮品藻》。他對小腳進行了分類，確定五個式樣：蓮瓣、新月、和弓、竹萌、菱角。他提出了小腳的美學標準，認爲小腳有三貴：肥、軟、秀。由此出發，他又區分各種金蓮爲十八種類別，稱爲「香蓮十八名」。香蓮的美醜，則分成神品、妙品、逸品等等九品。就所論述的範圍看，我們看到，一門新的學科——小腳美學——事實上已經形成。

清代的小腳理論百花齊放。流行最廣的是小、瘦、尖、彎、香、軟、正七字訣。寸心《金蓮美》又提出「續七字」（窄、薄、輕、柔、俏、折、凹）和「益七字」（光、滑、細、膩、白、嫩、甜）。燕賢《小足談》提出金蓮「廿美」：瘦小香軟尖，輕巧正貼彎，剛折削平溫，穩玉斂勻甘。知蓮《蓮藻》則把金蓮之美分爲形之美、質之美、姿之美、神之美。我們只以爲小腳越小越好，這就外行了。李漁批評那些腳小之至，寸步難行的「抱小姐」，稱她們爲泥塑美人，與刖足無異，不值錢；最好的小腳是小而無累，能走路。方絢也說最好的小腳是「穠纖得中，修短合度」。蓮迷們普遍認爲，好小腳猶如好詩詞，要有神韻。而神韻，那可是極玄妙的一個術語。

現代作家一邊倒地批判小腳醜陋，一個例外是林語堂。許多年前讀他的小說《京華煙雲》，注意到他將小腳寫得很美。書中，木蘭的父親受了梁啓超的影響，不讓木蘭纏足。當木蘭看到桂姐那雙裹得整整齊齊的小腳時，羨慕不已：

> 剛走上船的這位少婦的腳，可以說幾乎達到十全十美的地步——纖小、周正、整齊、渾圓、柔軟，向腳尖處，漸漸尖細下來，不像普通一般女人的腳那樣平扁。……當然她的美並不全在腳上，她整個身段兒都加強了她的美，就猶如一個好的雕像偏巧

又配上一個好座子一樣。她那一雙周正的小腳兒使她的身體益發嫵媚多姿,但同時身體仍然穩定自然,所以無論何時看,她渾身的線條都不失其完美。……桂姐真是夠高的,頭與脖子都好看,上半身的輪廓成流線形,豐滿充盈,至腰部以下,再以圓而均衡對稱的褲子漸漸尖細下去,而終止於微微上翻的鳳頭鞋的尖端——看來正像一個比例和諧的花瓶兒,連日觀之不厭,但覺其盡善盡美,何以如此之美,卻難以言喻。一雙不裹起來的大腳,把線條的和諧則破壞無餘了。

看得出來,林語堂骨子裡懷念小腳。他能體會小腳之神韻。

反對纏足的聲音早就出現過,太弱,不成氣候。我們該記得這些獨立思想者的名字。一個是詩人袁枚,他說:「吾以為戕賊兒女之手足以取妍媚,猶之火化父母之骸骨以求福利,悲夫!」觀點雖然正確,類比卻不對頭,我們今天看來,纏足和火葬完全不可比擬。另一個是小說家李汝珍,他在《鏡花緣》裡,讓男子遭受纏足之苦,諷刺極其辛辣,痛快。第三個是學者俞正燮,他反對的理由是:「古有丁男丁女,裹足則失丁女,陰弱則兩儀不完。」我們以為他會說裹足失去一半生產力,他擔心的卻是陰陽失調;他還有個理由說弓鞋從前是

◀妓女及其小腳的照片,曾被印刷在明信片上。

賤服，現在女子穿它，也變得下賤了。我們覺得，俞先生反對纏足當然是對的，但反對的理由實在莫名其妙。最後，我們不要忘記龔自珍和錢泳，也對纏足十分反感，形諸文字。他們是中國傳統社會內部產生的纏足反對者。

近代的天足運動，利用的並非傳統思想資源。首先是外國傳教士對女子纏足現象予以抨擊，指出纏足是「自傷肢體」、「無故而加以荊刖之刑」。1874年，約翰・邁克高望牧師在廈門召開反纏足會議，參加者有六十多名婦女，決定設立中國第一個反纏足組織「天足會」。接著，耶穌會傳教士立德夫人（Alicia Bewicke，1845～1926）也創辦了天足會。教會組織印行了大量反對纏足的宣傳品。這些活動影響了中國進步知識分子，康有為和梁啓超等人在廣州、上海等地紛紛創立天足會。天足會章程約定，會員所生女子不得纏足，所生男子不得娶纏足之女，會中同志，可互通婚姻。由於解決了天足女子的婚嫁顧慮，加上梁啓超、林琴南、黃遵憲等文化名流大力倡導，天足運動聲勢浩大，得到全國各地的熱烈響應。民國成立伊始，臨時大總統孫中山就通令各省勸禁纏足，風俗一變，天足成為時尚。民國年間的禁纏足工作有時失之野蠻，發生過多起當街解去裹腳布，婦女羞憤自殺的事件。許多地方以解裹腳布的多少作為縣長考核指標。

中國最後一代纏足婦女為移風易俗付出了最大的代價，她們替後人忍受了所有疼痛。一種維繫千年的習俗猝然斬斷，傷口一定流出股紅的血。總有人處於刀口，任何一種新信仰都需要祭禮。如果我們偶爾想起，應當心存感激。

肉體

肉 體 的 狂 歡 與 痛 楚

人體是塵世最耀眼的美。

　　攝影家拍攝人體照片時，往往讓模特兒置身於沙灘、田地或岩石之間，肉體的細膩與背景的粗糙形成鮮明的反差。我們會感覺到，這是兩種完全不同的物質。和花崗岩打交道的雕塑家，有時只在石頭的中心位置鑿出一個精美的頭像，或一截軀幹，其餘部分則故意忽略，不加修飾。這樣，充滿靈性的人體，彷彿從頑石中間剛剛甦醒，正在掙脫，浮出。我喜歡這類作品，它使我們意識到人體與大地的巨大差異，人體是塵世最耀眼的美。惠特曼（Walt Whitman，1819～1892，美國詩人）有首詩，叫〈我為驚人的人體歌唱〉，他說：「如果的確有神聖的東西存在，那就是人的軀體。」

　　其實，在早期神話中，肉體和泥土完全是相同的物質。中國人說的女媧造人，用的是黃土，捏了個人形；《舊約全書》說上帝造人，也是用地上的塵土，按照自己的形象造個泥人。人從土地取得自己的肉體，人的本質就是泥土，當他死後，肉體仍將復歸泥土。讓我們驚訝的是，這些卑賤的泥土，一旦凝聚成形，有了生氣，立刻閃閃發光，天國一般高貴和明亮。世間的一切存在之中，人的血肉之軀無疑最具美感，絢爛如花：優美的曲線，自如的動作，彈性的肌膚，溫熱的體溫，靈敏的感應⋯⋯。

　　既然是塵土，那麼，它會在時光中流失，仆倒。神並沒有許諾永生。然而，這具軀體會自我生殖，創造自己的永生方式。中國有句成語叫薪盡火傳，柴草燃盡了，化為灰燼，火沒有熄滅，因為它又在添進新的柴草上燃燒。生命就是世間的火，從一具肉體到另一具肉體，燃向世界的盡頭，追趕永恆。

　　什麼是我？我能夠把握的，就是這樣一具肉體；或者說，肉體緊緊摟住了我。肉體跟隨我旅行，睡懶覺，受傷，痛哭。我完整地存在於肉體之中，不多不少，如同天平的兩端，定義的主詞和賓詞。在健康的狀態下，我們往往不能感覺到肉體的存在，它被完美地馴服。有

時我起床，走到窗前，陽光灑滿了房間，伸個懶腰，突然意識到肉體的活力。這是一種難得的經驗，我感到了肉體的自由、酣暢和飽滿，彷彿一顆陽光下的樹，一枚果實。美國當代詩人羅伯特‧勃萊（Robert Bly）也有體會，他描述道：「哦，在大清早，我覺得我將永生。／我裹在歡樂的肉體裡，／就像青草裹在綠色的雲中。」勃萊是我喜歡的詩人，他的詞語像手術刀。「我裹在歡樂的肉體裡」，這就是肉體與自我達成的和諧。

對多數人來說，異性的身體有特別的吸引力，這是被生物程式設置好的一種宿命，未必是壞的宿命。有時我們會倦於自己的身體，猶如左手厭倦了右手。這時候，生活並沒有結束，另外一具身體會喚醒我們的慾望。雨果談論肉體的美，說：「它可以使你的心怦怦亂跳，使你渾身顫抖，使你臉紅，使你為之流血；堅定而不冷酷，白而不冷；有顫慄，也有弱點；這是生命的美。」欣賞人體美和欣賞藝術品的美是不同的，藝術品僅僅影響我們的心靈，優美的人體卻挑逗我們的慾望。肉體搖撼著肉體，於是我們的慾望應答著，沖決而出。慾望是我們體內隱藏最深的熔岩，平時，它們緩慢地湧流，波瀾不興，甚至騙過了我們自己。事實上，它在積蓄能量，像蛹一樣靜靜地潛伏，等待一雙翅膀。當慾望飛翔，呼嘯在我們的體內，就變成盪氣迴腸的生命激情，肉體為之低昂。

古希臘女詩人莎弗（Sappho）創作了許多情詩，對她來說，愛情，首先是一種肉體的戰慄。她寫道：「只要我凝望你片刻，／周身便被滋滋鳴響的熱火燃遍，／唇舌焦裂，不能言語；／眼前發黑，耳內轟鳴；／我四肢顫抖，形同枯槁／一頭栽進死亡和瘋狂。」傳說，經歷了無數次戀愛（她是同性戀者）後，莎弗果然因為失戀栽進了死亡：投海自殺。古希臘的醫生們認為莎弗準確描述了愛情病的臨床症狀，都熟記在心。按照普魯塔克（Plutarchos，羅馬帝國時期的希臘傳記

作家）的記述，西元前三世紀，敘利亞國王的兒子安提奧庫斯，偷偷愛上了父親的年輕妻子——美麗的斯特拉托尼斯。顯然，這是毫無希望的單相思，他茶飯不思，想一死了之。醫生注意到，每當斯特拉托尼斯來到房間探望，這青年人的身上，就出現「著名的『莎弗式』的相思病症狀——說話結結巴巴，面紅耳赤，眼睛偷偷地窺視，全身突然冒汗，心臟跳動激烈而不規則，熾烈的情慾呼之欲出，顯現出一種昏沉、沮喪、呆滯的狀態」，於是明白了疾病的原因。這故事的結局是，醫生把他的觀察告訴國王，國王把斯特拉托尼斯讓給了兒子，爲他們完婚。

性愛是肉體與肉體的撫摩，互相穿透，蛇一般緊密纏繞，水一般熱烈擁抱。性愛就是感受一具生物性肉體的美。在《麥迪遜之橋》（*The Bridges of Madison County*）這部小說裡，女主角弗蘭西斯卡回憶她和男主角羅伯・琴凱的做愛，形容他像一隻雄性動物，「他在她身上移動的同時，輪番吻她的嘴唇和耳朵，他的舌頭在她脖子上舐來舐去，像是南非草原的草叢深處一隻漂亮的豹子可能做的那樣。」《查泰萊夫人的情人》的性愛描寫，極其注重肉體的感受：「她觸摸著他，這是上帝的兒子們和人類的女兒們在一起的時刻了。他多麼美，他的皮膚多麼純潔！多麼可愛，多麼可愛，這樣的強壯，卻又純潔而嫩弱！多麼安靜，這敏銳的身體！這權威者，這嫩弱的肉，多麼絕對的安靜！多美！多美……」如果擔心這是男性作家的偏見，不妨再引用兩位現代日本女作家的話，來做個印證。森瑤子說：「從肉體開始，然後過程與結果才是心。」山田詠美說：「在喜愛那個人的肉體時，便已經是心的領域了！」性愛是肉體的盛筵。

瑪格麗特・莒哈絲（Marguerite Duras，1914～1996，法國作家），這位總是放縱自己慾望的女人，那部名叫《情人》（*L'amant*，1984年得到法國龔固爾文學大獎）的小說的作者，一邊吸著紙煙，一邊說：

「如果你沒有體驗過絕對服從身體慾望的必要性，就是說，如果你沒有體驗過激情，你在生活上就什麼也體驗不到。」

激情是生命的海嘯，把肉體拖入驚心動魄的漩渦，讓它跌宕起伏，悲喜交集。那是極其壯麗的巔峰體驗。1980年，莒哈絲六十六歲了，再一次煥發青春，與比自己小四十多歲的大學生安德列‧揚墜入愛河。她的朋友蜜雪兒‧芒索在記述這段罕見的愛情時寫道：「大學生讓她把自己帶到任何地方，他愛上了一部小說，他遇到了一個女人，這個女人強迫他愛她，就像愛她的作品一樣。完全愛她，在肉體上愛她。……這個身軀在請求，在享受，幾乎是在懇求：吻我吧……」

激情摧毀一切。肉體在戰慄中，發現自己並非一貧如洗，發現了自己的富饒。

不論人體多麼華美，我們深知，它是柔軟的，容易彎曲；它是脆弱的，容易粉碎。饑餓，渴，情慾，嫉妒，傲慢，這些源於我們自身體內的本能，都能征服肉體。還有外部襲來的災難：荊棘割破皮膚，石頭壓碎骨骼，槍彈穿過心臟等等。這世界的粗糙稜角，疾病，殘酷的刑具，都直接切開你的皮肉，讓你專心致志體驗肉體的痛楚，非常精緻的痛楚。

蘇格拉底認為肉體關心的事務未免太瑣碎，是我們煩惱的根源，騷擾了靈魂對真理進行的思考，他開創了以靈魂之名否定肉體的哲學傳統。然而肉體終於否定不了。佩斯（Saint-John Perse，1889～1975，法國作家，1960年獲諾貝爾文學獎）說：「一切肉體穿上鹽的苦衣。」沒人能夠安然入睡，疼痛會時時驚醒肉體。

我覺得生命最不可思議的現象之一是疼痛，它埋在肉體裡，像一根刺。我要說說我自己的經驗。我有偏頭痛，大約每年發作一次，每次一個星期左右。嚴重的偏頭痛是非常可怕的。在我的顱骨內，每隔三四秒鐘，整個神經叢彷彿受了電擊，突然抽動，產生一種清晰銳利

的痛。只有短短幾秒鐘的間歇，我不能將注意力凝聚在任何一個主題上。換句話說，在那段時間，靈魂逃逸了，我的世界只剩下一具遍體鱗傷的肉體。疼痛是對靈魂的否定。哲學家很少花工夫研究生理的痛苦對於精神的影響，實際上，一場偏頭痛的發作，就足以清除你頭腦裡的所有思想。我想起尼采（Friedrich Wilhelm Nietzsche，1844～1900，德國哲學家、詩人）的話：「你靈魂之死，還比你的肉體快些。」

　　阿梅里的著作《酷刑》，描述了另一種類型的痛苦，人類故意施加於受害者的痛苦。我不引述吊刑，關節碎裂、脫臼這些內容，我關注受害者的感受：「唯獨在酷刑中，人的肉體化表現十分充分：在暴力面前，衰弱者因痛楚而嚎叫、沒有救援的希望、也無力自衛，此刻的他除了軀體別無他物。」和疾病的狀態相仿，酷刑簡化了生命。你意識到：只有肉體，只有孤立無援的痛苦，是你最後的財產。

　　疼痛總是與肉體相關。波赫士（Jorge Luis Borges，1899～1986，阿根廷詩人、小說家）的詩寫道：「我們的愛裡面有一種痛苦／與靈魂相彷彿。」我覺得他把痛苦和靈魂一同談論就不對頭，這種愛是輕盈的，其實並不痛苦。我們不妨看看索德格朗（Edith Sodergran，1892～1923，芬蘭女詩人）是怎麼訴說愛的痛苦：「愛神，眾神之中你最殘

▶蘇格拉底開創了以靈魂之名否定
肉體的哲學傳統。

忍：／我不逃避，我不期待，／我僅僅像牲口一樣忍受痛苦。」在詩句裡，痛苦變成一個生物學的事件。痛苦的可怕也在這裡，沒有拯救，唯有赤裸裸的傷口。在中國語文裡，撕心裂肺，椎心泣血，痛入骨髓，切膚之痛，這些描述身體創傷的詞語，經常用來形容心理的極度痛感。應該指出，它們的本質是修辭，而非概念。

說到語言，我們馬上意識到一個奇怪的事實：儘管我們發明了許多語詞來討論思想，表達肉體痛苦的語彙卻非常貧乏。英國作家吳爾芙（Virginia Woolf，1882～1941）曾經抱怨說：「英語能夠表達哈姆雷特的思想和李爾王的悲劇，但沒有用於顫抖和頭痛的詞語。」中文的情形也一樣，當我們向醫生描述一種頭痛時，就感到詞窮。痛苦是最強烈的人類經驗，卻置身於語言系統之外，成為最私人性的體驗。痛苦使每個人變成孤島，他們只有獨自擔當，牲口一樣默默忍受。

心

為　天　地　立　心

許多動物都有心臟，

唯有人類的心臟

具有一種嶄新屬性：靈魂。

我們稱之為心、心靈、精神，

或者別的什麼名字。

人類的世界

於是增加了一個向度，

垂直的向度，

他開始向天空發展。

我們說，每一個詞語都精確地指向一件事物，每一聲呼喚都引起一句應答。然而，心是例外。當我輕聲念著這個孤立的詞的時候，我感到茫然，不知它將歸向何處。有時，它指行刑隊的槍口瞄準的那東西，那麼它是生命的發動機，永不間斷地鼓起我們血液的潮汐；有時，它是情人節卡片上那個被一支箭貫穿的紅色圖案，滿世界飛來飛去，代表熱烈的情感；有時它是道德領袖號召我們認真傾聽的內在聲音，意味著良心、良知、善與惡的分辨力；它還是科學家試圖用電腦替代的事物，表示我們身上思考、推理、運算等抽象思維的能力；當然，在詩人那裡，心事浩茫連廣宇，心成了想像力馳騁的跑馬場；唯心派哲學家認為萬象唯心，心外無物，心，乾脆成了整個世界。

在人類的象徵辭典裡，心代表著生命、感情、良知、理性、靈性和宇宙，等等。它們幾乎涵括了我們精神生活的所有重要方面。心猶如太陽，整個星系圍攏它，全體元素都是它的所指。

篆書「心」字是個象形字，畫著一個上大下小的心臟圖形——我倒覺得那很像一朵花。這表示心的本義是埋藏在我們胸口跳個不停的東西。古人愛給所有的事物排列等級，在人體這一系列中，心的地位至高無上，《素問》（《黃帝內經素問》的簡稱，唐・王冰輯）稱：「心者，生之本、神之變也。」又說：「心者，君主之官也，神明出焉。」意思是心為人體器官的主宰，生命的根本，其功能與我們的精神和靈魂相關。《荀子・天論》也為人體諸器官分出了君臣：耳目鼻口形是天官，心則為天君。心的用法在歷史中不斷擴大，按《醫宗金鑒》（清・吳謙等人編撰的皇家醫學大成）的解釋：「形之精粹處名心。」例如花心、天心。生命也好，無情之物也好，大凡說到心，都意味著一種事物最精采的部分。

心中有眼，似乎是多多益善。聖人之心七竅，暴君商紂王曾經剖開忠臣比干的心，認真觀察。《列子》記載：龍叔請文摯給他看病，

文摯讓他背光而立，自己則站在暗處，他的眼睛透胸而過。他說：
「噫，我看見了你的心。方寸之地顯得十分空虛，你簡直就是聖人。
不過，七個孔穴只通了六個，還有一個閉塞。別人把你的聖明當成疾
病，大概就是因爲這原因吧。這可不是我的本領能夠治療好的。」心
是主管智慧的，一竅不通，便是大問題；聰明人都要比常人多個心
眼，玲瓏剔透。《紅樓夢》寫林黛玉，就說她「心較比干多一竅」，
所以她冰雪聰明，多愁善感。

　　古埃及人製作木乃伊，掏空所有的內臟，唯獨留下了心臟，它要
爲死後的審判作證。在印度，心臟被看成是梵天（印度婆羅門教、印度
教中的造物神）的所在地；伊斯蘭教則說，信徒的心是眞主的寶座。
基督教的十字形教堂相當於基督的身體，祭壇恰好放在心臟的位置
上。在各種文化裡，心臟都有特殊的含義，它與中心、重要、神聖等
概念相關。當大衛・李文斯頓（David Livingstone，1813～1873，英國
傳教士、非洲地理考察家）醫生在非洲去世時，當地居民把這位人道主
義者的心臟取出，埋在一棵古老的樹下，他的屍體則裝船運抵英國。
波蘭音樂家蕭邦（Frederic Francois Chopin，1810～1849）死在法國，他
的心臟回到了自己的祖國。事實上，心臟的歸宿往往比身體的其餘部
分更重要。英國作家哈代（Thomas Hardy，1840～1928，英國詩人、小

◀英國傳教士李文斯頓在非洲旅行和
傳教三十多年，他的活動激發了西
方對非洲國家的強烈興趣。死後，
他的心臟永遠留在了這塊古老的大
陸。

說家）長期居住在賈斯特鎮，1928年去世時，他的誕生地斯汀福德村的村民前來要他的屍體，鬧得不可開交，最後達成協定，由賈斯特鎮擁有他的屍體，斯汀福德村擁有心臟。遺憾的是，根據哈代的親戚安特爾的說法，落葬前，這顆心臟放在廚房的桌子上，被哈代姐姐的貓叼走，逃進了灌木叢。葬禮仍然如期舉行，村民們把一隻空鐵罐埋入地下。幾天後，那隻貓又回來了，安特爾說：「我從此不敢再看它的眼睛。」

如果存在靈魂，那一定居住在我們的心臟裡。這就是心臟讓人如此著魔的原因。

容貌的不同，構成我們的形象差異；心的不同，構成我們的個性差異。明人謝在杭將面孔歸於天工，而心靈屬於人事，他說：「一尺之面，億兆殊形，此造物之巧也；方寸之心，億兆異向，此人之巧也。」然而，父子、兄弟的相貌有十分相像的；至於人心，雖骨肉同胞，志趣大不相同，所以他又感歎說，「人巧勝於天也。」

說到人心，我們已經離開了那個物質性的心臟，談到了心臟的神明變化，心臟的功能。我們要注意，在心的功能上，古代中國人的認識和現代科學的結論有很大不同。現代科學認為，思維、意識、記憶等精神活動是大腦的功能，而非心臟的功能；古人則將它們全部歸之於心的功能。換句話說，我們是用腦子思考問題的，古人則是用心思考問題的。按今天的觀點看，古人思考問題的器官完全弄錯了。有些學者主張，心理學一詞的中譯就錯了，因為心理學研究的現象，人類的精神和意識，其實屬於腦，而不是心。

如果說中國人用了一個錯誤的器官思考，最耐人尋味的，還在於不少古代民族犯了同樣的錯誤。古代埃及人也認為心是智慧、情感和意願之所在，所以他們說：「心是一切知識的源泉。」在《聖經》中，心臟象徵著人的內心世界：「耶和華不像人看人，人是看外貌，

耶和華看內心。」「我睡了，可是我的心醒著。」可見，希伯來民族也是用心去感知和思考的。在印度教中，心是靈魂的住所。《古蘭經》把心比作知識，在一則宗教傳說裡，神說：「天和地都容納不了我，但是虔誠的信徒可以把我裝在心裡。」對委內瑞拉和圭亞那的加勒比人來說，心和靈魂是同一個字。對亞馬遜盆地的圖加諾人來說，心、靈魂和脈搏是一個字。對哥倫比亞南部的維托托人來說，心、胸膛、記憶和思想是一碼事。

我們還可以舉出許多以心代腦的例子。在歐洲文明中，中世紀晚期的愛情詩，使心臟成了愛情的象徵，理智歸腦子，心專司情感。我覺得，心臟是一個具有特殊魅力的神奇器官，引人注目，在世界各地，不約而同地，人們把最神秘最榮耀的品質都獻給了它。

在古代中國，人們相信，全部的精神活動都是心臟的產物。《孟子》明確斷言心是思考的器官：「心之官則思。」《禮記・大學疏》曰：「總包萬慮謂之心。」不只思想，一切與情感、意念、性格、意志等我們稱爲心理活動的東西都和心相關。《管子》謂：「心也者，靈之舍也。」《文子》曰：「神者，心之寶也。」心就像鏡子一樣，能夠洞徹和領悟大千世界的種種奧秘。如果理解上存在問題，多半是由於心竅未開，一團混沌。傳說唐人尹知章夢見神人鑿開他的心臟，

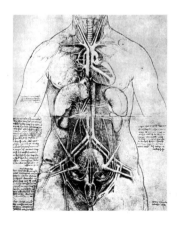

◀文藝復興時代，米蘭藝術家繪製的
人體解剖草圖。

於是精通《六經》。鄭玄在馬融那裡學了三年，沒有長進，被趕出師門，他躺在樹蔭下做夢，見一老人拿刀剖開他的心臟，對他說：「子可學矣。」他醒來又回去求學，突飛猛進，成為經學的一代宗師。

檢討漢字的構成，我們觀察到心的影響極其深遠。心既是一個獨立的詞，又是一個部首，大凡和心有關的詞都使用心作為偏旁，例如思、想、愁、恨、性、驚、悟、忘等等。有人統計，許慎《說文解字》中，收入心部的漢字有二百七十多個；在《康熙字典》中，歸入心部的漢字一千一百七十多個。語詞是世界的名字。任何事物，唯有被命名，變成某個概念，才可以被我們感知和思維。一種植物被分類之後，我們才可以說了解了它；一種心理現象獲得了自己的名字，我們才能夠意識它的存在。這支龐大的心字偏旁的辭彙隊伍，對我們的精神生活進行細緻分割，猶如細密的漁網，幫助我們捕獲豐富多采的生命體驗。我們體驗得越多，心靈的世界就越廣闊。

許多動物都有心臟，唯有人類的心臟超越了單純的律動，具有了一種嶄新屬性：靈魂。我們稱之為心、心靈、精神，或者別的什麼名字。人類仍然在地平線上行走，然而，他的世界增加了一個向度，垂直的向度，他開始向天空發展。有了心靈，人類開始沉思世界的宏偉秘密，感受生活的激情，努力看穿生與死的宿命。我們不妨說，心靈塑造了屬人的生活。

心的最高境界是老子說的虛心。心靈空虛，不存主見，猶如一面鏡子，才能容納萬物；或者心如止水，波瀾不興，方可照映天日。聖人的心全都這樣寧靜虛無，反之如春秋戰國時代的盜蹠，據說他心如湧泉，只好做強盜了。莊子也是這觀點：「至人之用心若鏡，不將不迎，應而不藏。」根據西晉玄學家郭象的注解說，鏡子照物，不俯就不積極，有事物在面前，就精確呈現。他們的意見影響極大。南朝的何點稱讚陸惠曉，簡直就是拾人牙慧，他說：「惠曉心如明鏡，遇形

觸物，無不朗然。」當時的學道者，有一項入門工夫叫剜心，剜心就是把心挖空，破除原來的成見。心空了，才能裝東西。如果電視機螢幕上貼了畫，你就只好日日欣賞這張畫，見不到變化萬千的圖像。內心塞滿了想法，無處容身，新的靈感便不肯光臨了。

孟子責備人們不懂得給心靈施肥：「人皆知糞其田，莫知糞其心。」他說的糞心，指博學多聞。傅子責備人們不肯洗心：「人皆知滌其器，而莫知洗其心。」在他們看來，普通人的生活壓根兒就是本末倒置，不值錢的東西精心呵護，心卻任其荒蕪，不加保養。韓愈說：「當先理其心，心閒無事，然後外患不入。」心要閒，不可過於勞碌。《格言聯璧》（清·金蘭生編）指出：「心不欲雜，雜則神蕩而不收；心不欲勞，勞則神疲而不入。」修心，養心，然後才可以求得安心、放心。安下心來，就能體會一種自由的境界。孟子提出了「求其放心」的概念，朱熹還寫過一篇〈求其放心齋銘〉。

虛心和安心，結果都是無心。有心是懸著一顆心，追逐外物，準備成就大事；無心是生活日用，忘記心的存在，隨遇而安。有心無心，差別很大。蔡襄長了一口美髯鬚，皇上問他：「你晚上睡覺時，髯鬚放在被子裡，還是被子外？」蔡襄老實回答不知道。當晚入睡時，他想起這事，髯鬚一會兒放被裡，一會兒放被外，都覺得不順，竟通宵不能成眠。還有個故事：程顥和程頤兩兄弟赴宴，座中有妓女陪酒。兩兄弟都是講道學的，程頤勃然作色，拂袖而去，哥哥沒有離座，留下來喝酒。第二天，弟弟還在書齋中發脾氣，程顥就說：「昨日座中有妓，我心中卻無妓；今日齋中無妓，你心中卻有妓。」程頤當下嘆服哥哥的修心工夫。無心不是失心、喪心，而是心的從容，自得，毫無掛礙。反之，世上的有心人，把心當成工具，就像應用手，隨時準備攫取和占有，最容易喪心病狂。

在世界上，心隱藏得最深。對於我們這個早熟的民族，人心險

惡，人心難測，早已成爲常識。「逢人只說三分話，未可全拋一片心」、「害人之心不可有，防人之心不可無」，這些民諺擲地有聲，讓我們提心弔膽。白居易說：「天可度，地可量，唯有人心不可防。」唐人雍陶道：「楚客莫言山勢險，世人心更險於山。」在詩人的眼裡，人心是高山，是深淵，凶險萬分。而人心迥別，超過了面孔的差異。古人教導我們：「他人有心，予忖度之。」認識一顆心，唯一的辦法是猜測。《國語》曰：「觀其容，而知其心矣。」可是誰都知道，通過一個人的外表是無法判斷內心的，又有一句格言教導我們：「知人知面不知心。」

然而，一顆心的最大願望是結識另一顆心。心與心在永恆地呼喚、摸索、碰撞。友誼與愛情，都是心與心的印證，因爲難得，顯得特別珍貴。心原來是柔弱的，一旦結合在一起，就變得堅強，孤獨的人生之旅於是充滿歡聲笑語。古語說：「兩人同心，其利斷金。」齊心協力，心便成了銳利的武器；至於萬眾一心，鋒芒所及，更是無堅不摧。周武王伐紂，比較敵我的實力，以人心判高下：「紂王有臣億萬，心也億萬；我有臣三千，卻是一心。」他談論的是烏合之眾與一支軍隊的區別。不過，這種一心乃是有心，成得大功業，卻斷送了無心之樂。

宋代哲學家陸九淵說：「宇宙便是吾心，吾心便是宇宙。」

禪宗是講心的，又稱心宗，誕生於唐代，是最具中國特色的佛教宗派。禪宗討論的問題是如何成佛，也就是如何覺悟眞理。照他們的看法，人的本心自然清淨，本心即佛。禪宗北宗領袖神秀寫了一首偈語：「身是菩提樹，心如明鏡臺，時時勤拂拭，莫使有塵埃。」惠能不滿意他的塵埃說，針鋒相對提出：「明鏡本清淨，何處染塵埃？」他創立了影響深遠的禪宗南宗。他的觀點是：人人都有本心，本心即佛，普通人心生妄念，因此遮蔽了本心。覺悟的門徑不是時時拂拭，

日日坐禪，而是只指本心，頓悟成佛。我們不妨換上另外一個術語：真理就在人心，原本圓滿無缺，因為心被塵世的物慾所玷污，真理遂被遮蔽，只有破除迷妄，復歸澄明的本心，真理才會顯明。

　　陸九淵開創了中國思想史上稱為「心學」的學派。他將宇宙和心靈等同起來，認為我們了解了心靈，也就通曉了宇宙。心學派無疑借用了禪宗的思想資源，他們將心看成宇宙的真正本體。明人陳獻章的著名觀點是：「天地我立，萬化我出，宇宙在我。」世界從我們的心靈流出，我們的心靈創造了世界。這是一種極端的唯心論和唯我論。明代哲學家王守仁將心學發展到頂峰，他說：「天下無心外之事，無心外之理。」宇宙間真正存在的，只有一個純粹的心靈，由這個心靈，化生出天地萬物，綱常倫理，學術文章。王守仁提出了致良知的學說，他說他一生講的就是「致良知」三個字。所謂良知，就是本心。我們的本心，原本毫無欠缺，明是非，知天理。為什麼世上還有許多罪惡呢？那是因為人們的心靈往往被私慾遮蔽，解決的辦法是加強修養工夫，掃除昏蔽，發見本心，使被遮蔽的良知煥然一新。這理論和禪學很相似。

　　本心一旦被意識，我們就達到了與天地萬物合一的神聖境界。陸九淵的弟子詹阜民述說自己的體會，他聽從老師的教導，經常安坐瞑

◀禪宗六祖慧能不識字，卻創造了最富於中國特色的佛教派別──禪宗，強調頓悟成佛。圖為南宋·梁楷所繪的《六祖撕經圖》局部。

目，半月後，「一日下樓，忽覺此心已復，澄瑩中立。」王守仁的弟子聶豹，待在獄中，「閒久靜極，忽見此心真體光明瑩澈，萬物皆備。」王守仁另一位天才大弟子王艮，還沒拜師時就有過類似經驗：「心體洞徹，自此行動語默，皆在覺中。」這種境界，就是儒家說的天人合一，禪宗說的覺悟，宇宙與人心，渾然一體。

　　徑寸之心，經常受傷，易碎，在歲月中匆匆蒼老，最後像花朵一般萎謝，墜落塵土。這都沒什麼，最要緊的是心有靈性。「身居萬物中，心在萬物上。」我們的身體是渺小的，置身於廣袤的宇宙，猶如一粒芥子；然而人心很大，它沉思宇宙，將整個宇宙收入自己的意識。宇宙和心靈，就這樣互相包容、纏繞，彷彿兩面相對的鏡子，創造出無限深遠的時空。宇宙給心靈素材，心靈給宇宙魂魄。安放在我胸膛裡的心臟，也在宇宙的胸腔裡跳動，永不間斷地收縮，擴張，於是生氣充盈於天地之間。心豈只我們身上的一個血肉器官，它還是世界的良知，是生命的真理。

◀提倡「致良知」的心學
　大師王陽明。

膽

渾　身　是　膽

唐代醫家孫思邈對詩人盧照鄰說：

「膽欲大而心欲小。」

按中國第一部醫學專著《黃帝內經》的說法：「膽者，中正之官，決斷出焉。」在傳統醫學裡，膽是六腑之一，其功能和果敢、勇氣相關。現代漢語裡還保留著這種觀念的許多遺址，例如我們說膽識、大膽、膽戰心驚等等。唐代的醫家孫思邈對詩人盧照鄰說：「膽欲大而心欲小。」不知他說的是健康原則還是人生道理？

三國的姜維，死後解剖，人們發現他膽大如斗。侯景叛亂，李膘起兵討伐，不幸被俘，拉到市中行刑，先斷手足，再破出肝腸，他居然言笑自若，後來一看，原來他膽大如升。英雄豪傑，最要緊的就是膽識過人，氣貫長虹。《北史》說李彪身高不滿五尺，性果決，有膽氣，臨敵時一馬當先，人皆辟易。北周文帝因此感歎說：「但問膽決如何，何必要須八尺之軀也。」當然，身材魁偉更好，因為另一種表揚是說人渾身是膽。北周王雅在戰鬥中連斬九個首級，被譽為「舉身悉膽」；趙子龍孤身入敵重圍，來去自如，劉備誇獎「子龍一身是膽」；趙璧犯顏進諫，也被元世祖稱揚：「秀才渾身是膽耶?!」

膽量不足，萬事俱休，不會有什麼出息。膽小、膽怯、膽寒、喪膽，都被人瞧不起。曹操評論袁紹，說他「志大而智小，色屬而膽薄」，成不了大事。後魏的崔宏出守并州，當時，并州常受到遊牧民族的蹂躪，他不擔心，輕鬆地說：「胡人雖多，沒有猛健主將，可謂

▶唐代醫家孫思邈。

千奴共膽。」千人共用一膽，這話輕蔑已極；然而還有更輕蔑的：聞風喪膽。南北朝的太學生魏準參與擁立竟陵王蕭子良，事敗，召他審訊，不料他已經憂懼而死，「舉體皆青，時人謂準膽落。」唐代的李祐是武將，入朝違詔，被御史溫造參了一本，始信朝廷比戰場可怕，對人說：「我夜入蔡城擒吳元濟，未嘗心動；今日膽落於溫御史矣。」人很少這樣輕賤自己的，顯然，這也算得一種獻媚。溫御史聽了，想必十分欣慰。

中國人講形補，以膽補膽，吃膽不算稀罕事。越王臥薪嚐膽，不過為了吃苦，表示決心，大約是蛇膽之類。五代的趙思綰被郭從義圍困，城中糧盡，殺人而食。趙思綰則取人膽下酒，還揚言道：「食人膽至千，剛勇無敵。」我猜這沒人性的傢伙不懂千人共膽的典故，他卻偏偏造出個一人千膽的新典。剛勇無敵是談不上了，最後他城陷被擒。普通人壯膽，飲點兒酒而已。晉人管輅是神童，十五歲的時候，琅邪太守單子春想見他，他前往拜訪太守府。府中已有名士百餘人在座，管輅對單子春道：「我年齡小，膽未堅剛，要先飲三升清酒，才敢說話。」有三升酒壯膽，管輅能言善辯，游刃有餘，一座皆驚。唐汝陽王李璡見皇帝時也學了這辦法，無奈酒量太差，出盡洋相，最後皇上讓人把他攙扶出去，他還懂得解釋一句：「臣以三斗壯膽，不覺至此。」

位於今日越南中部的古占城國也對膽子有興趣。據記載，占城國人往往採外族人的膽子，賣給酋長和其他部落首領。首領們得了人膽，泡在酒中，每逢歲時佳節，與家人同飲，還用來浴身，謂之「渾身是膽」。這種觀念，這種習俗，顯然是大中華帝國的遺風。

髓

仇恨與痛苦，

是人類最強烈的感情，

才會深入骨髓。

　　髓深藏於骨骼中，可謂人體最神秘的一種物質。在漢語裡，情感一旦入髓，表明已經達到極致。秦王殺了樊於期全家，樊於期說：「吾每念，常痛入骨髓。」晉人孫綽的〈表哀詩〉形容哀痛之深：「酷矣痛深，剖髓摧肝。」仇恨與痛苦，是人類最強烈的感情，才會深入骨髓。至於愛情，相思，嚴重的程度總要略減，我們一般說「刻骨銘心」就夠感人了。漢公孫玃見梁王，拍馬屁不在乎本錢，吹捧梁王對老百姓的仁政「德淪於骨髓」。大概後人覺得太肉麻，很少沿用。朱熹經常詆毀蘇東坡，說他的文章有文采，然而專門壞人心術，讓人不知不覺中毒，特別可怕。在給朋友的信中，他抨擊蘇氏之學，「被其毒者，淪肌浹髓而不自知。」這是帶了仇恨的誇張。

　　《史記》記載：名醫扁鵲拜訪齊國，齊桓侯招待得很好，扁鵲提出要為齊桓侯治病，齊桓侯大笑：「我很好，治什麼病？」過些日子，扁鵲看見桓侯，掉頭就跑。齊桓侯叫住他。扁鵲說：「疾病在皮肉、血脈、腸胃，都有辦法治好。現在你的病已入骨髓，我無能為力。」過五日，齊桓侯果然生病，召請扁鵲，他已經逃離齊國。齊桓侯終於病死。這是發生於中國醫學早期的一則故事。在這個故事裡，扁鵲為醫學設定了界限：醫生只治療骨頭以外的疾病；骨髓的毛病，那是上天的事。

　　現代醫學認為，骨髓是造血的器官。按中醫的理論，骨者髓之府，凡以骨為居室的東西，都可稱髓。那麼，腦也是髓，叫腦髓。《素問》稱腦為「髓海」，說「諸髓者皆屬於腦」。又說髓是腎精所化生，「腎生骨髓」。這種觀念對後世影響很大。傳統的房中術認為，骨髓是造精液的地方，縱慾過度，則骨髓枯竭。明代著名醫生萬全的《養生四要》也說：「腎之精不足，取給於臟腑，臟腑之精不足，取給於骨髓。」清人沈嘉樹妻妾盈室，房事過度，弄得疾病纏身。晚年他心發善念，寫了本《養病庸言》，以親身體會，提醒夫妻感情和美

的男子注意節制，「然我愛妻妾，必欲弄得精髓枯竭，纏綿床蓐。」愛就變成了害。

法國小說家拉伯雷（François Rabelais，1494～1553）說過一句有名的話：「敲碎骨頭，吮吸營養豐富的骨髓。」在中國，也有「敲骨吸髓」這個成語，不過是貶義，形容剝削之殘酷，連骨髓也不放過。動物的骨髓是美食，中國的養生學裡歷來有以髓入骨，以髓補髓的說法。補髓，自然是爲了壯陽。明代的術士走火入魔，居然提出一種邪說：童男的腦髓能恢復失去的性能力。明代的宦官最有權勢，常以不能御女爲大恨，聽到這種理論大喜。據說魏忠賢殺過七名囚犯，吃掉他們的腦髓。按《野獲編》（明・沈德符撰）的記載，宦官高策吃起腦髓來，猶有過之。他到福建徵稅，「妄謀陽具再生，爲術士所惑，竊買童男腦啖之，所殺稚兒無算。」我們常說理論無禁區，實際卻是，許多條人命爲一種罪惡的邪說作注腳。

骨骼

事 物 都 在 等 待 骨 骼

生命曾經花費了數十億年時間，

等待自己的骨骼成形，

以獲得更大的活動空間。

嬰兒在等待自己的骨骼成長，

堅實，好肩負重任。

一個民族，

也在等待自己的骨骼出現，

擔當危機。在歷史中，

我們欣賞的，是歷史的骨骼之美。

世上的動物類群，分為無脊椎動物和脊椎動物兩大類。比較古老的物種，像章魚、昆蟲，多為軟體動物，一般體積較小，並且匍匐在地。自從動物進化出一條縱貫背部的脊椎骨，可以支撐龐大的體積，於是出現了鯨魚和恐龍那樣的大型動物。骨骼的出現，意義非常重大。從此，動物的進食過程由吮吸變成咬嚼，擴大了食譜；運動的方式由爬行到奔跑、跳躍，開拓了活動空間；更重要的是，生命的存在形式從平面過渡到立體，身體的大部分離開地面，懸在空中。

骨骼是一種極其精巧的設計，它不斷改良，以適合不同生命的特殊形式。骨骼本身就是活組織，隨著生命一同成長，提供必要的庇護。看看我們的身體，那些最重要的柔軟器官，全都獲得了骨骼周到而堅強的護衛。顱骨保護我們的腦組織，胸骨保護心肺，骨盆保護膀胱、直腸和其他器官。這樣，我們就禁得起尋常的磕磕碰碰，甚至較小的意外打擊。

對人類來說，人體骨骼的結構使直立成為可能。經過無數代的努力，我們終於拔地而起，有了高度。我們不但自由行動，跋山涉水，踏遍腳下這個星球，還能如同一棵樹，向上生長，被頭頂更大的神秘所吸引。我們獲得了天空與宇宙。

自從出現骨骼，大地開始有了關於生命的記憶。那些早期的物

▶ 出版於 1543 年的醫用
解剖圖。

種，因爲沒有可以長遠保存的結構，所有的痕跡蕩然無存。然而，一塊骨骼能夠克服時間，懷抱一個巨大的秘密入眠。它們埋葬在不同的地層裡，岩石一般緘默。有種叫三葉蟲的古老化石，已經穿越了五億年的時間，來到我們面前。肉體是容易朽爛的，而骨骼，連大地那樣粗糙的胃也難於消化。我想像不出古生物學家發現一塊奇怪化石的喜悅。他們會溫柔地撫摩它，想像它的其他部分：頭骨、胸骨、尾骨、膝、趾、關節、肌肉、內臟等等。也許他們能將它喚醒，在我們眼前，復活一個已經滅亡的物種的基本姿勢。

當我們死後，骨骼是我們的唯一遺物，與大地共存。死者骸骨，照例深埋九泉，入土爲安，那是它們的世界。古代詩人描寫悲慘的景象，總是說「白骨露於野」、「死人骸骨相撐持」，死者混雜在生者的世界。隋末慘烈的戰亂之後，貞觀初年，唐太宗一登上帝座，便詔收天下陣死者的骸骨，致祭埋葬；不久，政府又散帛求購無主之骨，妥爲安葬。白居易〈新樂府·七德舞〉，列舉唐太宗的種種功德，首先一椿，便是這件針對死人的事業：「亡卒遺骸散帛收。」

對於公職人員，生命獻給了國家，但骸骨總得歸屬自己。古代士大夫打算辭職，便上書給皇帝「乞骸骨」。漢代的解憂公主（漢武帝時期楚王劉成的孫女）爲了和親，遠赴烏孫國，在西域生活了半個多世紀，共嫁兩代三任國王。七十多歲了，還是懷念祖國：「年老土思，願得歸骸骨，葬漢地。」她終於如願以償。十八年後，昭君出塞，就沒這麼運氣好，骸骨永遠留在了塞北的霜天雪地。

爲人子女，任由父母的骸骨流落異鄉，是嚴重的失職。在古典文學裡，我們經常讀到類似的故事。話本小說《沈小霞相會出師表》中，沈煉參奏嚴嵩父子，被誣入獄，賈石勸沈家兩個兒子趕緊逃命，免得被奸臣斬草除根，沒想到孩子的母親不肯：「你若畏罪而逃，父親倘然身死，骸骨無收，萬世罵你做不孝之子，何顏在世爲人乎？」

兄弟倆只好留下，靜靜等待一次預料中的屠殺。《楊家將》裡，孟良受楊延昭之命，隻身入遼，去盜取他父親楊繼業留在遼國洪羊洞的骸骨。這故事十分有名，後來被改編為戲劇《洪羊洞》，又名《孟良盜骨》。

《喻世明言》（明·馮夢龍著）中有篇小說叫〈吳保安棄家贖友〉，講述了一個發生於唐代的感人故事：郭仲翔出征南蠻被俘，要付大筆贖金才能贖回。他的一位沒見過面的朋友吳保安，傾盡家產，含辛茹苦十年，才湊足贖金，將郭仲翔贖回。吳保安夫婦後來死在外地，留下孤兒吳天祐。郭仲翔趕去發開棺槨，帶著他們的骸骨和孩子回到老家。小說詳細寫了郭仲翔對死者骸骨的虔敬：「仲翔預製下練囊二個，裝保安夫婦骸骨。又恐失了次第，斂葬時一時難認；逐節用墨記下，裝入練囊，總貯一竹籠之內，親自背負而行。吳天祐道，是他父母的骸骨，理合他馱，來奪那竹籠。仲翔那肯放下，哭曰：『永固（吳保安的字）為我奔走十年，今我暫時為之負骨，少盡我心而已。』一路且行且哭，每到旅店，必置竹籠於上座，將酒飯澆奠過了，然後與天祐相同食。夜間亦安置竹籠停當，方敢就寢。嘉州到魏郡，凡數千里，都是步行。」

死人的骸骨固然入土為安，不宜驚動。死在外地，未免太過淒

▶ 美國詩人惠特曼，曾
五次出版自己的顱骨
圖。

涼，還是將骸骨請回故土爲宜。鍾會滅蜀漢後，也曾發塚，前後鼓吹，迎曹魏名將龐德的骸骨回鄴。這就成爲「二次葬」了。二次葬是比較奇特的風俗，在我家鄉閩西北一帶，至今流行。死者入土七八年後，皮肉腐蝕，於是撿骨殖到另外選定的墓址正式安葬。撿骨的時候要十分小心，不能錯了順序，更不能遺漏。傳說，如果漏撿了哪塊骨頭，撿骨者晚上睡覺時，他自己身上的那塊骨頭就會跳個不停，他得趕緊去找回來。

在一次死亡之後，骨頭就獲得了永生。即使那些白森森的枯骨，渾無知覺，也不會泯滅在頑石塵土之間。骨頭總是栩栩如生，讓我們百感交集，心生敬畏、憐憫、惆悵和憂傷之情。

美國詩人惠特曼對自己的頭顱十分驕傲，先後五次出版自己的頭部顱骨圖，讓人領略他的頭骨風采。他的著名詩集《草葉集》（*Leaves of Grass*）中，有一些莫名其妙的詞語，例如：「啊，附著力——啊，我生命的脈搏。」這個「附著力」，就是一個令人費解的術語。後來，研究者才鬧明白，惠特曼是一個顱相學崇拜者，「附著力」是顱相學術語。惠特曼的頭骨曾被某個顱相學家稱許，因此得意忘形——這證明，再智慧的腦袋也禁不起奉承。

在西方，顱相學（Phrenology），又稱骨相學，曾經是一個非常繁

◀顱相學創始人高爾。

榮的學科，1800年左右，由德國解剖學家高爾（Franz Gall，1758～1828）首創。他把人的頭蓋劃分爲三十七個區域，對應於三十七種心理能力，例如良心、好鬥、計算、秘密等。頭顱的哪一部位隆起，表示該部分的大腦較發達，某種精神能力或才能特別突出。只要捫摸或測量人們的頭骨，就可以評定人的性格及才能。這種算命術般的理論迷倒了公眾。一時間，歐美各地成立了幾百個顱相學學會，出版了眾多的雜誌。我們今天還能在許多十九世紀的著作中看到其痕跡。福爾摩斯大偵探從一頂大號帽子中推出，戴帽子的人「智力超群」，根據的便是顱相學原理。巴爾札克的小說《高老頭》（Pere Goriot）中，醫科學生荷拉斯·皮安訓見到米旭諾小姐，對伏脫冷說：「我一看見她就打寒噤，這隻老蝙蝠……我研究高爾的骨相學，發覺她有猶大的反骨。」顱相學興盛了足足一個世紀後破產。

中國也有骨相學，又稱揣骨術、捫骨法，通過專業手指的揣摩而領會命運的資訊。《史記》云：「貴賤定於骨法。」骨骼之中，又以顱骨最爲重要，《太清神鑒》曰：「人之骨法中貴者，莫不出於頭額之骨。」顱骨各部位是否隆起，表示權勢、壽、凶、刑等不同狀況。漢朝的翟方進，還是小吏的時候，蔡父一見大驚：「小吏有封侯相。」桓溫年幼的時候，溫嶠見了，說：「此兒有奇骨相。」王羲之也能看

▶1802年哲學雜誌上刊出的顱相圖。

骨相，他說過「陳玄伯塊壘有正骨」。

反骨（骨相學認為有這種骨相的人性格不忠）是骨相學家的一大發明。南北朝的骨相學名家皇甫玉，能蒙上雙眼摸人骨體，預言休咎（吉凶、福禍），百不爽一。據說他曾經警告高歸彥：「位極人臣，但莫反，公有反骨。」最有名的反骨，當數《三國演義》中魏延腦後的那塊。魏延開城迎劉備，立下大功，誰知諸葛亮一來，就要殺魏延，理由是：「吾觀魏延腦後有反骨，久後必反，故先斬之，以絕禍根。」魏延雖被劉備救下，此後，卻處處遭到諸葛亮的暗算和迫害。諸葛亮能否稱得上顱相學大師，頗有疑問。我覺得，魏延完全是他一手逼反的。小時候讀《三國演義》，我不知摸了多少回後腦勺，不明白反骨生在哪個部位，自己是否有？後來知道今天的解剖學家也找不到反骨，才放下心來。這世界多兩個皇甫玉和諸葛亮，每個人的後腦勺都會涼颼颼的。

骨骼並不完全是天生的結構，比如枕頭就能修改人的顱骨，還有更玄乎的換骨之說。隋文帝楊堅少年時，夢見有人換了他的腦骨，從此骨痛。不過這一換就換來了個皇帝，也很值得。王僧珍夜裡頭痛，醒來發現額骨增大。唐人侯君集做夢，被人開腦取走了威骨，自此每況愈下，倒楣透頂。在這些故事裡，人的命運，都是跟著骨骼走。

骨相學家的眼裡，人就是一副骨骼。他們以為自己看見了人的本質。

骨骼包裹在皮膚之下，不能為人所見，然而我們能夠感覺得到。骨是堅硬之物，支撐我們的身體，挺拔剛直。沒有骨骼，人體便成了一堆脂肪，癱軟在地。可以說，骨骼塑造了人的風度和精神。古人品鑒人物，往往一語見骨。「及長，身長七尺六寸，風骨奇特。」這是對南朝宋武帝劉裕的描寫。「自是君身有仙骨。」這是杜甫送李白的詩。「時人道阮思曠骨氣不及右軍（王羲之）。」這是《世說新語》評

點人物的精神氣質。一個人的存在處處顯出骨感，獨立不倚，才談得上卓越；評論入骨，方稱深刻。至於被人目爲軟骨頭，那幾乎等於謾罵了。

書法與文學，在中國的藝術理論裡，都需要骨骼支撐。劉勰（南北朝人，著有文學評論專書《文心雕龍》）說：「沉吟鋪詞，莫先於骨。」什麼是語言的骨呢？他說：「結言端直，則文骨成焉。」大意說語言要端正勁直，結實有力。評論人物的術語，可以全盤轉移到評論文學藝術。漢末建安年間，曹操父子等一批詩人的作品具有共同的美學特徵，氣韻沉雄，剛健悲涼，文學史便稱爲「建安風骨」。鍾嶸（南北朝人，其著作《詩品》是中國第一部詩評專書）評曹植的詩：「骨氣奇高。」袁昂（南北朝人，其著作《古今書評》爲品評書法的專書）評蔡邕的書法：「骨氣洞達。」唐太宗學書法，對朝臣說：「我今臨古人之書，殊不學其形勢，唯在求其骨法。」書法也好，文學也好，有骨則貴。無骨，萬事俱休。

現在，讓我們把眼界放開，看看歷史。春秋戰國，群星閃爍，眾多的思想家爲中國文化的發展奠定了堅實的基礎。秦皇漢武，武功赫赫，開拓了中華帝國的疆土。唐詩宋詞，詩人們盡情塑造我們民族的優美心靈和典雅氣質。在這些時代，我們看見了歷史的骨骼，超邁不群，充滿原創力。另外一些時代，風雨如晦，飄忽百年，竟然沒有一個閃光的名字，一句洪亮的聲音，正如曼傑利斯塔姆（Osip Mandelstam，1891～1938，俄國詩人）所吟詠的：「我美麗的、可憐的歲月啊，／你的脊骨已被打碎。」剩下的，只是一堆爛肉。什麼是歷史的骨骼？是英雄。事實上，每個時代都爲英雄準備了舞臺，都召喚過自己的英雄。有的時候，英雄出場了，於是天地翻覆，可歌可泣；還有許多時候，小丑冒充了英雄，演出鬧劇，讓人啼笑皆非。魯迅先生說，要論中國人，就要看他的筋骨和脊樑。在歷史之中，我們欣賞的，是歷史

的骨骼之美。

　　德國當代詩人格仁拜因寫道：「於是，骨骼在迷宮裡坍塌／那麼孤獨，那麼透徹……」

　　所有的事物都需要骨骼。生命曾經花費了數十億年的時間，等待自己的骨骼逐漸成形，以獲得更大的活動空間；嬰兒在等待自己的骨骼成長，堅實，好肩負重任；語言在等待骨骼來貫穿，變得銳利，力透紙背；一個民族，也在等待自己的骨骼出現，擔當危機，驕傲地站立起來。當所有的事物化為灰燼，骨骼還會留下來，成為一截堅硬的記憶。

血

鮮 血 向 前 噴 湧

以血統的名義，

世界每天都在失血。

有些人害怕血，一見便暈。我便有這毛病，有時不小心撞見車禍、鬥毆後的現場，地上一灘殷紅的血，就全身緊張，頭暈，像是自己失血過多。我覺得世上所有的血都和自己身上的血相關。這並不意味我特別脆弱。有一次，我自己頭破血流，全身沾滿黏稠的血塊，照理我該暈倒在血泊中了，然而我相當鎮靜。總之，血是一種讓我失去心理平衡的物質。我們身上的各種器官都固定在某個特定的位置，唯有血液，到處奔走，隨便在皮膚上開個口子，血就噴湧而出。這很容易讓我們聯想到：當一隻手與另一隻手相握，當血管對接，血能夠變成一條河流，貫穿一個又一個身體。

在全世界，人們都發現了血的秘密：血就是生命。《舊約全書》記載耶和華的語錄：「論到一切活物的生命，就在血中。所以我對以色列人說：『無論什麼活物的血，你們都不可吃。』」北美有些印第安人，也認為血中藏著靈魂，禁止吃任何動物的血。至於人血，那是所有人類社會的共同禁律。當神的血和泥土混合在一起，根據迦勒底（Chaldee，西元前三千年定居在兩河流域的遊牧民族）的傳說，就產生了生命。還有些民族的神話，甚至認為血生成了植物和金屬。如此看來，這世界一切充滿靈性的事物，都起源於血液的生殖力。太陽也是有靈性的，生怯的初升，磅礡的中天，奄奄一息的日落。古墨西哥的阿茲特克人，相信太陽落山后跌入冥府，軟弱無力，要用人血來增強太陽的力量。他們殺死大批的俘虜，大量流血，維護宇宙的秩序。

血與血的混合，那必然是生命與生命的渾然一體。血塑造了我們最重要的人際關係：家族、部落、民族。沒有血緣關係的人，發誓要互相關懷，就得歃血為盟。歃血，原意是用手指蘸動物的血，塗在嘴邊；有些秘密會社歃血，各人割破手指，血流在同一個碗裡，每人飲上一口。這都表示他們之間已經成了血親。按照旅行家的記述，東非的野蠻部落，訂盟的雙方共坐在獸皮上，表示他們共有一張皮，然後

每人胸上割開一個小口，收起血混合，再擦入各人的傷口。這種儀式之中，包含了人類早期社會最重要的一種道德學說：人與人本來是不相關的，除非有血緣關係；要我們對其他人友愛、關心，首先得把他變成自己的親戚和家人。說到男女之愛，完全出於合血的目的，爲了締造一種新的血系。

人類與神的交往，充滿了血腥。最隆重的祭禮，用的是人血，其次才是牛羊等動物的血，至於後世的冷豬肉，已經是敷衍應付了。中國人稱祭祀爲血食、血祀或血祭。《周禮》曰：「以血祭社稷、五祀、五嶽。」瑪雅人和整個新大陸的印第安人，都進行血淋淋的活人祭獻儀式。希臘人也一樣，阿伽門農王率領大軍出征特洛亞，得罪了女神，按照神諭，阿伽門農不得不獻出自己的女兒伊菲革涅亞，以「一個處女的純淨的血」爲祭品。人類犧牲血，和神建立同盟。

鮮血奔湧到哪裡，我們世界的疆域擴展到哪裡。在萬物之中，我們辨認熟悉的腥鹹氣息。血存在的地方，就是聖所，我們靈魂的領地。弗雷澤《金枝》描寫各種文化對血的禁忌說：「人們認爲靈魂存在血液之中，因此，血液如滴在地面，這塊地面就必然成爲禁忌或神聖之地。」按希臘詩人塞菲里斯（George Seferis，1900～1971，1963年諾貝爾文學獎得主）的說法：「上帝最先創造的是愛／接著來的是血／以及肉體像鹽那樣激起來的對血的渴望。」我不同意這觀點。上帝最先創造的，很可能是血。然後，血開創自己鮮紅的譜系、肉體、精神和愛。

生命因失血而死亡。血總是大股大股地奔湧。周武王和商紂王的戰爭，《尚書》形容爲「血流漂杵」。漢武帝和皇太子劉據的戰爭[1]，在長安城進行了五天五夜，《三輔舊事》（清‧張澍編）說：「白虎闕前，溝中血沒足。」血，源源不斷地離開人類的身體。茨維塔耶娃的詩句：「我的血管猛然被砍開，無法遏制，／不能回復，生命向

前噴湧⋯⋯」

　　在浩浩蕩蕩的血流中間，產生了一個相當普遍的原則：皇族人士的鮮血不能灑在地上，不能被泥土污染。1258年，成吉思汗的蒙古騎兵攻下阿拔斯首都巴格達，八十萬居民被屠殺殆盡，一張地毯裹著不幸的哈里發（回教先知穆罕默德逝世後，繼續執掌政教大權者的稱謂），戰馬踏過，活活踩死。大約1688年，暹羅軍隊的大元帥發動政變，按照傳統的方式，把國王放進一口大鐵鍋，用木杵搗成碎片。血沒有流在地上，也同樣終結。

　　法國大革命不承認皇室的血有什麼特權。1793年，革命家將路易十六送上了斷頭臺。路易十六臨終說：「我死得很無辜。我饒恕你們，並希望我的血能對法國人有用。」

　　人血有什麼用？血一旦離開人體，就開始凝結，變質，發黑。死亡總是雙重的，包括肉體的死亡和血的死亡。在禁食人血的嚴厲禁令下，許多民族開放了一條暗道。基督教領聖餐的儀式上，麵包和酒，象徵著基督的肉和血。而基督的血，據說具有淨化和拯救的力量，能治療有罪的靈魂。與此相仿，歐洲國家的民間信仰裡，認為罪犯的血會帶來好運，治療肉體的疾病。1865年以前，總有許多病人在死刑日圍在斷頭臺邊。路易十六死後，他的屍體運往馬德萊娜公墓，馬車出

▶華老栓向劊子手買人血饅頭。小說原文是：「那人一隻大手，向他攤著；一隻手卻撮著一個鮮紅的饅頭，那紅的還一點一點往下滴。」圖為豐子愷為魯迅的小說《藥》畫的漫畫。

了問題，屍體掉在地上，許多行人馬上衝上去，用他們的手帕、領帶或紙頭去吸皇帝的血，有人把一副骰子埋在被血浸染的深紅色泥土中。另一些人品嚐了一下，說「非常鹹」。

路易十六對他的鮮血應該有更多寄託，起碼，他不會想到只是供愚昧的法國人治病，給賭徒帶來運氣。魯迅的小說《藥》為我們提供了類似的中國例子。為了喚醒民眾，革命者夏瑜流血犧牲，慷慨就義，他不會想到，自己的血被劊子手做成人血饅頭，賣給華老栓，用來醫治他兒子的肺癆病。理想敵不過現實，人血或許是靈魂的良藥，然而人們只關心治療肉體。血總是被物化。評論家們說，這個小說，批判了中國的「國民性」。其實，我們放眼瞭望，全人類的文化都包含了人血饅頭。

然而，血管裡的血永遠生動、新鮮。只要還在流動，血就不會甘於平庸，就有足夠的力量驚醒人類。塞弗爾特（Jaroslav Seifert，1901～1986，捷克詩人、1984諾貝爾文學獎得主）說：「而他們的血，每當奔湧時／就噴濺在我身上。」這世界有一處在流血，其他人身上就會沾上血跡，許多條神經感覺到疼痛。中國人相信，血有自己的精神，創造自己的奔湧方式。史籍記載：晉司馬睿斬淳于伯，血逆流，上柱二尺三寸 (2)；關漢卿的雜劇《感天動地竇娥冤》，描寫竇娥冤死前發願，一腔熱血不落地。劊子手驚訝道：「我也道平日殺人，滿地都是

---

(1) 武帝晚年好神仙，尚迷信，某日晝寢時，夢見有數千木人打他，驚醒後令其親信江充率領胡巫，到處掘地挖木偶，捉到嫌疑者就行刑拷問，自京師以至郡國，因此而死的有數萬人。江充與太子劉據有過節，於是指使胡巫說太子宮中有蠱氣。此時武帝正臥病在甘泉宮，和京師消息隔閡。太子得知，非常害怕，聽從少傅石德的計策，詐稱武帝使者捕殺江充和胡巫，並遣人到未央宮，請他母親皇后衛子夫下旨，調發士卒自衛。有人走報武帝，說太子造反。武帝就派丞相劉屈前去捉拿，雙方在長安城內混戰了幾天，太子兵敗逃走，自縊身亡，衛皇后也因此而自殺。這一事件，史稱「巫蠱之禍」。

鮮血，這個竇娥的血，都飛在那丈二白練上，並無半點落地，委實奇怪。」血不是平凡的事物，當它在空中噴灑，當它逆流而上，那是生命的不屈姿勢，足以震驚最麻木的心靈。

血在世間流淌，綿延不絕，我們不知道它的起源，也望不見盡頭。一個民族就是一條河流，有自己的流域，同時又與其他河流交叉。有些河流會改變河道，會遷移。它們時而融合，時而形成新的分支。血不會無中生有。所有的血液都同樣悠久，歷盡滄桑，從遠古奔騰而來，在我們身上停留一刻，向未來呼嘯而去。我們是無始無終的血統鏈環中的一節。

我們依靠血來定義這個世界。早期的人類，只分兩種人：我們和敵人。我們，就是和自己有血緣關係的族人，是同胞；我們之間，相互幫助，相依為命。其他人都是我們的敵人，是我們搶劫、殺戮和奴役的對象。後來，我們的概念擴大了，從家族擴大到整個部落，從部落擴大到民族。敵人的概念，則由其他家族的成員，縮小到其他部落的成員，其他民族的成員。在進化過程中，人類的眼界逐漸開闊，然而還是受到血緣關係遠近的支配。雅典是古代最開放的城邦，然而，只有同一血統的成員才享有公民權，外邦人居留的時間再長，也不能成為雅典公民。羅馬人不承認其他民族與他們平等，對他們來說，那

▶精神的力量能使血逆流。圖為關漢卿的名作《竇娥冤》的插圖。

是征服與統治的對象，是奴隸的來源。中國人習慣於稱呼本族之外的民族爲夷狄，意思是野蠻人。鴉片戰爭時，大英帝國特別惱火自己被稱爲英夷，作爲戰勝國，其強加給中國的《南京條約》，雖然事事不平等，老實說，有一條卻是平等的：中英兩國地位平等，中國不得再稱英國爲英夷。

以血統爲基礎的民族之間的衝突，往往變成種族屠殺，大規模流血。南北朝時，先後有匈奴、鮮卑、羯、氐、羌五個北方民族進入中原地區，建立政權，史稱「五胡亂華」。其中羯人建立了後趙政權，暴君石虎的殘酷統治，激起漢人對整個羯民族進行報復，數十萬人被趕盡殺絕。羯民族的鮮血流盡，從此在中國歷史上消失。

二十世紀，希特勒準備在血統的基礎上建立一個國家。他將血統分出了高低貴賤，「只有雅利安人 ⑶ 才是一切高級人類的創始者，因此是我們所謂『人』這個名稱的典型代表。……世界上凡是不屬於優良種族的人都是些糟粕。」在他看來，猶太人和斯拉夫人就是劣等種族，是糟粕。他認爲：「血統的混雜和由此而來的人種水平的下降，是舊文化衰亡的唯一原因。」他這樣說，也這樣做，上臺之後，爲了純淨血統，嚴禁日爾曼人同低劣種族通婚，更從肉體上消滅猶太人和吉普賽人。大約有六百萬猶太人被殺害。他使德國回到了野蠻的部落時代。

種族滅絕是最令人髮指的一種罪行，人類互相殺戮，僅僅因爲血管裡的血液不同。直到今天，人類還在不斷地爲這種悲劇付出代價。

---

(2) 西元316年，西晉丞相司馬睿，聽到首都長安陷落消息，下令大軍北伐。因爲糧秣運輸延遲，而斬殺了督運令史淳于伯。行刑後，劊子手把刀在柱子上抹擦，企圖拭去血跡時，刀上鮮血忽然順著柱子上沖。

(3) 雅利安人，Aryans。又分成二部分：一爲亞洲的印度、馬太及波斯人；一爲歐洲的希臘、拉丁、條頓、斯拉夫人。

印尼不時爆發的排華運動，大肆燒殺、強姦和掠奪，針對的便是血統和種族。前南斯拉夫地區，波士尼亞－赫塞哥維那（Bosnia-Herzegovina）各民族之間的血腥屠殺，都帶有種族滅絕的性質：殺死異族男子，強姦異族婦女，讓她生育帶有本族血統的子女[4]。1994年，盧安達的胡圖族和圖西族之間，爆發了部族大仇殺，短短一百多天，七百多萬人口中，近一百萬人被殺，四百萬人無家可歸[5]。

以血統的名義，世界每天都在失血。

因爲認同血緣，人類發育了同胞情誼；也因爲認同血緣，同胞情誼的進一步推廣受到了阻礙。人類的發展，需要把同胞情誼轉化爲人道精神；我們的關懷，需要走得比血更遠。紀元前的數百年間，世界各地，不約而同出現了一種新的思潮。在印度，佛陀提倡眾生平等，無論階級與血緣；在中國，孔子主張仁者愛人，提出了「己所不欲，勿施於人」的道德原則；在羅馬帝國，耶穌教導他的信徒愛自己的鄰人。他們的具體信念有許多區別，然而，他們的思想都突破了血緣的限制。這些人類的偉大導師，號召我們把同胞之情給予全世界所有的人。

他們的教導，即使今天，我們也不能完全做到，然而，人類的確在沿著這方向前進。人道主義已經成了我們的旗幟。十九世紀，達爾

▶ 達爾文說：「當人類進化，由小部落聯合為大國時，各個人應該知道一些最簡單的道理，就是應該擴大他的同情對待全國的人，雖然那些人和他並不相識。」

文說：「當人類進化，由小部落聯合為大國時，各個人應該知道一些最簡單的道理，就是應該擴大他的同情對待全國的人，雖然那些人和他並不相識。這一點是已經達到了，只是還有一種障礙，阻止他的同情擴張到對待各國的人。……超出於人類範圍之外的同情——這就是對於別種動物的仁慈，似乎是最近獲得的善性之一。」

有些樂觀的人類學家主張，人性是會進化的。摩耳斷定：人類的進化過程中，發展得最快的，就是人道的本能。人道就是「胞與」的精神，就是兄弟情誼的擴大。孟子說：「老吾老以及人之老，幼吾幼以及人之幼。」他準確地表述了這種精神如何由血親推向他人：關懷自己的老人孩子，並且像這樣去關懷別人的老人孩子。我們說，關懷自己的親人，這是胞與精神；關懷一個外族人，那就是人道精神了。

儘管有許多例外，人道精神已經在世界扎下深根。人類已經成為一個整體，種族與膚色，都不能夠分開我們。一國有了災難，再遙遠的其他國家也會感到震驚，伸出援助之手，這是一種責任。阿富汗發生饑荒，每天都有國際社會的救濟糧食運來，捐贈者屬於完全不同的種族、宗教和文化；對於盧安達（The Republic of Rwanda，位於非洲東部）發生的種族屠殺，美國前總統柯林頓（Bill Cliton）曾向盧安達人

（4）前南斯拉夫國內主要有六大民族：塞爾維亞人、克羅埃西亞人、斯洛伐尼亞人、波士尼亞人、蒙第內哥羅人、馬其頓人。1991年6月，前南斯拉夫北部爆發斯洛伐尼亞獨立戰爭，這就是南斯拉夫紛爭之源。接著，克羅埃西亞也在同一時期獨立；同年11月，馬其頓獨立；1992年3月，波士尼亞－赫塞哥維那獨立。1992年4月，原南斯拉夫最後兩個族群塞爾維亞與蒙第內哥羅，合併為南斯拉夫聯邦共和國，亦即新南斯拉夫。南斯拉夫社會主義共和國聯邦（前南斯拉夫）宣告瓦解。

（5）1994年4月6日，盧安達總統、胡圖族人哈比亞利馬納的座機，在抵達首都吉加利上空時遭到導彈襲擊，機上人員全部遇難。隨後，胡圖族軍人和民兵開始對圖西族人展開殺戮，從4月7日到7月中旬的一百天裡，全國共有約一百萬人遭到屠殺，其中絕大部分是圖西族人。

民請求原諒，因為美國沒有干預制止屠殺。每一個人都和人類全體息息相關，血肉相連，這就是同胞之情。至於達爾文預言的「超出人類範圍的同情」，我們這個時代也有了更大的發展，對動物生存命運的關懷引起了越來越多人的重視。

血在歷史中流淌，形成了複雜的河道，我們不必為此迷惑。血，最初是一滴，最後是一個海洋。智利詩人聶魯達（Pablo Neruda，1904～1973，1971年諾貝爾文學獎得主）寫道：「你的血在我的血中，／這午夜般星光璀璨與藍的河床，／這無止境單純的溫柔。」很美，像愛情一樣。的確是愛。唯有相愛才能制止互相傷害。任何傷口流出的，都是人類共同的血。

後記

　　人是我們全部知識和信仰體系的核心。這個題目太大了，那麼我寫點兒小的，人的身體，人的身體的碎片。年輕的時候，十分傾心規模宏大的體系，壯麗巍峨的宮殿，不想人到中年，偏愛的卻是斷垣殘壁，鳳毛麟角。我想，完美是神的屬性，人們能夠把握的，永遠是一些破碎的事物。破碎才有力，才能震撼我們。它們失去了平衡，傾斜，緊張，貫穿著瘋狂的意志，像碎瓷片那般尖銳。這本集子寫人體，支離破碎，正是我喜歡的方式。頭顱、脖頸、胳臂、肘、膝、腹部等等，湊合起來當然不等於完整的人，差得很遠，還存在無數的裂痕和空缺。我原想最後寫一篇整體的人，終於沒寫，不知怎麼寫。我還是喜歡凝視那些看來頗為陌生的細枝末節。我久久地觀察它們。有時，它們突然開始呼吸，完全舒展開來，露出花心。在這瞬間，我若有所悟。

　　我躲在閩西北泰寧家中完成了書稿，從 2001 年 8 月到 2002 年 4 月。泰寧是寧靜的山城。我孤獨地讀書、沉思和寫作，一種清澈的生活，彷彿一塊躺在溪澗中的鵝卵石。

　　這是我的第二本主題文化隨筆集。第一本名叫《文化生靈——中國文化視野中的生物》。前些時候，我去北京，在三聯韜奮圖書中心，看見《文化生靈》被歸入文史箚記一類。這是個誤會。雖然我借鑒了傳統的文史筆記體例，實質上卻與之完全不同。史料只是我的素材，考據則是一種風格，我關注的始終是心靈的世界。它們顯然屬於文學。我寫作文化隨筆和寫作其他文學隨筆，並不存在風格或目的上的不同。

　　像我的其他著作一樣，我的妻子陳釆萍爲本書的寫作創造了良好的環境，我首先要感謝她做出的犧牲。此外，著名散文家謝大光先生對我的寫作提出了寶貴意見，著名評論家孫紹振教授慨然爲序，都是我十分感謝的。

蕭春雷

2002 年 4 月 22 日　泰寧

國家圖書館出版品預行編目資料

我們住在皮膚裡——人類身體的人文細節／蕭
春雷著 . -- 初版 -- 臺北市：三言社出版：城邦
文化發行，2004〔民93〕
面；　公分

ISBN 986-7581-11-3（平裝）

855　　　　　　　　　　　　　　93012073